USA TODAY BESTSELLING AUTHOR
DALE MAYER

Zizanie dans les Zinnias

Jolis Jardins Maudits 26

Zizanie dans les zinnias : Jolis Jardins Maudits, tome 26
Beverly Dale Mayer
Valley Publishing Ltd.

Copyright © 2024

Traduit de l'anglais par Emma Valieu et Valentin Translation

ISBN-13 : 978-1-773369-85-3
Format Print

Résumé du livre

Une nouvelle saga cosy mystery de l'auteure best-seller de *USA Today*, Dale Mayer. Suivez la jardinière et détective amatrice Doreen Montgomery et ses amusants (et vraiment adorables) chat, chien et perroquet, tandis qu'ils attrapent les meurtriers et résolvent des crimes dans la merveilleuse ville de Kelowna, en Colombie-Britannique.

De la richesse aux haillons… Après le dénouement… arrivent les nouveaux départs… Et le chaos s'installe !

Le meurtre de Mathew élucidé, et son avenir désormais tout tracé, Doreen se consacre à la gestion de ses finances, d'autant plus que ses antiquités ont été vendues. Et elle a envie d'aider les autres. Surtout après avoir rencontré une jeune femme qui veut quitter le monde de la prostitution et rentrer chez elle.

Bien sûr, une telle décision n'est pas sans conséquences, et Doreen et ses animaux se retrouvent bientôt mêlés aux proxénètes et aux maquerelles. Un monde dont elle ne sait rien, mais qu'elle apprend rapidement à connaître. Si l'on ajoute à cela l'enlèvement de Nan, dont la rançon servira à payer la caution de son kidnappeur, le monde de Doreen est comme toujours en proie au chaos.

Le caporal Mack Moreau a un plan, toutefois, sa mise en

œuvre nécessite un moment particulier – le bon moment. Et essayer de comprendre quand et à quoi ressemblera ce moment est un défi. D'autant plus que Doreen est mêlée à tout ça…

Chapitre 1

QUELQUES JOURS PLUS tard, après que Doreen eut eu l'occasion de se détendre vraiment, la police avait enregistré la déposition de Reggie et, bien évidemment, celui-ci passerait sa vie derrière les barreaux pour meurtres. Elle avait obtenu des copies du testament par l'avocat et une tonne de paperasse à gérer, et ce n'était que la partie émergée de l'iceberg.

Heureusement, Nick s'en chargeait majoritairement pour elle, et elle avait promis de le rémunérer, cette fois. Il avait simplement ri et noté que, au vu de son changement de situation, il accepterait volontiers le paiement. Puis il l'avait regardée avant de déclarer :

— Maintenant, dis-moi simplement que tu vas abréger les souffrances du pauvre Mack.

Elle le dévisagea.

— Tu risques de trouver surprenant le fait que les gens me répètent ça sans cesse. Je suis peut-être longue à la détente, mais je n'ai jamais vraiment compris pourquoi.

Il rit tout bas.

— Un autre truc que tu devras découvrir…

— Pourquoi maintenant ? demanda-t-elle, frustrée.

— Tu sais désormais pourquoi tu n'aimais pas la nouvelle détective ?

Elle darda un regard sur lui.

— Tu ne vas pas t'y mettre, toi aussi !

Cependant, Nick se contenta de rire, et, puisqu'il marchait de toute manière jusqu'à la porte, il continua simplement d'avancer.

Mack arriva en voiture un peu plus tard et entra, avant de saluer tous les animaux et d'enlacer Doreen.

— Comment ça se passe ?

— C'est dingue, marmonna-t-elle.

Mack haussa vivement les sourcils.

— Dingue dans quel sens ?

— Toute cette paperasse que m'a envoyée l'avocat. Heureusement, ton frère va s'en charger pour moi, et, cette fois, je le paierai, déclara-t-elle, tout sourire.

— Je suis sûr que ça lui plaira, réagit Mack avec gentillesse.

— En tout cas, j'aurai trouvé comment l'indemniser. J'ignorais jusque-là de quelle manière je m'y prendrais, puisque je n'avais pas vraiment d'argent.

— Avec des cookies ?

Elle éclata de rire.

— Il en faudrait beaucoup.

Cela amusa Mack.

— Ouais, mais qui n'aime pas les cookies ? renchérit-il.

Il la considéra puis lui demanda :

— Tu as découvert pourquoi tu n'aimais pas la nouvelle détective ?

Elle le foudroya du regard.

— Tu ne vas pas t'y mettre, toi aussi ! Il semblerait que

ce soit le sujet de conversation populaire aujourd'hui et même des jours précédents.

— Ouais, ça l'est en quelque sorte.

— J'en ai parlé à Nan, et elle s'est contentée de m'adresser son regard mystérieux avant d'affirmer que je finirais par comprendre. Ce qui arrivera probablement, admit-elle. Et toi ? De nouvelles affaires à partager avec moi ?

— Je n'en ai pas besoin, rétorqua-t-il avec un regard mauvais à son intention. J'en ai fini avec ça. Tu devrais également tourner la page.

— Quoi ? Tu prends ta retraite et tu ne me dis rien ? Tu devrais avoir honte. De plus, il ne faut pas nécessairement travailler pour s'impliquer dans des affaires. Et puis, même si je vais avoir une rentrée d'argent, il y a encore du pain sur la planche avec les *cold cases*. Oh ! et les dossiers de Solomon, quand je n'aurai pas d'autre enquête.

Mack secoua la tête en riant. Il observa Doreen et ouvrit la bouche pour répondre, mais fronça les sourcils et resta silencieux.

— Quoi ? Allez, dis-moi.

— C'est simplement que tu es une femme très riche maintenant, et tu pourrais trouver bien mieux qu'un péquenaud de flic de la cambrousse comme moi.

Elle le dévisagea, les yeux plissés, s'avança, le poussa pour qu'il s'asseye sur une chaise, puis elle se laissa tomber sur ses genoux.

— Ouais, et qui était là pour moi quand je ne savais pas cuisiner ni même m'acheter les produits alimentaires de base, ne me nourrissant que de sandwichs au beurre de cacahuètes et à la confiture ? répliqua-t-elle en lui enfonçant un doigt dans la poitrine. Qui était là quand je ne savais pas comment utiliser un distributeur automatique ou le four ?

Elle soupira d'un air content, les yeux levés vers les traits accentués de son visage et l'adorable expression qu'elle y lisait.

— Ça n'a rien à voir avec l'argent. La richesse, c'est ce qu'il y a à l'intérieur, déclara-t-elle en se tapotant le cœur. Alors, ne t'inquiète pas pour ça. Je suis parfaitement heureuse avec un péquenaud de flic de la cambrousse comme toi, ajouta-t-elle avant de se pencher pour l'embrasser doucement. Mais tout de même, ça ne veut pas dire que nous n'aurons pas de nouvelles affaires.

— Moi, en tout cas, j'aimerais vraiment pour cette ville que ça se calme et que rien d'autre n'arrive pendant un certain temps.

— *Pendant un certain temps*, ça me convient. Nous pourrions nous en satisfaire durant des jours. Hé, même des semaines ou quelques mois, ce serait super !

Chapitre 2

Quelques jours plus tard…

QUELQUES JOURS PLUS tard, Doreen et Mack étaient assis dehors à profiter d'un barbecue, quand le téléphone de Mack se mit à sonner. Il vérifia l'identité de l'appelant puis regarda Doreen, sourcils froncés.

— Une affaire ? lui demanda-t-elle.

Il se leva, lui lança un regard noir et s'éloigna de quelques pas afin d'avoir plus d'intimité pour parler. Une fois la conversation achevée, il se tourna et confia :

— Apparemment, notre pause est terminée.

— Que se passe-t-il ? le questionna-t-elle, excitée.

— Un corps vient d'être retrouvé dans un jardin de fleurs.

— Où ?

— Derrière l'usine de production de jus.

Elle prit un air songeur.

— Il y a un jardin là-bas ?

— Ouais, un jardin communautaire.

— Ils sont plutôt appréciés en ville, non ?

— Oui, enfin peut-être plus tant que ça après ce truc…

— Pourquoi ? Ce n'est pas une mort naturelle ?

Mack fit non de la tête.

— Non, il a été *tasé*.

Comme Doreen le regardait d'un air étonné, il expliqua :

— Tu sais, *zigouillé par les* tasers *de la police*.

Il rit lorsque la compréhension apparut sur le visage de Doreen.

— Oh, mon Dieu, tu me rends fou ! Maintenant, j'ai même des idées de titres ridicules !

— En tout cas, ça marche, et maintenant, j'ai pigé. Donc, c'était la faute d'un flic ?

— Non, je ne pense pas, rétorqua-t-il, soucieux. Enfin, je ne l'espère pas. Il semble que le gars ait été trouvé dans un endroit précis du parc floral, parmi des trucs pointus.

— Des trucs pointus ? répéta-t-elle en regardant Mack de ses yeux plissés. Tu veux dire, des *cactus* ?

— Non, les fleurs avec de longues pointes…

— Les zinnias fleurs monstrueuses ?

Il leva les deux mains, stupéfié.

— Ouais ! Celles-là ! Comment as-tu trouvé avec ma faible description ?

Elle haussa les épaules.

— J'ai simplement pensé à des fleurs avec des piques. Ce n'est plus leur saison, mais dans une serre du jardin communautaire, leur période de croissance est allongée de quelques mois.

Mack haussa à son tour les épaules.

— Je n'en saurai pas plus avant d'avoir vu la scène de crime de mes yeux.

Alors, le sourire de Doreen grandit de plus en plus.

— Quoi ? réagit-il en la dévisageant, confus.

— C'est l'affaire « *Zizanie dans les zinnias* », lâcha-t-elle avec un petit rire.

— Oh non ! Non. Nous n'allons pas accepter ce nom.

— Si, et tu sais que tu aimes bien. Tu ne peux pas m'arrêter.

Il la toisa.

— Si tu choisis ce nom, je veux d'abord te demander un truc.

— Quoi donc ?

— Je veux savoir pourquoi tu n'aimes pas la nouvelle détective.

Elle rougit, puis le regarda et le questionna :

— Tu t'en vas maintenant voir la scène de crime ?

— Oui, en effet.

— OK, dans ce cas, je vais te le dire.

Il haussa lentement les sourcils, absolument surpris.

— OK, alors je t'écoute.

Il glissa son téléphone dans sa poche, saisit sa veste et chercha ses clés.

— Je ne l'aime pas parce qu'elle est trop proche de toi.

Il l'observa un long moment.

— Sérieusement ?

— Oui. Je ne veux pas que quoi que ce soit se mette entre nous. En particulier une flic déterminée, séduisante et sexy qui reste dans ton giron toute la journée, lança-t-elle sèchement en le dévisageant méchamment.

Quand les lèvres de Mack se tordirent, le regard mauvais de Doreen s'accentua. Mais il éclata de rire. Elle tapa du pied et croisa les bras, sans modifier sa façon de le toiser.

— Ce n'est pas drôle, Mack.

Il cessa de s'esclaffer et sourit.

— Non, ce n'est pas drôle. C'est absolument délicieux.

Il la releva, l'enlaça avec force, puis l'embrassa de la même manière sur la bouche avant de déclarer :

— Tu viens de me faire ma journée.

Après lui avoir donné un second gros baiser sur les lèvres, il se rendit à la porte d'entrée en sifflotant. Puis il s'écria :

— « *Zizanie dans les zinnias* » alors !

— Ça a été plus facile que je ne l'aurais cru, murmura-t-elle, tandis qu'elle le suivait jusqu'à la porte.

— Hé, je suis toujours ravi de trouver un compromis, en particulier avec quelqu'un comme toi.

— *Quelqu'un comme moi ?*

Il lui adressa un bref sourire satisfait et, en franchissant la porte, il précisa :

— Quelqu'un que j'aime.

Et là-dessus, il s'en alla, la laissant sur le seuil en train de le fixer des yeux, la bouche grande ouverte.

Chapitre 3

Lundi matin…

DOREEN SE RÉVEILLA lundi matin avec le sourire aux lèvres en se remémorant le commentaire d'adieu de Mack. Elle avait eu du mal à aller se coucher la nuit dernière. Elle était complètement épuisée et n'était pas parvenue à croire que tout cela était arrivé. Se demander quel chemin prenait leur relation était une chose, écouter sa déclaration était complètement différent. Elle ne doutait absolument pas de sa sincérité. Voulait-elle qu'il le répète encore et encore ? Absolument.

Elle réfléchit à sa déclaration tout en s'habillant, puis se rendit en bas pour mettre en route la cafetière. Elle sortit sur sa terrasse pendant que le café coulait. Elle n'avait jamais entendu ces mots-là de la part de Mathew. Elle n'était pas certaine de les avoir entendus une seule fois, même quand il la courtisait. Elle songeait encore à la jeune femme qu'elle avait été, qui avait épousé l'homme qui l'avait rendue méfiante vis-à-vis de son propre jugement. Après quatorze ans de mariage, il l'avait éjectée de la maison, puisqu'il fréquentait Robin à cette époque. Ces sept derniers mois, en vivant séparée de Mathew, elle avait énormément mûri. Plus que mûri, elle avait changé en tant que personne. Elle avait déjà une telle expérience de la vie aujourd'hui qu'elle se sentait moins préoccupée à l'idée de prendre une simple décision.

De plus, Mack était très différent de Mathew, autant que pouvaient l'être deux hommes. Et à tout le moins, elle pouvait dire « merci » à Mathew d'avoir été une personne si cupide, rancunière, sournoise et méchante, et dont elle avait enfin réussi à divorcer. Elle était quasi certaine que ça n'avait rien à voir avec le fait qu'il avait souhaité mettre un terme à cette relation. Cependant, cela l'avait menée exactement là où elle devait être, avec une opportunité de retrouver cette partie d'elle qui s'était perdue en route. Résultat : elle avait rencontré Mack, et cela signifiait que son avenir s'annonçait vraiment radieux.

Doreen se laissa tomber sur une chaise du patio en attendant que son café soit prêt. Bien entendu, Mack et elle devaient beaucoup discuter, régler pas mal de choses, mais maintenant, tous les voyants étaient au vert pour elle. Elle éclata de rire de nouveau, sachant que, pour n'importe qui dans les parages, elle devait probablement avoir l'air d'une folle.

Sans surprise, Richard passa la tête par-dessus le haut de la clôture et lui lança un regard mauvais.

— C'est quoi votre problème, ce matin ? lui demanda-t-il. J'ignore ce que vous lisez, mais tous ces rires sots sont sacrément agaçants.

Elle lui adressa un très grand sourire, car même sa mauvaise humeur n'était pas en mesure de ruiner sa journée.

— Bonjour, Richard ! répondit-elle d'une voix aiguë et chantante, ce qui le fit froncer les sourcils davantage. C'est bon. Je sais que vous passez une dure journée.

— Comment vous pourriez savoir ça ? la railla-t-il.

— Vous êtes grincheux, comme d'habitude, alors je présume que c'est une dure journée. Autrement, comment pourriez-vous être grincheux un jour comme aujourd'hui ?

Il la dévisageait.

— Et qu'y a-t-il de si spécial aujourd'hui ? Un meurtre sous la main ?

Elle frémit.

— J'espère que non, même si j'essaierai de convaincre Mack de se confier sur l'une de ses affaires.

Richard leva les yeux au ciel en entendant cette annonce.

— Pourquoi s'intéresse-t-il à vous alors que vous le rendez dingue ? Je ne comprendrai jamais.

— Le fait que je le rende dingue ne le dérange pas apparemment, souligna-t-elle en gloussant. En réalité, je crois qu'il préfère ça.

Richard la considéra sèchement et secoua la tête.

— *Vous croyez* ?

Et sur ce, il redescendit de son côté de la clôture.

Elle devait admettre qu'elle était sans doute la seule en ville qui n'avait pas remarqué la profondeur des sentiments de Mack à son égard. Elle l'avait repoussé sans arrêt, bloquant tout ce qui pouvait être considéré comme un progrès en matière de relation, mais pourquoi ? Elle n'en était même pas sûre à ce stade. Elle le comprenait bien – elle attendait que son divorce soit prononcé –, toutefois, tous ces obstacles avaient été surmontés.

De toute évidence, certaines choses devaient être démêlées, mais la plus importante l'était déjà : Mathew n'était plus là, elle était libre, et Mack l'aimait. Elle conserverait ce secret près de son cœur et, oui, si elle se l'avouait enfin, elle l'aimait aussi. Cela ne signifiait pas qu'elle s'abandonnerait aussi facilement, cela dit. Après tout, cela risquerait d'une certaine manière de changer leur relation, et elle n'en avait pas envie. Elle appréciait vraiment ce qu'ils avaient pour le moment et attachait de l'importance à leur amitié sous sa forme actuelle.

Bien sûr, il souhaitait plus que ça – c'était normal, c'était la vie –, et elle serait plus qu'heureuse d'aller plus loin. Cependant, elle ne voulait pas qu'on la pousse. Elle voulait que cela arrive naturellement. Même si elle n'était pas très sûre de ce que *naturellement* signifiait ni à quoi ça ressemblait. Son front se plissa tandis qu'elle songeait à cette idée.

Quand son téléphone sonna, elle baissa les yeux et vit qu'il s'agissait de Nan. Elle sourit et répondit d'une voix lumineuse et heureuse.

— Bonjour !

Le silence se fit à l'autre bout du fil.

— Je ne sais pas ce que tu bois, marmonna Nan, mais j'en veux.

Doreen éclata de rire.

— Je prends le café. Si tu en veux, monte jusqu'ici.

— Ou tu pourrais descendre, peut-être. Je me sens plutôt fatiguée aujourd'hui.

Le sourire s'effaça immédiatement du visage de Doreen.

— Est-ce que tout va bien ?

— Bien sûr que je vais bien, se moqua Nan. Seulement un peu fatiguée. Je n'ai pas passé une bonne nuit.

— Oh, Nan, je suis navrée !

— Ça va. Il y a des jours comme ça. Toi, au contraire, tu passes apparemment une bonne journée.

— Oui. Une deuxième bonne journée. Le repos et le temps libre m'ont fait du bien.

— Ça a été difficilement du repos ! Tu as eu quoi, trois ou quatre jours sans chaos maintenant ? Cependant, tu as la succession de Mathew et tout le reste à gérer.

— Oui, mais la plupart des choses seront relativement simples à traiter, puisque Nick va s'occuper de la majorité d'entre elles. En plus, certaines affaires étaient déjà à mon nom, et, en gros, tout ce qui était à Mathew me revient. Tout ce dont j'ai vraiment besoin, c'est accorder du temps à tout ça puis me tenir prête à vendre des affaires.

— Tu vas te charger de la dépouille de Mathew ?

Doreen grimaça.

— Son avocat m'a dit qu'il s'en chargerait. Il va être incinéré et enterré à côté de son frère, sur le littoral.

— Bien, lâcha Nan d'un ton dur. Je suis contente que tu n'aies pas à gérer ça aussi.

— J'ai bien proposé de m'en charger, mais l'avocat a déclaré que Mathew avait clarifié ses souhaits et qu'il pouvait le faire.

— C'est bon à savoir, et tu accordes bien plus d'estime à Mathew que ce qu'il mérite, après la façon dont il t'a traitée.

— Je ne sais pas du tout, murmura Doreen, sentant un peu de sa bonne humeur décliner avec cette discussion. Ma seule certitude, c'est que je suis libérée de cette vieille histoire et que j'ai une toute nouvelle vie devant moi.

— Je suis contente d'entendre que tu as enfin mis de l'ordre dans ta tête, chuchota Nan.

— Nan, tu n'as vraiment pas l'air de passer une bonne journée…

— Non, en effet. Je te téléphonais simplement pour m'assurer que tout allait bien dans ton petit monde. Je crois que je vais retourner au lit un moment.

Et là-dessus, elle mit fin à l'appel.

Doreen resta assise un certain temps à s'inquiéter, car Nan avait paru bizarre. Elle avait clairement l'air fatiguée, vraiment épuisée. Doreen se rappelait à quel point elle avait été lessivée quelques jours après en avoir trop fait ; elle trouva cela plutôt logique.

Elle se releva et prit le petit-déjeuner, se demandant comment elle parviendrait à extorquer plus d'infos à Mack concernant son affaire. Quand son téléphone sonna de nouveau, elle crut que c'était sa grand-mère, car l'appel venait de Rosemoor. Toutefois, ce n'était pas le cas. Lorsqu'elle répondit, Richie était à l'autre bout du fil.

— Est-ce que Nan va bien ? demanda Doreen.

— Je crois, répondit-il prudemment. Elle est seulement… elle semble vraiment fatiguée aujourd'hui.

— Je sais. Je lui ai parlé plus tôt, et elle n'avait pas l'air bien. Cela ne me plaît pas du tout.

— Oh, crois-moi que cela ne lui plaît pas non plus ! fit-il remarquer sur le ton de la plaisanterie.

Doreen grimaça.

— Tu as raison. Elle m'a raconté qu'elle avait passé une mauvaise nuit et qu'elle retournait au lit. C'est pour cela que tu appelles ?

— Je sais qu'elle s'inquiète vraiment pour toi.

— Pourquoi s'inquiète-t-elle pour moi désormais ? l'interrogea Doreen, stupéfaite. Nous venons de sortir de ce bordel, avec le meurtre de Mathew et tous ces soucis. Tout se met bien en place maintenant.

— En effet, mais je pense qu'elle veut plutôt être sûre que si elle part – pas « si » dans ce cas, n'est-ce pas, se corrigea-t-il, mais quand elle partira –, on s'occupera de toi.

— Elle a fait tout ce qui était imaginable pour s'assurer que j'atterrisse dans un bon endroit, en sécurité, elle m'a même donné un foyer, pour l'amour du ciel ! Et qui était rempli d'objets de valeur. Et maintenant, avec l'argent des enchères qui arrive bientôt, les finances ne seront plus un problème.

— Et pourtant, ça n'est pas suffisant pour Nan.

Doreen soupira.

— Ça concerne Mack, n'est-ce pas ?

Il rit.

— Je te fais seulement savoir qu'elle est angoissée pour des choses qui ne seront pas réglées avant qu'elle ne trépasse.

Doreen regarda fixement son téléphone.

— Pitié, dis-moi que je n'ai pas de raison de m'en soucier maintenant.

— Tu n'as pas de raison particulière de t'en soucier, répondit-il. Cependant, je ne peux pas affirmer qu'elle verra un autre jour, idem me concernant. Nous avons tendance à devenir fatalistes dans cet endroit. Nous nous levons le matin et apprenons que quelqu'un n'a pas passé la nuit. Tu devrais savoir ça mieux que quiconque, avec toutes ces affaires de meurtres sur lesquelles tu enquêtes, se justifia-t-il.

Il prit une grande inspiration avant d'ajouter :

— Nous en sommes au point où nous apprécions la vie au jour le jour, et, bien que je sois en mesure de t'indiquer qu'elle n'est pas dans un bon jour, cela ne signifie pas qu'elle ne passera pas la nuit.

Doreen luttait contre le choc après avoir entendu un truc pareil.

— Je ne suis tellement pas prête à la perdre…

— Je ne pense pas qu'elle soit prête à te lâcher non plus. Je t'informe simplement qu'elle se soucie encore plus qu'à l'accoutumée, car tu n'es pas installée avec Mack.

— Peut-être que je ne m'installerai jamais avec Mack, répliqua Doreen avec un trait d'esprit. Et alors quoi ? Des tas de gens seuls vivent une existence heureuse et sans danger.

Il hésita puis murmura :

— C'est ton droit, mais honnêtement, nous aimerions vraiment tous avoir des réponses concernant ta relation avec Mack.

Elle reposa les yeux sur son téléphone.

— Pitié, ne me dis pas qu'elle a organisé des paris là-dessus aussi.

Il rit.

— C'est ta mamie. Qu'en penses-tu ?

Doreen grommela.

— J'espérais vraiment qu'elle arrêterait ça.

— Peut-être quand elle sera partie, suggéra intelligemment Richie. En attendant, elle nous maintient tous en vie et nous fait rire, et ça vaut de l'or.

— Oh, j'ai pigé ! marmonna-t-elle. C'est seulement que ça n'est pas des plus faciles quand ça me retombe tout le temps dessus. Parier sur ma vie affective, c'est dingue.

Il s'esclaffa.

— Je dis simplement que tu pourrais peut-être accorder un répit à ta grand-mère et lui expliquer comment ça se passe entre Mack et toi.

— Bien… Je le ferai.

Elle resta assise un long moment après la fin de l'appel. Elle comprenait que Nan et Richie s'inquiétaient. Toutefois, ce qu'elle ignorait, c'était à quel point Nan était angoissée. N'aimant rien dans cette histoire, ne sachant pas si ce n'était qu'une question de pari ou si sa grand-mère était vraiment souffrante, Doreen décida d'emmener les animaux en balade jusqu'à Rosemoor. Elle l'avait en tête désormais, et, dès qu'elle aurait la certitude que sa grand-mère serait de nouveau sur pied, elle aurait l'esprit plus tranquille.

Avec les animaux, elle descendait chaque jour, ou tous

les deux jours, prendre le thé de toute manière. Alors cette fois, elle ferait seulement une apparition et verrait comment se portait Nan. La dernière chose qu'elle voulait, c'était perdre sa grand-mère maintenant qu'elle s'était enfin trouvée elle-même.

Elle n'était pas encore partie trop loin dans ses réflexions quand celle-ci la rappela.

— Ouah ! répondit Doreen en entendant la voix de sa grand-mère. Tu n'as même pas eu assez de temps pour dormir entre les deux coups de fil.

— En fait, si, confia Nan qui semblait bien plus fraîche. Je suis requinquée.

— Si tu arrives à te requinquer à ton âge, tu te portes encore plutôt bien.

— Oh, je vais parfaitement bien ! Tous ceux qui prétendent le contraire mentent.

Doreen grimaça en entendant cela.

— Personne ne prétend le contraire. En revanche, tu m'as un peu effrayée ce matin en ayant l'air si épuisée.

— Je n'aurais sans doute pas dû téléphoner à ce moment-là, mais tu étais dans ma tête, donc je l'ai fait, marmonna Nan. J'aurais dû attendre mon second réveil.

Intérieurement, Doreen était d'accord avec ça, mais c'était difficile de l'avouer, et elle était toujours partante pour une visite si Nan le souhaitait.

— Je suis simplement contente que tu te sentes bien, lança-t-elle chaudement.

— Tu vas descendre prendre le thé ?

— J'y songeais, éventuellement, indiqua Doreen. Je me demandais comment tu te sentais maintenant.

— Je suis remise et me sens aussi bien que possible, déclara Nan. J'allume la bouilloire, alors viens.

Ensuite, Nan se déconnecta de l'appel, confirmant à Doreen qu'elle allait mieux, en tout cas aussi normalement que ce qu'on était en droit d'attendre d'elle à cet instant.

Doreen venait de vivre quelques semaines d'excitation non-stop, sans aucun danger. Par conséquent, si elle voulait être honnête, tout ce stress et la santé de Nan la tracassaient. Si elle avait un jour une raison de cesser de s'occuper de ces *cold cases*, ce serait à cause de sa grand-mère.

Chapitre 4

LES ANIMAUX ÉTAIENT plus que ravis de descendre jusque chez Nan, mais encore plus de jouer dans la rivière, d'aller se promener, et d'être dehors, simplement. La journée avait commencé très agréablement. Toutefois, elle s'était quelque peu assombrie après que Doreen avait parlé la première fois avec sa grand-mère ce matin-là. Toutefois, elle se sentait bigrement bien, au fond d'elle. Quand elle arriva chez Nan, celle-ci était assise dans le patio et patientait, totalement calme et posée comme si elle n'avait jamais passé ce premier appel ce jour-là.

Nan leva les yeux vers Doreen, sourit et lui fit remarquer :

— Comme tu es jolie, ma chérie.

Doreen gloussa, puis garda un demi-sourire.

— Je suis quasi sûre d'avoir toujours le même air.

— Et c'est tout bonnement joli, répéta Nan.

Doreen lui sourit.

— De retour dans le peloton d'encouragement ? la taquina Doreen.

— Pas *de retour*, ma chérie, la corrigea-t-elle avec le sourire. Je ne l'ai jamais quitté.

— Oh, c'est vrai ! concéda Doreen en s'asseyant sur la chaise de jardin face à sa grand-mère. Tu es heureuse en ce moment ? Tu te sens bien ?

— Oui, bien sûr, répondit-elle avec le plus lumineux des sourires. J'étais seulement très fatiguée ce matin, mon enfant.

— Je suis navrée que tu aies mal dormi cette nuit.

— Moi de même. Je ne cesse de m'inquiéter pour toi, souligna-t-elle de ce ton de réprimande que Doreen n'entendait que rarement.

— Aïe… Tu sais pourtant que tout ira bien pour moi, n'est-ce pas ?

Nan la regardait attentivement.

— J'en suis consciente, et je ne voudrais jamais te manquer de respect en te donnant l'impression que tu ne serais pas capable de te débrouiller par toi-même. C'est simplement que… c'est dur quand on a mon âge, et on a envie de dire à tout le monde quoi faire exactement, quand le faire et comment le faire, en sachant qu'ils s'en porteraient tous tellement mieux si seulement ils écoutaient, expliqua-t-elle en adressant un grand sourire satisfait à sa petite-fille. Cependant, je sais aussi que tu dois apprendre à ta manière et à ton rythme.

Doreen la fixait des yeux, ignorant d'où tout cela lui venait.

— J'ai loupé tant de choses que ça ? demanda Doreen, étonnée.

— Non, pas du tout. C'est seulement que parfois, j'encaisse mon âge et je peux sentir arriver le moment où je ne serai plus là. Alors, honnêtement, ça m'aiderait à me sentir bien mieux de savoir que toi et Mack êtes au moins dans une relation.

— Nous sommes dans une relation, Nan, répliqua-t-elle.

Et comme sa grand-mère la dévisageait avec suspicion, Doreen ne put qu'afficher un grand sourire.

— C'est vrai, ajouta-t-elle en souriant de toutes ses dents. Maintenant que Mathew est parti, quel que soit l'endroit où il est, dit-elle en levant les yeux au ciel, je suis sûre que les choses vont avancer un peu plus vite.

Nan reprit immédiatement du poil de la bête.

— Vraiment ? rebondit-elle, quasi aux anges.

— Vraiment, confirma Doreen avec un hochement de tête.

Un étrange regard traversa le visage de Nan. Elle gribouilla en vitesse quelque chose sur le petit bloc-notes devant elle. Puis elle opina du chef et se leva.

— Je vais aller chercher de quoi grignoter pour le petit-déjeuner, annonça-t-elle en se dirigeant brusquement vers la cuisine.

Doreen ne savait pas trop ce qu'il se passait, mais ne s'en préoccupait pas suffisamment pour questionner sa grand-mère à ce sujet. Alors, elle attendit qu'elle revienne, un petit panier de gourmandises suspendu à son bras.

— Ouah, maugréa Doreen. Le centre doit se demander où tout cela disparaît.

— Non, ils savent exactement où. Depuis que Richie a craché le morceau sur ses pratiques, un tas d'autres internés… – *oups,* lâcha-t-elle en riant, *résidents…* –, un tas d'autres résidents ont aussi admis rapporter et garder des friandises dans leur chambre pour plus tard.

— Oh, je suppose que ça va, alors ! s'exclama Doreen. Tant qu'ils ne gâchent pas la nourriture.

— Je ne crois pas que quiconque gâche quoi que ce soit, et oui, nous avons beaucoup à manger ici.

Doreen hocha la tête. Cependant, sa présence dans les

parages de sa grand-mère, à vouloir s'assurer qu'on s'occupait bien d'elle à Rosemoor, a toujours eu des conséquences négatives.

— Tu as conscience que je me ferai du souci aussi, admit Doreen en haussant les épaules.

— Comme je m'en fais pour toi, renchérit Nan en opinant du chef.

Les deux femmes échangèrent un grand sourire.

— Alors, qu'est-ce qui te pousse à dire que c'est bon aujourd'hui entre Mack et toi ?

— Une grande partie du problème, c'était Mathew et moi, déclara Doreen sur un ton définitif. La procédure de divorce a été longue et a apporté son lot d'absurdités. Aujourd'hui, Mathew est parti.

— Bon débarras, lâcha Nan.

Toutefois, quand Doreen lui lança un regard noir, elle lui rendit la pareille.

— Tu ne peux t'attendre à ce que je fasse semblant d'être contrariée qu'il ne soit plus là. Cet homme t'a maltraitée et a rendu ta vie malheureuse.

— En effet, et s'il n'avait pas rendu ma vie misérable, n'avait pas été cette personne, n'avait pas eu cette liaison avec Robin et ne m'avait pas éjectée de la maison, je ne serais pas là où je suis aujourd'hui, souligna Doreen. De plus, Nan, là où je suis maintenant est un endroit où j'ai vraiment envie d'être, et je ne veux jamais redevenir la personne que j'étais avant.

Nan s'adossa et lui adressa un sourire radieux.

— Oh là là, comme j'aime entendre ça !

Doreen acquiesça et jeta un coup d'œil au panier de friandises avant de sourire.

— Je ne sais pas comment tu t'y prends, mais ils ont l'air

appétissants à chaque fois.

Sa grand-mère se contenta de hausser les épaules. Elles demeurèrent assises à apprécier leur brunch, et rien ne semblait atténuer l'excellente humeur de Nan. Au bout d'un moment, incapable de le supporter plus longtemps, celle-ci cloua Doreen sur place de son regard très direct.

— Tu sembles être affreusement de bonne humeur.

Sa petite-fille lui sourit et confirma d'un signe de tête.

— Une chance que toi et Mack, vous… tu vois ? dit Nan en agitant les sourcils.

Doreen rougit comme une tomate puis fit signe que non.

— Nan ! Non que ça te regarde, mais non, pas encore. Toutefois, nous nous sommes rapprochés quant à la direction que nous prenons.

— Je suis ravie d'entendre ça, déclara Nan, soulagée. Ça t'a pris du temps !

— Ça a pris le temps que ça a pris, car je voulais me trouver dans un endroit sûr, avec mon propre jugement intact, expliqua Doreen. Je ne voulais pas me sentir pressée, poussée ou forcée de prendre cette direction. Je tiens beaucoup à Mack et je ne veux certainement pas le perdre. J'apprécie également vraiment sa patience envers moi.

— Il en a effectivement fait preuve.

— Il me comprend, donc c'est vraiment un très chouette gars.

— Auquel cas, tu devrais l'attraper et le barricader à double tour.

— L'attraper est une chose, mais le barricader à double tour n'aiderait en rien.

— Pourquoi pas ?

— Parce qu'essayer d'enfermer hermétiquement

quelqu'un ne fonctionne pas, et, pour être plus précise, il faudrait le relâcher pour qu'il vaque à ses occupations. S'il continue de venir vers moi, alors, c'est qu'il est sincère.

Nan la regarda attentivement, remise à sa place.

— C'est bien beau tout ça. Toutefois, tu risques aussi de le perdre en agissant de la sorte.

— Il n'était pas à moi au départ… murmura Doreen.

Nan soupira.

— Bien, agis à ta manière, mais ne le perds pas.

Doreen eut un petit rire.

— Ce n'est pas prévu.

— Alors, que vas-tu faire pour t'empêcher de devenir folle, maintenant que tu n'as pas d'affaire ?

Comme Doreen ne disait rien, les yeux de Nan s'agrandirent, et celle-ci se dérida.

— Nous en avons une ? demanda-t-elle.

Le pronom étant passé de *tu* à *nous*, Doreen sourit.

— Non, *nous* n'avons pas d'affaire. *Je* n'en ai pas non plus, mais Mack, oui.

— Évidemment que Mack a une affaire ! Il en a toujours !

L'excitation dans la voix de Nan était de trop.

— C'est son boulot, après tout, chuchota Doreen.

— Comment tu vas gérer ça quand tu seras en couple avec lui ?

— Je suis *déjà* en couple avec lui, rétorqua sèchement Doreen. Malgré ce que tous les autres pensent, nous formons clairement un couple, et je gère parfaitement bien son boulot.

— Mack n'aurait pas pu choisir une meilleure personne, car tu comprends *pour de vrai* la nature de son travail, souligna pensivement Nan. Et tu es toujours là pour lui parce que tu veux des infos sur les enquêtes, au moins.

Doreen la regarda, sourcils froncés.

— C'est vrai. Cependant, ma curiosité n'est jamais plus forte que mon envie de m'assurer qu'il va bien.

— Il est capable de s'occuper de lui. Et je suis si contente qu'il s'occupe de toi aussi.

— Oui, c'est comme ça que tout a commencé. Mack était simplement là. C'est lui qui m'a aidée à traverser les premières étapes lorsque j'essayais de devenir indépendante, alors que j'échouais si lamentablement.

— Oh, ma chérie, tu n'as jamais échoué ! s'écria doucement Nan. Il t'a peut-être fallu plusieurs essais pour trouver une solution, mais tu n'as jamais échoué, et ne crois jamais le contraire.

Nan était toujours une fervente meneuse, toutefois, elle semblait vraiment penser ce dernier commentaire.

— J'apprécie ta marque de confiance, dit Doreen en regardant le soleil, car trop de fois j'ai eu l'impression de foirer misérablement.

— Tu ne t'es jamais trahie, et tu n'as certainement jamais trahi cette communauté. À de nombreuses reprises, tu as été présente pour aider, lui rappela Nan. Et je suis vraiment contente que des gens aient saisi l'opportunité de te montrer que ça comptait pour eux.

— La construction de ma terrasse en fait certainement partie, murmura-t-elle.

— Je suis vraiment heureuse de t'avoir donné cette maison, lança sa grand-mère en arborant un large sourire. Tu as fait bien plus que ce que j'aurais imaginé.

Là, Doreen la dévisagea, choquée.

— Tu m'as déjà tellement soutenue, et j'ignore si j'ai tant œuvré que ça pour la maison, si ce n'est la nettoyer.

Nan éclata de rire.

— C'est déjà bien, c'est génial en vérité. Je l'ai remplie, tu as dû la nettoyer, et ça m'a paru être un marché équitable.

Ce fut au tour de Doreen de s'esclaffer.

— Absolument ! Surtout que j'ai récolté tous les fruits de tes efforts.

— Si tu n'en tires pas les bénéfices, qui d'autre le devrait ? répliqua Nan en souriant. De plus, ça fait du bien aux gens d'apprendre à en donner un peu.

— Oh, je suis d'accord avec toi sur ce point !

— Tu es allée voir M. Woo ?

— Non, je me suis dit qu'il avait sans doute besoin de plus de temps pour guérir.

Nan l'étudia puis acquiesça.

— Tu en baves encore un peu, n'est-ce pas ?

— Pas tant que ça, mais c'était une affaire étrange… Et, comme Mathew n'est plus là maintenant, tout me semble différent.

— Ne rends pas cela trop différent, l'avertit Nan. Vois son trépas comme une autre affaire, puis va de l'avant, comme tu es censée le faire.

— J'y travaille, répondit Doreen en accordant à sa grand-mère un sourire gêné. Ne t'inquiète pas. Je ne prévois pas de larguer Mack en attendant.

— Dieu merci, marmonna Nan. J'étais quasi certaine de ne pas avoir repéré ce niveau de stupidité chez toi.

Doreen hoqueta, soufflée.

Nan lui adressa un sourire effronté.

— Hé, j'ai le droit de dire ce genre de choses ! Je suis bien trop vieille pour tourner autour du pot.

— *Vieille*, je ne sais pas, clarifia Doreen en souriant à sa grand-mère. En revanche, tu es clairement trop méfiante pour vouloir être embêtée.

— Oui, ça, c'est vrai, approuva Nan avec un hochement de tête. La vie est trop courte. Je ne cesserai pas de te le répéter.

— Je bosse dessus, confia Doreen, et, avec ces *cold cases*, je découvre avec certitude à quel point le monde peut être cruel et à quelle vitesse la vie peut basculer.

— En un éclair, confirma gentiment Nan. Un véritable éclair.

Une fois de plus, Doreen examina sa grand-mère, son cœur se serrant de douleur à l'idée de la perdre.

Celle-ci lui tapota gentiment la main et déclara :

— Ne t'inquiète pas. Je n'irai nulle part avant un moment.

— J'espère. J'en serais dévastée.

— Raconte-moi les détails de cette enquête. Je me fiche de savoir à qui elle est, ajouta-t-elle, en faisant un geste de la main.

— Je ne sais pas grand-chose, commença Doreen. Un truc à propos d'un corps retrouvé dans un jardin de fleurs.

Nan se redressa.

— Un jardin de fleurs ? Alors, cette affaire devrait être pour toi.

— Oui, n'est-ce pas ? ricana Doreen avant de lui en indiquer le nom.

— Oh, j'aime beaucoup ! commenta-t-elle d'une petite voix. Et tu donnes vraiment autant que tu reçois, quand il s'agit de Mack.

— Ça fait partie intégrante de notre relation, précisa Doreen avec le sourire.

Quand elle remarqua que Nan avait le regard perdu dans le vague, elle lui demanda :

— Quel est le souci, Nan ?

— Je crois avoir entendu parler de ce corps… L'un des livreurs l'a évoqué aujourd'hui.

— Tu peux entendre les livreurs de ton patio ? l'interrogea Doreen en pointant le doigt vers le parking derrière elle.

— Je me trouve juste là le matin, et les livraisons vont et viennent constamment. Alors, ils parlent entre eux, s'écrient entre leurs camions. Ce n'est pas comme s'ils pouvaient me voir. Parfois, quand le ciel est suffisamment dégagé et que tout le reste est calme, je parviens à les distinguer assez clairement.

— Qu'as-tu entendu ?

— Un truc à propos d'une triste journée, d'un pauvre homme qui était mort et du fait que ces chauffeurs semblaient penser qu'il était du coin.

— Oh, alors ce devait être lui, mais j'ignore son identité ! Mack ne m'a même pas révélé son nom.

— Les livreurs n'ont jamais mentionné de nom non plus. Cependant, l'un d'eux a bien évoqué un meurtre.

— Et ça ne t'a pas donné envie de te lever et d'aller les mitrailler de questions ? plaisanta Doreen, ce qui fit grandement sourire Nan.

— Non, j'attendais que ma bouilloire soit prête, donc je ne prêtais pas vraiment attention à ce qu'ils disaient.

— Tu sais quel chauffeur c'était ?

— Peu importe qui c'était, non ? Ce n'est pas parce que quelqu'un a été assassiné que ces mecs sont coupables.

— Non, bien sûr que non, concéda Doreen en y réfléchissant. Et peu importe qui a été tué, il avait sûrement de la famille quelque part.

— Nous ne pouvons que l'espérer. Je n'ai pas vu les livreurs, et ce ne sont pas toujours les mêmes, ajouta-t-elle avant de soupirer. J'aurais dû leur demander à ce moment-là, mais j'ai raté le coche, concéda-t-elle avant de regarder Doreen, sourcils froncés. La prochaine fois que j'entends une info juteuse, j'irai immédiatement poser des questions et t'en informerai.

— Ça me va.

Et là-dessus, Doreen se leva, fit un doux câlin et un baiser à sa grand-mère, puis déclara :

— Si je ne te vois pas plus tard aujourd'hui pour le thé, je te verrai demain.

Puis elle rassembla les animaux et prit la direction de la maison.

Chapitre 5

P LUS TARD CET après-midi-là, Doreen entendit le véhicule de Mack se garer dans son allée. Mugs devint fou et courut en aboyant jusqu'à la porte d'entrée.

— Je sais, Mugs. Tu ne l'as pas vu de toute la journée, le taquina Doreen, amusée.

Elle sortit sur le porche, et regarda Mack sortir de sa voiture et marcher vers elle. Elle ouvrit la porte moustiquaire et laissa Mugs le rejoindre pour l'accueillir. Mack se baissa et accorda quelques minutes au chien qui était fou de joie de le retrouver.

— Tu sais, dit Mack, ce n'est pas difficile de s'habituer à ce genre d'accueil.

— Non, en effet, en convint Doreen en souriant.

Elle regardait attentivement son chien qui n'était pas encore tout à fait ravi de mettre fin à ses salutations, même quand Mack s'avançait vers elle.

— Mugs estime que tu ne lui as pas encore suffisamment dit bonjour.

Mack se laissa tomber à genoux, prit immédiatement le basset dans ses bras et lui fit un câlin. Alors, Mugs devint euphorique, ne cessant jamais de gigoter jusqu'à ce que Mack le repose.

— Il est pas mal agité, non ? s'en enquit Mack, rigolant.

— Oui, en effet, murmura Doreen.

Mack grimpa les escaliers, deux marches à la fois, puis souleva Doreen, la fit tourner et lui donna un baiser passionné.

Quand il la reposa, elle leva les yeux vers lui.

— C'était pour quoi, ça ?

Il haussa les épaules.

— J'en avais seulement envie.

Puis il passa à côté d'elle pour se rendre à la cuisine. Elle sourit, se rendant compte que les premières retrouvailles qu'elle craignait embarrassantes – après qu'il lui avait dit la nuit précédente qu'il l'aimait – étaient absolument normales et tellement *Mack* qu'elle avait été idiote de s'en inquiéter.

Elle se demanda ensuite si elle s'était vraiment souciée de ce moment ou si elle l'avait plutôt anticipée. Elle était suffisamment sotte pour ça… Ayant suivi les pas de Mack, elle retrouva ce dernier dans la cuisine, à préparer du café.

— J'en déduis que tu vas rester un moment, voire plusieurs, le taquina-t-elle, une note amusée dans la voix.

Mack afficha un grand sourire.

— Ouais, enfin, je l'espère.

— Alors, vas-tu m'en dire plus sur le dossier « *Zizanie dans les zinnias* » ?

— Non, je ne ferai pas ce genre de choses, répliqua-t-il avant de se mettre à siffler gaiement.

Elle ne savait pas bien pourquoi il était de si bonne humeur, mais étant donné qu'elle s'était réveillée ainsi également, elle en avait une bonne idée.

Dès qu'il eut mis en route la cafetière, il ouvrit la porte

arrière et fit un pas dehors, puis ouvrit grand les bras et s'étira.

— Ah, j'aime vraiment cette vue !

— C'est parce que la rivière est juste là, je pense.

D'un geste, il indiqua qu'il partageait son avis.

— Tu as raison. La rivière, le jardin, rien de l'autre côté… C'est vraiment libérateur quelque part.

— Franchement, si j'avais dû emménager à Kelowna sans avoir cet endroit où m'installer, je n'aurais pas eu la moindre idée de la partie de la ville dans laquelle poser mes valises. Je suppose qu'apprendre à connaître un lieu et ce genre de détails demande un peu de temps.

— Exactement. Tu as parlé à mon frère aujourd'hui ?

Elle afficha un air soucieux.

— Non. J'étais censée le faire ?

Mack haussa les épaules.

— Il m'a dit qu'il t'appellerait, mais il n'est peut-être pas allé jusque-là. Il est pas mal accablé par le boulot.

— Ouais, et je lui en ai rajouté.

Il la regarda.

— Tu dis ça comme si c'était une mauvaise chose.

— J'ai clairement alourdi sa charge de travail quand je lui ai demandé de l'aide pour comprendre à quoi m'en tenir.

— C'est plutôt normal et ça impliquait un coup de fil.

— Ouais, à trois cents dollars de l'heure. Je suis sûre qu'un simple coup de fil m'aurait quand même coûté cher, plaisanta-t-elle. Je le paierai, maintenant que je le peux.

Mack arbora un large sourire.

— Il gagne pas mal d'argent.

— Prévoit-il toujours d'emménager à Kelowna ?

— Je crois, oui, bien que je pense que tu l'as un peu refroidi, la railla-t-il.

Doreen s'immobilisant pour le regarder fixement, il haussa les épaules.

— Il y a eu suffisamment de cas ici pour qu'il s'interroge un peu sur la sûreté et la quantité de travail que tu vas lui ajouter.

Comme elle hoqueta, faussement outrée, Mack éclata de rire.

— Je te fais seulement marcher, expliqua-t-il. Il veut venir par ici, surtout en sachant que les dernières années de Maman filent devant nous. Par conséquent, il espérait arriver le plus tôt possible.

— Je serais tellement heureuse pour lui s'il le faisait. Ton frère est un homme bon, dit-elle.

Comme Mack l'observait avec une vive impatience, elle ajouta :

— Bien sûr, tu es un homme bon, toi aussi.

Il leva les yeux au ciel.

— Je ne suis pas jaloux.

— Tant mieux parce que tu n'as pas de raison de l'être.

— Il s'est pourtant enquis de notre relation.

— C'était très indiscret de sa part, grogna-t-elle en fixant Mack des yeux.

Celui-ci rit tout bas.

— Oh, allez ! On ne t'a pas déjà demandé ça une demi-douzaine de fois ?

Doreen fit la moue.

— Oui, absolument. Une fois que tout le monde a compris que l'histoire et tout le foin autour de la mort de Mathew avaient été résolus, ils semblaient tous s'attendre à ce que j'agisse.

— Ouais, admit Mack avec son fameux sourire lumineux. Ça, j'en suis certain.

Doreen soupira.

— Je ne suis pas vraiment sûre de ce que je dois faire toutefois.

— Ah, dans ce cas, je te laisserai le découvrir toute seule, la railla-t-il avant de se rendre à la rivière.

— Qu'est-ce que ça signifie ? le questionna-t-elle tandis qu'elle s'empressait de le rattraper.

Mack haussa les épaules.

— Quand tu seras prête, nous en parlerons, éluda-t-il en continuant de marcher.

— Mais de quoi parlerons-nous ?

— De *nous*, dit-il en se retournant pour la regarder. Seulement quand tu seras prête cependant, si tu l'es un jour.

Elle renifla un rire.

— Quelque part, je ne pense pas que tu m'accorderas autant de temps.

— J'ai été plutôt patient jusque-là, fit remarquer Mack en invitant Doreen du regard.

— Ouais, tu as attendu que je gère Mathew et le divorce, mais désormais, ça n'est plus d'actualité, c'est une affaire classée.

Mack hocha la tête.

— Oui, ça l'est, renchérit-il avec une note de satisfaction intense dans la voix.

Doreen s'esclaffa.

— Pauvre Mathew… Je crois qu'il ne se rendait pas compte à quel point tu attendais qu'il cesse de m'enquiquiner.

— Pas que moi, souligna Mack en la regardant. Tu ne t'impatientais pas, toi aussi ?

— Oui, c'est vrai. Puis je suis passée par ces épisodes où je me sentais coupable, car j'attendais qu'il sorte de ma vie.

Comme Mack roulait les yeux, elle le considéra avec mécontentement.

— J'ai pigé. Je suis une idiote.

— Non, désapprouva-t-il en lui touchant doucement le menton. Ne te dénigre plus de la sorte. Tu n'es pas idiote. Tu devais apprendre quelques petites choses et tu l'as fait. En réalité, tu as parcouru un long chemin.

— Cependant, je ne suis pas allée assez loin… je ne crois pas, confia-t-elle.

Là, Mack s'immobilisa.

— Qu'est-ce que ça signifie ?

Elle le regarda.

— Rien nous concernant. Simplement, je ne suis pas encore arrivée au bout.

Il continua de l'observer d'un air soucieux, comme s'il espérait une précision.

— J'ai changé, mais je suis encore en train de changer. Je… n'ai pas encore achevé ma métamorphose.

— Ce n'est pas comme s'il y avait une fin, si ? Nous changeons constamment, c'est une évolution perpétuelle, parla-t-il prudemment. Je ne pense pas que nous arrivions à un point final ou un truc de ce genre.

Il marqua une pause, comme s'il n'était pas certain de la façon de s'exprimer sans que ce soit mal interprété.

— C'est un processus continu, reprit-il. On ne cesse d'apprendre pour le restant de sa vie.

Doreen le regardait intensément.

— En réalité, j'aime cette idée, murmura-t-elle. On subit tellement de pression pour être d'une certaine façon ou pour faire de son mieux. Cependant, quand j'ai besoin de plus de temps, j'entends dans ma tête : *Tellement dommage, tu étais censée être déjà arrivée ce stade.*

— Non, pas du tout, la corrigea gentiment Mack. Ce n'est pas comme ça que ça marche.

— Tu es sûr ? demanda-t-elle, souriante. Parfois, on dirait vraiment que c'est le cas.

— Non. Pas en ce qui nous concerne. Tu prends autant de temps qu'il te faut, mais il y a quelques règles fondamentales.

— Oh, je ne sais rien des règles fondamentales et je ne sais vraiment rien sur ce « mais » ! lâcha-t-elle en le toisant.

Les lèvres de Mack se tordirent.

— Ce n'est pas vraiment un « mais » comme la plupart des « mais », et c'est en vérité plutôt simple. Nous n'accordons plus d'importance à Mathew dans notre relation, et tu dois aller de l'avant avec de nouvelles perspectives, sans tenir compte de tout ce qui te tire vers le bas.

Elle songea à cela tandis qu'il flânait près de la rivière, étudiant les différents niveaux de l'eau, et qu'elle l'examinait.

— Nan a dit que tu avais été plus que patient.

Il considéra Doreen et confirma.

— Je pense que nous étions déjà au courant.

Doreen rit.

— Ouah, tu n'as pas d'ego.

— J'en ai beaucoup, la contredit-il, mais le fait est que j'ai été patient. Ça ne signifie pas que je ne peux pas l'être un peu plus, même si j'aimerais que cela ne soit pas nécessaire.

— Comment aimerais-tu que ta patience soit récompensée ? demanda-t-elle, curieuse.

Il se tourna pour lui faire face.

— Là, c'est une très bonne question. Comment vois-tu les choses ?

Elle le dévisagea d'un air soucieux.

— Tu réponds à ma question par une autre question.

Il éclata de rire.

— Oui, absolument ! Toutefois, si tu n'es pas encore prête à parler d'un avenir ensemble, cette conversation serait prématurée.

Cela la laissa sans voix pendant un moment.

— Ne précipitons-nous pas les choses ? reprit-elle avec prudence.

— Pas moi, répliqua-t-il tout bas. Je suis prêt depuis longtemps.

— Et pourtant, je n'ai pas envie de te mentir en n'étant pas complètement impliquée avant de prendre ce chemin.

Mack l'observa attentivement.

— Est-ce que quelqu'un t'a dit que tu devais être parfaite dès le début avant d'emprunter cette voie ? Ou que tu devais suivre ce chemin seule ?

Une fois de plus, Mack la surprenait. Elle le fixa des yeux puis secoua lentement la tête.

— Je suppose que non… Cette envie de perfection m'a été inculquée par Mathew, alors je m'efforce encore de grandir chaque jour. Cependant, il ne m'est jamais venu à l'esprit que je serais seule, car j'ai l'impression de l'avoir toujours été.

— Ça ressemble à un truc sorti d'un bouquin de développement personnel, ce qui est utile, vraiment. Mais n'est-il pas temps pour toi de simplement oublier toutes ces choses que tu es *censée* faire, ou que tu *estimes* être *censée* faire, et, au lieu de ça, d'être simplement heureuse d'être celle que tu es aujourd'hui, et ensuite de découvrir ce que tu veux d'autre ?

Doreen sourit.

— OK, je pense que je peux faire un effort là-dessus.

— Bien, et quand tu sauras ce que c'est, dis-le-moi. Et maintenant, allons boire un peu de café.

Elle doutait toujours des actions à entreprendre, cependant, il la laissait respirer un peu pour le moment, et elle lui en était reconnaissante.

— Tu ne crains jamais que je ne m'en sorte pas ?

— Non, répondit-il en secouant la tête. Ce n'est pas du tout une source d'inquiétude.

Perplexe, elle le contemplait.

— Comment peux-tu être aussi affirmatif ?

— Parce que tu y arrives peut-être déjà, expliqua-t-il avant de lui tapoter gentiment le nez. Et peut-être que tu as simplement besoin d'un peu plus de temps.

— Oui, mais je ne sais pas trop pour quoi faire.

— Alors, tu as effectivement besoin de plus de temps, répondit-il en riant. Et je peux t'en accorder un peu plus.

— Et si j'ai besoin de plus qu'un peu ? insista-t-elle, aussitôt angoissée.

— Dans ce cas, je t'en laisserai un peu plus après ça.

Elle soupira puis leva les yeux vers lui.

— Tu es censé être aussi gentil ?

Il lui sourit.

— Parfois, les gens ont besoin d'un peu plus de temps pour atteindre leur but. Je ne te pousserai en rien. Je sais déjà où je veux aller exactement, et, si tu me dis que tu ne le sais pas encore de ton côté, je ne me mettrai pas en colère.

Elle le dévisagea.

— Je t'en prie, ne te mets pas en colère. Une partie de moi manque de confiance et nécessite d'être rassurée davantage quant à la direction que nous prenons et au fait que c'est la bonne chose à envisager.

— Nous sommes tous deux des adultes consentants et nous savons qu'il n'y a aucune garantie dans la vie, souligna-t-il.

— Non, il n'y a vraiment aucune garantie, répéta-t-elle tout en l'observant. Là… c'est devenu une conversation assez troublante.

— C'est parce que nous parlons de choses pour lesquelles tu manques d'assurance.

— En es-tu certain ?

— Je suis absolument sûr de moi, confirma-t-il. J'attends seulement que tu le sois également.

— Oh, *super* ! marmonna-t-elle. Encore plus de pression.

— Non, aucune pression, vraiment, en tout cas, pas autant, dit-il.

Comme cela stressait davantage Doreen, Mack s'esclaffa de nouveau.

— Détends-toi ! Rien ne changera pour nous.

C'était tout ce qu'il lui fallait pour le moment, et elle put une fois de plus se sentir un peu en paix.

— D'accord, acquiesça-t-elle avec un sourire ravi. Si tu le penses…

— Je le pense vraiment. Évidemment que je souhaite faire progresser la relation, et j'ai été très clair sur ce point, renchérit-il en pointant le doigt sur elle.

Doreen opina du chef.

— Je ne suis simplement pas très douée pour tout ce qui touche à la communication. Et si je prenais une mauvaise décision ? J'ai déjà commis une bévue assez majeure, une erreur qui m'a coûté un paquet de bonnes années, et plus encore.

Il la regarda attentivement et hocha la tête.

— C'est un argument absolument recevable. Tu as effectivement pris une décision à l'époque que tu as fini par regretter. Alors, lâche du lest. Ça ne me concerne pas. Ça ne concerne même pas notre relation. Il est plutôt question d'avoir confiance en toi-même.

Elle grommela.

— OK, j'ai pigé, mais je crois avoir atteint ma limite sur ce sujet pour l'instant.

— Je suis d'accord, approuva-t-il avant de se frotter les mains. Qu'as-tu à manger ?

Il vérifia son frigo avant de se mettre à ouvrir ses placards. Se tournant vers elle comme s'il était perdu, il lui demanda :

— Quand as-tu fait les courses pour la dernière fois ?

Elle haussa les épaules.

— Il y a un moment.

— Tu as mangé ces derniers jours ?

Elle grimaça, puis fit oui de la tête.

— Ouais, je suis revenue aux sandwichs au beurre de cacahuètes.

Il la regarda fixement dans un long silence de stupéfaction.

— Pourquoi ?

— Je ne sais pas, répondit-elle d'une petite voix. Je pense que c'est lié à la mort de Mathew.

Mack ne prononça rien, mais ; à la place, il versa du café et lui tendit une tasse.

— Il te manque ?

Elle le considéra d'un air choqué. Toutefois, elle fit rapidement non de la tête.

— Pas de la façon que tu imagines. Il n'y a aucune raison d'être jaloux de Mathew.

— Je ne suis pas jaloux, je me demande seulement si tu en as fini avec lui.

— J'en ai *vraiment* fini avec lui, déclara-t-elle, complètement, en réalité. Cependant, son décès et toute la pagaille autour ont fait ressurgir un tas de souvenirs, de l'insécurité, des sentiments de décalage. J'ai passé ces deux derniers jours à essayer de m'en débarrasser.

— Bien, souffla-t-il en l'étudiant attentivement.

— Maintenant, je dois admettre que ce que tu m'as dit la nuit dernière m'a immensément aidée.

Mack haussa les sourcils. Puis, lentement, il lui sourit.

— Tu vois ? Tu t'en sors très bien.

— Ah oui, vraiment ? demanda-t-elle, soucieuse. Tout ressemble à un terrain miné. Je crains de prendre la mauvaise décision ou de prononcer de mauvaises paroles à tout moment.

— Et alors ? Tu as tout le temps pour faire les choses bien, et il n'y aura aucune sanction si tu commets une erreur, souligna-t-il, compréhensif. Ce n'est pas l'école de la vie, où tu serais punie. Ce n'est pas cette existence que tu as eue avec Mathew, car je ne suis certainement *pas* lui, clama-t-il d'un ton plus dur. Tu ne recevras pas une gifle si tu ne dis pas ce qu'il faut.

Elle prit une grande inspiration et lui sourit timidement.

— J'ai conscience que tu ne me frapperas jamais… Je dois te demander un peu plus de patience, quand ces choses surgiront de nouveau, le cas échéant.

Il hocha lentement la tête.

— Je sais qu'il est possible que certains événements dé-clenchent ces sentiments régulièrement, mais je sais aussi que tu es une femme forte. Par conséquent, à chaque fois que tu y seras sujette, tu auras probablement de moins en moins de mal à le gérer.

— Et si j'en ai plus à gérer ?

— Alors, nous gérerons ça ensemble.

— Tu pourrais trouver quelqu'un de plus facile à vivre.

Tu en es conscient, n'est-ce pas ?

Les lèvres de Mack remuèrent, et le coin de ses yeux se plissa.

— Je le sais depuis longtemps, acquiesça-t-il en caressant la joue de Doreen du pouce. J'ai perdu cette bataille presque aussitôt.

Puis il ouvrit les bras.

Elle s'y engouffra, et fut heureuse quand ils se refermèrent sur elle. Elle enfouit sa tête tout contre sa poitrine large et puissante, et s'émerveilla sur cette chose folle qui se passait. Elle était tellement chanceuse de l'avoir trouvé ! Et elle était absolument terrifiée à l'idée de tout gâcher.

Malgré sa grande assurance quand elle parlait à Nan, Doreen n'était pas spécialement sûre d'elle dans ses décisions, même si elle continuait d'avoir du respect pour la personne qu'elle était devenue. Quand le portable de Mack se mit à sonner, elle recula et dit :

— Nous devons encore parler de l'affaire…

— Il n'y a pas d'affaire, éluda-t-il joyeusement.

— Tu n'as pas de corps ?

— Si, on a trouvé un corps, répondit-il, mais aucun qui t'intéresse.

— Quiconque *avait* un corps est digne d'intérêt pour moi, rétorqua-t-elle en levant les yeux au ciel.

Elle le regarda répondre à son téléphone, puis distingua ici et là des bribes de la conversation.

L'expression de Mack s'éclaircit, et il hocha la tête.

— Ouais, j'arrive, lança-t-il avant de baisser les yeux sur Doreen, tandis qu'il n'était pas encore revenu au moment présent. Donc, la victime a été *tasée*, et c'est ce qui a causé sa mort. Ça n'arrive pas souvent, mais c'est possible. Et malheureusement, le *taser* appartenait à une personne qu'on connaît.

— Vraiment ? Qui ça ?

Mack hésita.

— Arnold.

Elle le dévisagea.

— Arnold ? Arnold, ton collègue ? Es-tu en train de dire que l'arme du crime était la sienne ou qu'il a assassiné quelqu'un ?

— Le *taser* lui a été dérobé, quand sa maison a été cambriolée il y a dix ans. Il en a signalé la disparition à cette époque et a suivi la procédure et tout, donc il n'y a aucun problème de ce côté. On lui a filé un second *taser* pour le boulot, le premier n'ayant jamais été retrouvé.

— Jusqu'à maintenant.

— L'une des raisons pour lesquelles il était identifiable, c'est qu'il s'agissait d'un vieux modèle qu'il avait refusé de renouveler, contrairement à nous, car il le préférait, et de loin. Tous les autres anciens modèles ont été mis hors service.

— Dans ce cas, ça pourrait être le sien, tout comme ça pourrait ne pas l'être, n'est-ce pas ? Comment en être sûr sans un numéro de série ou autre ?

— Il avait un injecteur qui laissait une trace auburn quand on le tenait trop longtemps. D'après la médecine scientifique, sans l'arme en question sous la main, ça ne pouvait être que celle-là.

Doreen hocha la tête.

— Ce qui signifie ?

Juste à ce moment, ils entendirent le bruit d'un autre véhicule qui se garait. Elle s'avança jusqu'à la porte d'entrée, et, sans surprise, Arnold montait les marches du porche vers elle.

— Hé, Arnold ! Mack est là, déclara-t-elle en lui ouvrant

la porte.

Il s'arrêta sur le perron, remonta sa ceinture sur son ventre arrondi et la regarda, l'air incertain.

— Ce n'est pas vraiment lui que je viens voir, marmonna-t-il.

— Quoi ? Il vient de me dire que c'est votre *taser*.

Il confirma.

— Cependant, ce n'est pas celui que j'ai maintenant, clarifia-t-il. C'est celui qui a été volé.

— J'en suis navrée, Arnold. C'est relativement affreux d'être mêlé à un décès.

Il acquiesça.

— Je sais, et c'est tellement frustrant. Je ne peux pas bosser sur une affaire de meurtre si je suis concerné, donc je ne peux pas travailler sur celle-là à cause de mon lien évident avec l'arme du crime, expliqua-t-il avant de s'arrêter, puis de prendre une grande inspiration en jetant un œil à Mack qui était arrivé dans le dos de Doreen. J'espérais que vous pourriez m'aider à trouver qui a cambriolé ma maison et volé le *taser*.

Sur ce, Mack protesta et se plaça entre Doreen et Arnold. Ce dernier secoua la tête.

— J'ai été retiré de l'enquête à la demande du capitaine, et personne n'a le temps de faire une battue. Mack, j'en ai besoin. Quand il a été dérobé, nous ne nous sommes pas inquiétés, alors que nous aurions clairement dû. Par conséquent, je sollicite l'aide de Doreen.

Le regard d'Arnold passa de Mack à Doreen, avant de revenir à Mack.

— Je peux lui donner un coup de main, mais je ne peux apporter mon aide concernant les autres aspects de ton enquête en cours.

Mack poussa un gros soupir.

— Arnold, tu ne pouvais pas tomber plus mal. J'espérais enfin la tenir éloignée de l'une de nos affaires…

Arnold secoua la tête.

— Choisis-en une autre, lâcha-t-il d'un ton sévère. Je suis flic, et j'aimerais que ça dure. Et si pour une raison ou pour une autre, je ne peux plus exercer ce métier, je veux au moins garder ma pension. S'il y a la moindre allusion à un méfait de ma part, je risque de perdre ça aussi.

Doreen hoqueta.

— Ce n'est pas juste !

Arnold la regarda avec espoir.

— Alors, ça veut dire que vous allez m'aider ?

— Absolument ! Bien sûr que je vous aiderai, déclara-t-elle. Et Mack aussi.

Mack soupira une fois de plus derrière elle.

— Évidemment que je vais l'aider. On m'a confié cette affaire, vous vous en souvenez ?

— Puisque tu n'as pas d'effectif, tu vas te charger de ce meurtre seul ?

— Tu peux donner un coup de main et me fournir les détails ? demanda Arnold qui observait Mack, Doreen lui faisant face également.

— Bien sûr que oui, déclara-t-elle, presque euphorique. Je redeviens ton acolyte ! s'exclama-t-elle en considérant Mack, ravie. De plus, si le capitaine est d'accord, où est le problème ? ajouta-t-elle avant de se tourner vers Arnold pour s'en assurer. A-t-il donné son feu vert pour ça ?

Il fit signe que oui.

— Oui, mais nous devons agir en douce.

— Bien sûr, approuva-t-elle pensivement. En fin de compte, c'est ce que je fais de mieux.

Arnold et Mack la dévisagèrent, puis éclatèrent de rire.

Chapitre 6

DOREEN N'AYANT PAS grand-chose à manger, Mack commanda une pizza. Ils s'installèrent tous les trois dehors pour discuter du peu d'informations en leur possession concernant le vol passé du *taser* dans la maison d'Arnold. Les animaux étaient proches, appréciant l'attention qu'ils recevaient.

— Je peux vous dire ce que je sais, tout ce qui se trouve dans les dossiers, en gros. Mais voilà, pour faire court : un jour, j'étais au boulot et, en rentrant à la maison, j'ai découvert que quelqu'un était entré chez moi et avait volé mon *taser*.

Doreen fronça les sourcils. Le compte rendu d'Arnold était trop succinct pour apporter le moindre indice.

— Et pendant ces dix années, personne ne l'a revu ? Il n'a jamais été impliqué dans un autre crime ? lui demanda-t-elle.

Il haussa les épaules.

— Pas à ma connaissance. On peut acheter ces trucs sur Internet désormais, bien qu'il s'agisse selon moi plus d'une imitation bon marché que d'un véritable article de police. En tout cas, c'est ce que j'imagine.

Doreen opina du chef.

— D'accord, alors dites-moi… Dans la mesure où il est réapparu dans cette nouvelle affaire, bien que vous ayez signalé la disparition à l'époque, suivi les bons protocoles et été lavé de tout soupçon, êtes-vous responsable de tout crime commis par la suite avec ce *taser* ? les questionna-t-elle.

Arnold pâlit et fronça les sourcils en regardant Mack qui secoua immédiatement la tête.

— Non, Arnold ne s'en est pas servi. Le *taser* a été dérobé lors d'un cambriolage. Comme le vol a été rapidement déclaré et que les procédures appropriées ont été respectées, je ne vois aucune responsabilité là-dedans.

Arnold inspira profondément et se détendit quelque peu.

— Bien, commenta Doreen.

La pizza arriva juste à ce moment, et, tandis que Mack l'apportait dans le patio, elle distingua une autre voix. Elle leva les yeux et vit Chester marcher tranquillement derrière eux. C'était le plus jeune des policiers, et il faisait souvent équipe avec Arnold. Doreen sourit.

— Hé, Chester !

— Salut, Doreen, répondit-il en affichant un très large sourire, avant de s'asseoir près de la pizza. C'était le bon moment pour vous rendre visite, hein ?

Doreen sourit, et ses animaux se rapprochèrent également de la nourriture.

Arnold renifla un rire.

— Pourquoi tu es là ?

— Je suis venu donner un coup de main, indiqua Chester. J'ai dit au capitaine que je vous rejoignais.

Doreen se tourna vers Mack.

— J'ai un drôle de pressentiment…

Mack haussa les sourcils. Doreen observa la pizza et soupira.

— Tu devrais sans doute en commander une deuxième.

— Pourquoi ça ? demanda-t-il.

Pile à cet instant, ils entendirent un autre véhicule remonter l'allée.

Il la considéra, stupéfait, et grommela :

— *Très bien*, réagit-il en saisissant son téléphone pour passer une commande urgente de deux autres pizzas.

Doreen sourit.

— Heureusement que l'un de nous a de l'argent.

Il rit en marmonnant dans sa barbe.

— Tu plaisantes ? Ça va signer la fin de mon salaire ce mois-ci.

— Je peux m'en charger.

— Tu es sûre ?

— J'ai encore l'argent de la récompense. Donc oui, je peux m'en charger.

Il chassa cette idée d'un revers de la main.

— Je paierai, proposa Arnold en soupirant.

On frappa à la porte, et Mack se leva pour se rendre à l'entrée. Il revint avec deux autres mecs, qu'elle connaissait du poste. Et comme elle s'en doutait, celui qui suivait derrière, avec un air un peu penaud, était le capitaine en personne.

Elle lui adressa un grand sourire.

— Hé, capitaine ! Comment ça va ?

— Pas trop mal, répondit-il avant de s'arrêter pour admirer le jardin. Ça alors ! Nous avons fait du bon boulot ici, n'est-ce pas ?

— Oh, assurément ! s'exclama-t-elle. Je viens ici tout le temps, déclara-t-elle en regardant autour d'elle, sourire aux lèvres.

— C'est à ça que servent les jardins, souligna-t-il avec

une sincérité totale. Comment gérez-vous ce dernier problème ?

— Si vous parlez d'Arnold, nous n'avons pas encore vraiment commencé, admit-elle. Ou bien faites-vous allusion à mon ex ?

— Votre ex, clarifia-t-il. Je suppose qu'ils vous ont déjà raconté pour le *taser*.

Elle acquiesça.

— Oui, j'ai appris. Je gère maintenant très bien la mort de Mathew et les problèmes qui en ont découlé, merci. C'était un peu trop opportun pour certaines personnes qui semblaient se sentir très mal à l'aise en ma compagnie pendant un temps, confia-t-elle, mais heureusement, tout le monde a fini par faire abstraction de tout ça.

— Si quelqu'un méritait de mourir, dit Mack, c'était Mathew. Et si quelqu'un ne devait *jamais* commettre un meurtre, ce serait Doreen.

Les autres étaient tous d'accord.

Elle sourit et reprit :

— D'ailleurs, nous allons bien. Mack et moi allons super bien, lâcha-t-elle en lui tapotant la main.

À cette déclaration, de larges sourires apparurent tout autour d'eux.

— C'est bien, acquiesça le capitaine. Maintenant, nous pouvons tous nous concentrer sur le problème actuel, annonça-t-il avant de s'asseoir très bruyamment.

Il se servit dans la boîte de pizza sans demander et ajouta :

— Vancouver a déjà appelé pour ça.

— Oh ? Qu'en disent-ils ? le questionna Doreen.

— Ils pensent que le *taser* en question est susceptible d'être lié à deux affaires par là-bas.

Arnold grogna et voulut s'assurer qu'il s'agissait bien de son *taser*.

— Ouais, c'est le tien, confirma le capitaine. Avec sa stupide trace distinctive.

— Parfait, marmonna Arnold.

— Donc, Vancouver croit que le *taser* d'Arnold a été utilisé dans leurs deux affaires ? demanda Doreen.

Le capitaine confirma d'un signe de tête.

— Nous ne disposons pas encore d'une base de données communes permettant de relier les affaires entre elles d'un lieu à un autre. C'est prévu dans le futur budget des dépenses indispensables.

Doreen secoua la tête.

— Si j'avais des milliards de dollars, ce serait l'une des premières choses que je voudrais mettre en place.

— Nous en serions plus que ravis, approuva le capitaine. C'est frustrant de toujours avoir les mains liées par un truc comme ça. Nous devons constamment aller à la rencontre de chaque département et leur demander : « Hé, vous avez des affaires comme celle-là ? » ou « Avez-vous déjà vu un truc de ce genre ? ».

Doreen comprenait.

— Et un *taser* volé, je suppose que ça ne paraissait pas si important à l'époque pour le tracer.

— Non, en effet, et pendant l'enquête à Vancouver, ils ont cru que l'arme appartenait à une personne du coin. Par conséquent, c'était une information notée dans leurs dossiers, mais ça n'a pas déclenché d'alerte chez nous. Nous ignorions que ça avait un lien avec l'une de nos affaires. Maintenant, bien entendu, c'est une tout autre histoire.

— Ces cas là-bas, ce sont des meurtres ? demanda-t-elle au capitaine.

— Non, Dieu merci.

Arnold soupira, soulagé.

— Enfin une bonne chose. Je détesterais penser que mon ancien *taser* a servi à tuer quelqu'un d'autre.

Doreen fit un geste de compréhension.

— Le fait qu'il y ait une victime est déjà suffisamment affreux. Bon, alors, tout ce que nous savons, c'est que le *taser* impliqué a été volé lors d'un cambriolage il y a des années ? rappela-t-elle en regardant Arnold.

Il haussa les épaules.

— Ça doit faire environ dix ans maintenant.

Elle fronça les sourcils et y réfléchit.

— Dans ce cas, ces affaires, là-bas, sur la côte, quand est-ce que c'est arrivé ?

Tandis qu'elle l'observait prudemment, il lui répondit :

— Au cours de ces six derniers mois.

Elle médita.

— Vous savez ce que ça signifie, intervint Mack. Il n'a été remis en circulation que récemment, bien qu'il ait disparu pendant tout ce temps. Soit le *taser* volé à Arnold a récemment changé de propriétaire, soit, pour une raison quelconque, le gars a subitement eu une idée et eu besoin d'une arme, et ne s'est souvenu que récemment qu'il en avait une sous le coude.

— J'aime bien l'idée qu'il soit désormais en possession de quelqu'un d'autre, déclara Doreen.

Cela incita Arnold à la regarder d'un air surpris.

— Pourquoi ?

— Parce que si quelqu'un était resté accroché à cette arme tout ce temps, je ne peux imaginer qu'il ait soudain eu la confiance ou le courage de s'en servir après tant d'années. Il est plus probable qu'il l'ait seulement gardée ou rangée, puis refilée à quelqu'un d'autre.

— Ou que le *taser* aurait pu lui être volé à son tour.

Doreen sembla contrariée.

— Donc, vous ignorez totalement qui était mêlé à votre effraction ? demanda-t-elle à Arnold.

Ce dernier fit signe que non.

— En effet.

— Vous aviez des colocataires à l'époque ou quelqu'un qui restait chez vous, même temporairement ?

— Laissez-moi clarifier ma réponse. À l'époque, j'avais effectivement interrogé un de mes potes qui vivait avec moi et avait affiché beaucoup d'intérêt. Cependant, il avait *soi-disant* un alibi, confia-t-il en levant les yeux au ciel, et m'avait vraiment promis qu'il n'avait rien à voir avec ça.

— *Très bien…* Un bon pote ?

— Avant, c'était un bon pote, mais plus trop après ça.

— Vous avez encore quelques soupçons, non ?

Il confirma.

— Ouais, cependant, je n'ai pas vraiment de raison de le suspecter, sans parler du manque de preuves.

— Les raisons sont des preuves et des occasions de se lancer, marmonna-t-elle. Toutefois, je crois qu'il s'agit plus d'instinct ici.

Le capitaine hocha la tête.

— Nous nous fions plus à notre instinct que nous ne voudrions l'admettre. Et l'intuition nous a souvent sauvé les miches. Parfois, c'est la seule chose que nous ayons.

Mack se mit alors à parler.

— Doreen et moi en avons discuté quelques fois, et je l'ai prévenue de ne jamais ignorer son sixième sens. S'il lui dit de *courir*, alors il faut courir sans poser de questions, sans s'arrêter avant d'être dans un endroit sûr.

Celle-ci opina du chef.

— C'est vrai, bien que je ne sois pas en mesure d'affirmer que j'ai appris si bien que ça à écouter cette voix qui me dit de *courir*.

— Non, en effet, souligna-t-il en la dévisageant avec sévérité. Tu continues de te fourrer dans des situations dans lesquelles tu n'es même pas censée te trouver.

Elle lui adressa un grand sourire.

— De rien, le railla-t-elle.

Mack roula des yeux, et elle s'adressa à Arnold :

— Donc, j'aurai besoin de l'adresse et de la date du cambriolage, ainsi que du nom de votre ami et de tout ce que vous pourrez me raconter d'autre.

— Vérifiez le dossier de la police. Je ne peux rien dire d'autre.

— Bien sûr que si. Où est-ce que vous le gardiez ?

— Oh, ça, c'est facile ! Dans la chambre.

— Dans le placard, sur le lit, dans la table de nuit ?

— Dans la table de nuit. J'étais censé l'avoir avec moi ce jour-là. Je suis rentré à la maison, j'ai posé tout mon barda sur la table de chevet et j'ai pris une douche. Quand je me suis levé le matin suivant, je me suis habillé, puis j'ai tout enfilé de nouveau.

— Et pourtant, vous l'aviez oublié ce jour-là ?

Il acquiesça.

— Ouais, en effet. J'ai sali ma chemise avec des céréales au petit-déjeuner, alors j'ai couru à l'étage, retiré ma ceinture et tout. Ensuite, j'ai changé de chemise et suis parti en courant au boulot, ne voulant pas être en retard, et j'ai laissé mon *taser* à la maison.

— Je vois, c'est logique.

— Ça a autant de sens aujourd'hui que ça en avait à

l'époque, marmonna Arnold, mais je me sens encore comme un idiot.

— Je comprends, dit-elle. Il vous reste combien d'années avant la retraite ?

Il haussa les épaules.

— Six, répondit-il en jetant un regard de biais au capitaine qui venait de froncer les sourcils à son intention.

— Et nous avons besoin que tu nous accordes chacune de ces années. La quantité de travail que nous avons, fit remarquer le capitaine en se tournant pour observer sévèrement Doreen, est astronomique.

— En effet. Vous avez déjà sollicité des renforts pour éplucher tous ces comptes rendus ? Vous devez être le meilleur département du pays.

Il rit.

— Nous avons effectivement reçu des éloges puisque nous avons bouclé un tas d'affaires, déclara-t-il. En revanche, j'ai fait la demande d'hommes supplémentaires pour tous ces rapports, mais, pour l'instant, aucun budget supplémentaire ne nous a été alloué.

Elle n'aimait pas entendre ça, toutefois, elle comprenait.

— Bien sûr, l'excuse du budget est une chose que vous ne pouvez pas vraiment contester parce qu'ils jouent cette carte à chaque fois.

Le capitaine grommela tout en acquiesçant.

— Tout le monde le fait, et, économiquement, le pays se porte bien. Les gens ne sont pas vraiment riches, cependant, chacun se débrouille et tout le monde n'est pas source de problèmes. Ils sont *peu*, mais ce sont toujours les mêmes.

— C'est toujours une minorité, approuva-t-elle tristement, et ceux-là se plantent avec tous les autres. Désormais, revenons-en à votre ami, lança-t-elle en pivotant vers Arnold.

Que fait-il dans la vie ?

Il grimaça.

— À l'époque, il était sans emploi, et actuellement, je crains qu'il ne se soit aventuré dans un truc encore plus moche qu'en ce temps-là.

— La drogue ?

— Pas à ce point, maintenant que l'herbe est légale. Pourtant, il était toujours prêt à se faire un nom dans l'industrie, relata-t-il avant de soupirer. Il frôlait toujours le désastre et avait toujours de grandes idées pour gagner de l'argent rapidement.

— Il travaillait peut-être dans un dispensaire de cannabis, suggéra-t-elle. C'est une industrie florissante aujourd'hui.

— Il pouvait faire un tas de trucs s'il le voulait, renchérit Arnold en grimaçant. Mais en gros, il n'avait pas vraiment envie de travailler.

— D'accord, alors j'ai besoin d'un moyen de le contacter. Puis je furèterai et verrai ce que je peux trouver, annonça-t-elle avant de s'adresser à Mack. De toute évidence, quelqu'un s'occupe *officiellement* de cette affaire, alors, de qui s'agit-il ?

Mack lui sourit.

— Votre humble serviteur. C'est lié à mon enquête pour meurtre.

— Très bien, grommela-t-elle tout en y réfléchissant. Je suppose que tu ne veux pas me parler de ton principal suspect ?

— Du principal suspect pour le meurtre ou pour le cambriolage d'origine ? demanda-t-il calmement.

— Le suspect potentiel concernant le vol, clarifia-t-elle.

Mack rit.

— Vous voyez, capitaine ? Je vous ai dit qu'elle ferait

une bonne flic !

Le capitaine opina du chef.

— Et j'ai précisé à Mack que je n'ai aucune tolérance envers tout ce qui est règles et règlementation, lui rappela-t-elle, avant de dévisager tout le monde autour d'elle. Tout le département n'est pas présent… Où est Insley ?

— Au boulot, déclara le capitaine en riant. Ce n'est pas son genre.

— Ce n'est peut-être pas son style, car elle n'a pas eu l'occasion de le montrer, supposa Doreen.

Mack la regarda avec surprise.

— Tu veux qu'Insley soit missionnée dessus ?

Doreen fit mine de s'en moquer.

— Je ne sais pas quoi répondre à cela. A-t-elle quelque chose à proposer ?

— Peut-être.

— Nous voulons que tout soit mis en œuvre pour l'affaire d'Arnold, souligna Doreen, mais laissez-moi d'abord vadrouiller et me débrouiller dans cette histoire.

— OK, à quoi pensez-vous ? Est-ce qu'une discussion avec mon pote de l'époque vous apportera quelque chose ? demanda Arnold en considérant Doreen avec curiosité.

Elle lui sourit.

— Évidemment. Toute sorte de choses, potentiellement. Les gens comme lui ne vous parleront pas, car vous êtes un flic. En revanche, ils se confient plus facilement à moi.

Elle afficha un air soucieux, scrutant alentour à la recherche de ses animaux, et découvrit Mugs qui mâchait un morceau de pizza sur le sol. Elle le regarda fixement puis interrogea Mack :

— C'est toi qui lui as donné ça ?

Il fit non de la tête.

Elle passa à Arnold, qui avait le visage criblé de culpabilité.

— Oh là là, pas étonnant que Mugs adore votre venue, les gars, marmonna-t-elle.

Pile à ce moment-là, la sonnette retentit. Elle observa autour d'elle et demanda :

— Quelqu'un peut aller voir ? Ce doit être les autres pizzas.

— Les autres ? répéta le capitaine, aux anges, avant de se servir rapidement l'une des deux dernières parts, imité dans la foulée par Arnold.

Quelques instants plus tard, Mack revint avec deux grandes pizzas supplémentaires qu'il posa sur la table.

— Et voilà, les gars. Faites le plein.

Sans tarder, tout le monde reprit de la pizza, y compris Doreen.

Tandis qu'elle était assise en train de mâcher, Thaddeus sauta sur son épaule et se blottit contre elle.

— Coucou, mon grand ! le salua-t-elle.

Immédiatement, il se mit à crier : « Mon grand, mon grand, mon grand, mon grand. »

— Non, nous n'irons pas voir Big Guy aujourd'hui, répondit-elle. *Chut.*

Thaddeus la dévisagea et répéta : « *Chut*, Doreen. *Chut*, Doreen. »

Elle rouspéta.

— Le fait qu'il discute n'est pas si mal, mais il se comporte tout le temps comme un enfant de deux ans.

Presque immédiatement, comme à point nommé, Thaddeus répondit : « J'ai deux ans. J'ai deux ans. J'ai deux ans. »

Il avait marmonné l'ensemble de mots. Cependant, il était suffisamment proche d'elle pour être compris. Elle l'étudia d'un air indigné.

— Tu es censé surveiller tes manières quand tu as de la compagnie.

« Surveiller tes manières, surveiller tes manières, surveiller tes manières. »

— Je n'arrive pas à lui faire dire de nouvelles choses pendant des semaines. Puis vous vous pointez, et, tout ce qu'il veut, c'est se montrer insolent, déplora-t-elle en dardant un regard noir à l'oiseau. Tu es censé être gentil.

« Censé être gentil, *hé, hé, hé, hé.* Censé être gentil, *hé, hé, hé, hé.* »

Les autres étant pliés en deux face à ses pitreries, elle soupira, retira un petit bout de sa part de pizza et le lui tendit. Il l'attrapa sur-le-champ, puis le lâcha sur son épaule. Elle grimaça à l'idée qu'il mange sur sa chemise et elle le regarda d'un air mauvais.

— Tu aurais pu le poser sur le sol.

« Le poser sur le sol. Le poser sur le sol. »

— Pourquoi est-ce que tu causes autant ?

Thaddeus la regarda et prit le morceau de pizza qu'il laissa tomber par terre, comprenant parfaitement.

Les autres observèrent fixement Doreen et son oiseau bavard.

— Est-ce qu'il comprend vraiment ? demanda le capitaine, incrédule.

— En temps normal, j'aurais répondu « non ». Cependant, quand il fait ce genre de choses, je remets en question tout ce que je pensais savoir sur lui, grommela-t-elle. Je jurerais qu'il est seulement là pour me tourmenter, parfois.

À cette remarque, tout le monde hocha la tête, mais ce fut Mack qui prit la parole.

— Et pour te soutenir et te sauver quand tu te fourres

dans des situations dangereuses, lui rappela-t-il. Oh ! et quand tu es déprimée et que tu n'as pas le moral, il est là pour te câliner.

— Merci pour la piqûre de rappel, marmonna-t-elle. Il prend une grande place dans ma famille, et il est certainement le plus insolent.

Tous les autres rirent.

— Bref, reprit-elle les yeux fixés sur la pizza dans sa main, en se rendant compte que la seconde commande était en train d'être dévorée aussi rapidement que la première. Je mènerai l'enquête et verrai ce que je peux trouver à propos du *taser* disparu d'Arnold, mais sans garantie.

— Ça me va, lança Arnold. Ça me fait bizarre de vous demander de l'aide, ajouta-t-il, avant d'étudier tous les autres. Et vous, les gars, vous ferez de votre mieux, n'est-ce pas ?

— Absolument, lâcha Mack. Nous résoudrons ça, et rapidement.

Arnold hocha la tête d'un air morose.

— Je me sens encore mal à l'idée que l'une de mes armes a été utilisée pour tuer quelqu'un.

— Qui est la victime d'ailleurs ? rebondit Doreen, curieuse.

Cela lui valut un regard mauvais de Mack, alors elle haussa les épaules.

— Je peux difficilement enquêter sur le *taser* disparu sans connaître l'affaire du meurtre perpétré avec cette arme. Même en ignorant le nom de la victime, il me semble qu'il n'y ait pas d'honneur chez les voleurs. Un sale type avec un *taser* volé s'en est probablement servi contre un autre mec. Manifestement, la victime fait partie intégrante de l'équation.

Mack lui adressa un sourire.

— Tu commences même à parler comme nous.

Elle répondit à son sourire.

— *Ouais*, et je sais pertinemment que je ne suis pas l'une des vôtres. Pourtant, j'ai parfois un peu l'impression que c'est le cas.

— Hé, intervint Arnold, la majeure partie du temps, c'est comme si vous *étiez* l'une d'entre nous.

Doreen lui sourit.

— Merci, Arnold. C'est un gentil compliment.

Chapitre 7

Mardi matin…

LORSQUE DOREEN SE réveilla le matin suivant, son esprit fourmillait d'options, de théories et de scénarios sur ce qu'il se passait. De prime abord, ça paraissait simple. Quelqu'un avait volé le *taser*, l'avait conservé un moment, s'en était lassé, puis on le lui avait acheté ou subtilisé. Ensuite, la personne qui avait pris possession de l'objet s'en était servi lors d'une attaque et avait tué quelqu'un.

Peut-être que cette agression avait été suivie d'un vol. Selon Mack, qui avait fini par lui transmettre un peu d'informations la nuit précédente, les poches de la victime avaient été retournées, et aucune pièce d'identité n'avait été trouvée sur le corps. Cela ressemblait à un vol ou à un crime déguisé en vol. Que la victime ait été la cible ou non, ou qu'elle se soit seulement trouvée au mauvais endroit au mauvais moment, cela a engendré un scénario complètement différent.

La nuit précédente, la conversation avait passé en revue théorie sur théorie, mais personne n'avait vraiment d'idée sur ce qu'il se passait. Jusqu'à ce que des infos complémentaires soient mises en lumière, toute hypothèse n'était que pure spéculation. Sans faits, rien. Alors que Mack se focalisait sur l'obtention de preuves, Doreen savait que son instinct la mènerait dans la bonne direction. Cela semblait toujours le cas.

Rapidement d'aplomb, elle s'habilla et se rendit au rez-de-chaussée. Elle eut le sourire en découvrant qu'il restait de la pizza de la veille et se dit que ce serait parfait pour son petit-déjeuner. Pas vraiment le plus sain des repas, mais elle s'en contenterait. En particulier parce qu'elle n'avait aucune idée de l'endroit où aller et qu'elle avait besoin de glucides pour se remplir à ras bord d'énergie. En tout cas, c'était ce qu'elle pensait pour repousser tout sentiment de culpabilité. Elle secoua la tête. La culpabilité était encore un vestige permanent de la voix de son ex dans sa tête.

Elle avait conscience qu'il faudrait un peu de temps pour s'en débarrasser. Cependant, même maintenant, le simple fait de pouvoir manger de la pizza au petit-déjeuner sans que Mathew n'ait rien à en redire suffisait à lui donner le sourire.

— Désolée pour ça, Mathew. Tu ne vas… *pas* me manquer.

Bien qu'elle sache que ces paroles étaient méchantes, si elle ressentait le besoin de les exprimer pour le bien de son âme, elle ne s'en priverait pas. Tout en parlant dans sa barbe, elle prit son café et se rendit à l'extérieur.

Les animaux se précipitèrent immédiatement dans le jardin, pour une raison ou pour une autre. Elle avait mis une litière pour Goliath dans la maison, mais il préférait aller dehors, sur le terrain, s'il le pouvait. Quand tout le monde fut sur le chemin du retour vers la terrasse, elle était assise à siroter son café, son bloc-notes prêt devant elle. Elle ne savait même pas par où commencer avec ce dossier sur le *taser* volé, puisqu'il y avait très peu d'informations. Le seul élément de départ, c'était Frankie, l'ami et colocataire d'Arnold dix ans auparavant. Bien entendu, Frankie ne pouvait pas tout à fait être considéré comme un ami s'il était suspecté d'être entré par effraction dans la maison d'Arnold.

Il y avait des chances que Frankie ne soit pas impliqué, mais il était susceptible d'être au courant de quelque chose qu'il n'avait pas confié à l'époque. Cette hypothèse le rendait suspect en quelque sorte. Arnold étant flic depuis longtemps, il avait dû développer un sixième sens. En tout cas, elle aimait le penser.

Les animaux dans son sillage, elle se rendit à la rivière. Dès qu'elle fut au bord de l'eau ruisselante, elle sortit son téléphone et contacta cet ami.

Quand il répondit, il avait l'air endormi et un peu mécontent.

— Pardon si je vous ai réveillé, Frankie, commença-t-elle à dire.

— C'est qui ? demanda-t-il brutalement.

Elle se présenta rapidement, et un moment de silence effaré s'ensuivit à l'autre bout du fil.

— Pourquoi vous m'appelez ? Et comment vous avez eu ce numéro ?

— Vous avez été concerné par l'effraction de la maison d'Arnold, il y a environ dix ans. Vous étiez l'un des suspects à l'époque. Depuis, le *taser* disparu a été identifié dans une série d'autres incidents et…

— D'autres incidents ?

— Ouais, des incidents. Votre nom a été cité à partir de cette enquête initiale.

Il renifla.

— Arnold a essayé de m'épingler, déplora-t-il sèchement au téléphone, mais je n'avais rien à voir avec ça.

— Très bien, dans ce cas, ça ne vous ennuiera pas de répondre à quelques questions.

Cela le rendit silencieux, et elle poursuivit :

— C'est bien ça, non ? Si vous n'avez rien à voir avec cette histoire, c'est clairement dans votre intérêt de clarifier les choses, surtout si ça peut ôter votre nom des archives.

— Ce n'est pas comme s'il pouvait vraiment être effacé, la corrigea-t-il en reniflant dans le combiné. Comment en êtes-vous venue à vous occuper de ça ? Vous êtes détective privée, c'est ça ?

— Non, pas encore, mais je commence vraiment à apprécier l'idée.

Faute de mieux, cela apporterait de la valeur aux affaires dont elle s'occupait.

— *Ouais*, je suppose qu'Arnold vous a entraînée là-dedans, n'est-ce pas ?

— Non, pourquoi le ferait-il ? demanda-t-elle, curieuse.

Effectivement, Arnold n'y était pour rien ; elle l'avait décidé toute seule.

— Peu importe, marmonna Frankie. Écoutez. La seule raison pour laquelle il a cru que j'aurais pu y être mêlé, c'est parce que j'ai eu une rentrée d'argent après le cambriolage.

— Où étiez-vous au moment de l'effraction ?

— Je vivais chez lui à l'époque, mais je n'étais pas présent quand c'est arrivé. J'étais descendu au bar.

— Bien sûr, vous avez un alibi pour le prouver, avec des témoins ?

— Ça a dû se produire entre le moment où je sortais du bar et celui où j'arrivais à la maison. Arnold travaillait de nuit, et nous nous étions disputés plus tôt ce jour-là. Quand je suis rentré… la porte d'entrée était ouverte, et l'endroit avait été retourné.

— Ouah… Alors, vous l'avez appelé à ce moment-là ?

— Bien sûr que oui. Qu'étais-je censé faire d'autre ?

— Attendre le matin ?

— Ouais, vous pensez que ça se serait bien passé ?

— Non, j'imagine que non. D'accord, qu'avez-vous fait ensuite ?

Il y eut un autre instant de silence, et elle attendit simplement qu'il reprenne la parole.

— Comment ça, ce que j'ai fait ensuite ? Après que les flics sont venus jeter un coup d'œil et que j'ai finalement eu l'occasion de me coucher, je suis allé au lit. J'étais relativement sobre après ça.

— Bien, rien de tel pour se dégriser.

— *Bien*, marmonna-t-il, légèrement adouci, ce qui fit sourire Doreen.

— Et vous n'avez rien remarqué ? Vous n'avez pas vu de véhicule quitter les lieux ? Personne ou rien de suspect à l'époque ?

— Non, je n'ai rien vu, et, bien sûr, ça a seulement rendu Arnold encore plus soupçonneux.

— Le bar était loin ?

— Environ… je ne sais pas, peut-être à six, huit ou neuf blocs. Il n'est même plus là, mais c'était un pub sacrément chouette. Tout ce qui est bien semble disparaître, lâcha-t-il. Il proposait de la gnôle pas chère, et, à mes yeux, c'était bien.

Elle hocha la tête.

— Vous travaillez maintenant ?

— Comment ça ? Qu'est-ce que ça a à voir avec le reste ?

— Je me demande simplement où vous travaillez aujourd'hui, insista-t-elle prudemment.

Il renifla.

— Pourquoi ? Ce que vous voulez vraiment savoir, c'est

si je mène une vie de criminel ou si je garde un emploi, comme vous tous, les rabat-joie.

Doreen haussa alors les sourcils.

— Ce n'était pas mon idée première, toutefois, maintenant que vous avez abordé le sujet, j'aimerais savoir.

Il se mit à râler.

— Écoutez. J'avais un boulot. Je travaillais dans l'un des grands supermarchés du coin. Puis je me suis disputé avec le patron qui était un vrai con… et j'ai été viré il n'y a pas très longtemps. Mais ce n'était pas ma faute.

Elle se demanda combien de fois les gens répétaient les mêmes choses encore et encore, mais n'étaient jamais en tort.

— D'accord, et qui était votre patron ?

— Oh ! lui… Si vous l'appelez, il vous racontera seulement un paquet d'âneries, grommela-t-il.

— Laissez-moi lui parler. Vous n'avez pas à vous inquiéter du reste. Je déciderai s'il s'agit de mensonges ou pas.

— Il prétendra simplement que je me suis servi dans sa boutique et que je méritais d'être viré.

— C'est le cas ?

Un autre moment d'hésitation surgit, suivi d'une vague tentative de faible colère.

— Ce n'est pas juste comme question, et si votre seul but est de me piéger en me posant ce genre de questions, je ne vous dirai rien.

— C'est bon. Vous n'êtes pas obligé de me répondre. Je peux me contenter de refiler ça à la police. Ils peuvent prendre le relais.

— De quoi vous parlez ? Donc vous dites que si je vous parle, vous n'allez pas me dénoncer ?

— À voir, mais ça dépend des informations qui en ressortent, confia-t-elle, sachant parfaitement qu'elle devrait en référer à Mack. Cependant, ils pourraient ne pas avoir à vous interroger de nouveau, à moins que vous soyez plus impliqué dans cette histoire que vous ne le prétendez.

— Je ne suis pas impliqué, rétorqua-t-il sèchement.

— OK, donc, il y a dix ans, l'argent que vous avez reçu et qui a rendu Arnold suspicieux, d'où provenait-il ?

Il y eut un autre silence horrible.

— J'ai peut-être besoin d'un avocat, marmonna-t-il, son ton étant devenu hostile.

— Eh bien… si vous pensez vraiment avoir besoin d'un avocat, vous êtes plus qu'invité à en avoir un. Je vous pose seulement des questions. C'est un appel amical, et l'intervention d'un avocat, ce serait votre choix. Toutefois, vous devrez comprendre que cela attirerait l'attention de la police. Par conséquent, vous feriez mieux de savoir ce que vous devez faire.

— Je n'aime pas les interrogatoires, répliqua-t-il.

— Je vois ça, mais si vous n'avez rien à voir avec le vol du *taser* d'Arnold, quelques questions désagréables aujourd'hui paraîtront plutôt mineures en comparaison avec ce qui risquerait d'arriver s'ils avaient une raison de suspecter que vous êtes plus impliqué que ce que vous sembliez l'être jusqu'à présent.

— Je ne suis pas impliqué.

— Dans ce cas, dites-moi d'où provenait l'argent, répéta-t-elle. Ce sera plus facile de me le révéler que de se rendre au poste de police et de parler là-bas.

— D'après qui ? répondit-il brutalement. Je ne parle pas au téléphone. Pour ce que j'en sais, vous êtes peut-être en train d'enregistrer.

Sur ce, Doreen fixa son portable des yeux.

— Oh ! ça aurait été une très bonne idée, malheureusement ce n'est pas le cas, non.

— Tant mieux. Cependant, je ne vous parlerai pas si vous avez un mouchard.

Le visage de Doreen se tordit pendant qu'elle songeait à l'idée.

— Là encore, un mouchard aurait été intéressant, mais non, ce n'est pas dans mes cordes.

— Ouais, tout le monde dit ça, et pourtant on vous jette quand même dans la fosse aux lions.

Cela la fit sourire.

— Donc, si vous ne voulez pas parler au téléphone, où voulez-vous que l'on se rencontre ?

— Qu'entendez-vous par « rencontre » ? lui demanda-t-il, alarmé.

— Si vous ne voulez pas vous confier par téléphone, nous devrons nous donner rendez-vous quelque part en personne, afin que je puisse obtenir mes réponses en face à face.

— Et si je ne veux pas vous rencontrer ?

— Ça me convient aussi. Je passerai les informations aux flics, ils vous contacteront, et vous pourrez leur parler de façon officielle au commissariat.

— Ce n'est pas juste, grommela-t-il. Je n'ai rien fait.

— Dans ce cas, c'est simple : parlez-moi, tout simplement, donnez-moi les réponses dont j'ai besoin. Ensuite, je pourrai poursuivre mon enquête. Si vous n'êtes pas mêlé à cette histoire, il n'y a aucune raison que quelqu'un revienne vers vous, dit-elle avant d'hésiter. À moins bien entendu que vous ne pensiez qu'un élément vous compromettrait et que vous ayez peur.

— Je n'ai pas peur, rétorqua-t-il.

— Bien, par conséquent, où voulez-vous me retrouver ?

— Dehors, en public. En revanche, pas là où les gens peuvent me voir, mais là où je peux quand même voir qui se trouve alentour.

— Le jardin public ?

— D'accord, mais vous payez le café.

Doreen eut un grand sourire.

— Je pense que c'est envisageable.

— Bien, marmonna-t-il. Je n'en ai pas eu aujourd'hui.

Elle baissa les yeux vers sa tasse dans la main et hocha la tête.

— Ce doit être une rude journée alors. Quand voulez-vous que nous nous rejoignions ?

— Le plus tôt sera le mieux, pour que je puisse me débarrasser de vous et ne plus avoir à m'en préoccuper. Je n'aurais absolument pas dû parler de ça.

— Je comprends, et si vous n'en avez rien à faire…

— Ouais, cependant, ce n'est pas comme si vous alliez m'écouter.

— Ne suis-je pas en train de vous écouter en ce moment ? Nous verrons ce que vous aurez à dire.

— Parfait. En revanche, si je n'apprécie pas vos propos, je m'en irai.

— Pas de problème. Je vous retrouve dans le jardin public dans une heure alors.

Sitôt dit, il mit fin à l'appel.

Elle envoya rapidement un message à Mack, lui expliqua brièvement qu'elle retrouverait Frankie, l'ami d'Arnold, pour un café au jardin public.

Il lui répondit en l'appelant.

— Pourquoi tu le rencontres en personne ?

— Car il ne voulait pas parler au téléphone. Il est un peu paranoïaque. Je pense qu'il se sent également légèrement persécuté à cause de ça.

Mack rit.

— Ouais, qu'a-t-il fait ?

— Rien selon ses dires.

— *Super.*

Un tel scepticisme teintait sa voix qu'elle ne put qu'en rire.

— Ouais, c'est aussi mon point de vue, mais je lui parlerai et verrai ce qu'il a à raconter.

— A-t-il quoi que ce soit à raconter ?

— Ouais, depuis que j'ai insisté pour savoir d'où provenait l'argent qu'il avait obtenu juste après le cambriolage et qui avait rendu Arnold suspicieux.

— Ah, souffla Mack, saisissant parfaitement. Fais bien gaffe à toi quand tu seras là-bas.

— Promis.

— Tu comprends bien que l'argent a probablement un rapport avec la drogue ou un truc illégal, n'est-ce pas ?

— Peut-être, mais nous n'en sommes pas encore sûrs, et, s'il ne l'a pas dit à Arnold, c'est sans doute la vraie raison. Il a dû croire qu'Arnold le dénoncerait.

— Ce qu'Arnold aurait très probablement fait.

— Et il est complètement logique que Frankie se retrouve dans cette situation maintenant.

— Peut-être, toutefois, il faut quand même tirer ça au clair.

— Je suis complètement d'accord avec toi, marmonna-t-elle. Je comprends ce que tu essaies de dire.

Elle l'entendit rire.

— Ravi de l'apprendre. Bon, prends soin de toi et donne des nouvelles après ça.

— Je n'y manquerai pas, murmura-t-elle avant de mettre fin à l'appel et de faire monter les animaux dans sa voiture pour se rendre dans le centre-ville.

Chapitre 8

DOREEN SE BALADAIT dans le jardin public, se dirigeant vers l'immense pergola où Frankie et elle avaient prévu de se rejoindre. Elle acheta deux cafés et prit son temps pour se rendre là-bas. Au moment où elle retrouverait Frankie, les cafés seraient suffisamment refroidis pour qu'ils puissent les boire ; en tout cas, elle l'espérait. Pour le moment, ils étaient tellement chauds qu'elle allait devoir tenir ces gobelets brûlants sur toute la distance.

Heureusement, cette enquête se déroulait mieux qu'elle ne l'aurait pensé, du moins, en apparence. Il était un peu trop tôt pour avoir une véritable idée de ce qu'il se passait.

Quand elle arriva au lieu de rendez-vous, elle s'assit pour attendre Frankie. Elle patienta encore et encore, le café refroidissant dans ses mains. Puis elle entendit un bruit derrière elle, et Mugs se mit instantanément à grogner. Doreen serra plus fort sa laisse ainsi que celle de Goliath.

— Ne vous retournez pas.

Quand elle cessa de bouger, l'homme ajouta d'un ton moqueur :

— Bonne décision. Il ne faudrait pas que les gens se posent des questions.

— Et pourtant, tout ce que j'ai fait, c'est essayer de déterminer si vous avez un quelconque lien avec le cambriolage chez votre ami.

— C'est ce que font les amis entre eux ? rétorqua-t-il, là encore d'une voix moqueuse.

Doreen haussa les épaules.

— Pas les miens.

Un affreux silence répondit à cela.

— Bon point, marmonna-t-il, l'air nonchalant.

— Dans le cas contraire, ce ne serait sans doute pas de véritables amis, souligna-t-elle.

— Vous allez vous attirer un tas de problèmes en disant ça.

— Peut-être. Pourtant, si vous avez un lien avec ce cambriolage, vous aimeriez peut-être apprendre qu'un des objets volés a récemment servi dans plusieurs autres crimes.

Et là vint un silence choqué.

Elle hocha la tête sans se retourner.

— Au cas où vous l'ignoriez, ajouta-t-elle.

Mugs continuait de grogner, mais l'individu derrière elle ne le mentionna jamais.

— Quel genre de crimes ?

— De la pire sorte, déclara-t-elle d'un ton suave. Et tout cela mènera à toute sorte de problèmes.

Elle l'entendit jurer du plus doux des murmures. Elle patienta puis reprit :

— Toute information serait utile.

Comme aucune réponse n'arriva, elle insista :

— Allez-vous me parler ?

Toujours sans réponse, elle sut d'instinct qu'elle était seule. De plus, Mugs avait cessé de grogner. Elle se tourna lentement, et, comme elle s'y attendait, il n'y avait personne derrière elle. Elle pesta, se rendant compte qu'elle ignorait totalement à qui elle avait parlé. Elle comprit qu'elle ne s'était pas adressée à Frankie et qu'elle n'avait aucune idée de qui il s'agissait.

Elle avait encore les deux cafés dans les mains. Soucieuse, elle en but un, son esprit consumé par la conversation.

— Ça n'aide pas, marmonna-t-elle tandis que les animaux se rassemblaient autour d'elle, réclamant des caresses et des gratouilles derrière les oreilles. La moindre des choses aurait été de me parler, grommela-t-elle à l'intention de personne en particulier.

Elle ne remarqua rien, ni fuite de quiconque ni aucun autre comportement suspect. Elle se leva et déambula avec ses compagnons. Bien sûr, le jardin public était constamment fréquenté, de touristes souhaitant se balader dans les environs, de gens voulant simplement s'asseoir, visiter. C'était une belle matinée, et il y avait suffisamment de piétons dans le parc pour cacher quelqu'un qui voudrait s'éclipser sans être vu. Par conséquent, elle ne remarqua aucune trace de son inconnu. Trouvant un banc, elle s'y assit, posa les cafés à côté d'elle avant de prendre son téléphone et d'appeler Mack.

— Comment ça s'est passé ?

Elle expliqua, et il se mit à jurer.

— Ouah, des questions simples et ça s'énerve !

— Je ne suis pas certaine qu'elles étaient si simples. Je crois que ce n'était pas le même homme.

— Quoi ?

— La voix était différente, plus mature et raffinée, quelque part.

— D'accord, mais l'une était au téléphone et l'autre non.

— Quand même, c'était une voix différente. J'en suis sûre, insista-t-elle. Je doute cependant d'arriver à la reconnaître.

— L'avait-il modifiée ?

— Non, je ne pense pas, répondit-elle, hésitante. Mais il ignorait que le *taser* avait été utilisé récemment.

— Que lui as-tu dit ?

— J'ai simplement évoqué le fait qu'il a servi dans plusieurs incidents, des crimes, et il a voulu savoir de quel genre exactement. Quand j'ai répondu « de la pire sorte », il a juré, puis s'est barré juste après.

Mack y songea un moment.

— Ce n'est pas bon. Toutefois, s'il était impliqué, il pourrait craindre que ça lui attire des ennuis.

Doreen acquiesça lentement.

— Je suppose que c'est possible, non ? Quelqu'un d'autre devait se trouver dans les parages.

— Oh, il se passe quelque chose, aucun doute là-dessus ! Maintenant, le truc, c'est de trouver ce que c'est et d'y mettre fin le plus rapidement possible.

Elle n'avait rien à ajouter.

— Où es-tu en ce moment ? demanda Mack.

— Je suis encore au parc, confia-t-elle, cherchant autour d'elle l'homme à qui elle venait de parler.

— Je ne traînerais pas là-bas si j'étais toi. Il n'a aucune *bonne* raison de revenir à ce stade.

— Très bien, je vois ce que tu veux dire. Je dois admettre que je m'inquiète un peu pour Frankie désormais.

— Pourquoi ? la questionna Mack, curieux.

— Car je pense vraiment que ce n'était pas lui, et l'avertissement de l'inconnu sommant de ne pas parler de ça a dû s'appliquer à Frankie également.

— Et tu crois que le fait que tu aies contacté Frankie lui a causé des ennuis ?

— Je ne me tiendrais pas pour responsable s'il lui arrivait

quelque chose, car, de toute évidence, il a choisi la voie criminelle et ce, depuis longtemps.

— Exactement. Tu veux que je lui passe un coup de fil ?

— En réalité, je peux m'en charger, suggéra-t-elle. Ce serait la moindre des choses dans la mesure où il n'a pas honoré le rendez-vous, non ?

Comme Mack hésitait, Doreen sourit.

— Tu as raison. C'est exactement ce que je ferais. Je te rappelle dans une minute.

Elle mit fin à la communication et composa rapidement le numéro de Frankie.

En l'absence de réponse, elle réessaya et tomba sur sa boîte vocale. Quelques minutes plus tard, elle décida de rappeler. Une femme décrocha, et Doreen demanda rapidement à parler à Frankie.

— Il n'est pas ici. Il s'est rendu au jardin public.

— Il était censé me retrouver là-bas, mais il n'est pas venu.

Doreen avait une photo datant de dix ans dans son dossier, mais ça constituait déjà une bonne base.

— Comment ça, il n'est pas venu ? Il est parti il y a quarante-cinq minutes, voire une heure.

— Il n'est pas là, répéta Doreen. Et je suis restée ici à attendre, un café dans la main pour lui.

— Qui êtes-vous ? la questionna l'autre femme, suspicieuse.

— Quelqu'un qui lui pose des questions concernant une effraction qui a eu lieu chez un de ses amis, il y a quelques années.

— Arnold, marmonna la femme avec dégoût. J'ai prévenu Frankie que tous ces trucs louches dans lesquels il est mêlé allaient lui attirer des ennuis un jour.

— Ça a pu lui attirer des ennuis aujourd'hui, renchérit Doreen. Je ne le vois nulle part. Je suis Doreen, au fait.

— Je ne sais pas où il est non plus… Il reviendra. Comme toujours. Il vient de s'enfuir de peur après s'être mis dans de beaux draps, mais, avec de la chance, il s'en sortira encore cette fois.

— Je l'espère. Bref, s'il vous contacte ou quand il rentrera, vous pouvez lui demander de m'appeler ? Je suis un peu inquiète à son sujet.

— Ce serait surprenant. Je doute que quiconque se soit un jour inquiété pour lui, rétorqua-t-elle sèchement.

— Êtes-vous sa compagne ?

— Non, nous partageons le logement ici, c'est tout.

— Il n'y a que vous deux là-bas ?

— Non, nous sommes quatre. C'est dur de payer un loyer en ville. Au cas où vous n'auriez pas remarqué, c'est assez cher.

— Vous avez bien raison. Et votre nom ?

— Tammy. Tammy Farrow.

Doreen écrivit son nom tout en hochant la tête.

— Les loyers sont élevés dans le centre.

— Comme si vous en saviez quelque chose, grommela Tammy avec dégoût. Vous êtes sans doute l'une de ces personnes aux grands airs, avec votre propre petite maison.

Doreen grimaça, car elle avait effectivement son propre pavillon. Toutefois, elle était arrivée là uniquement grâce à la générosité de Nan.

— J'ai hérité de la maison de ma grand-mère, donc oui, en un sens, vous avez raison, admit-elle, mais je n'en avais pas, aucun endroit où vivre pendant longtemps, alors oui, je peux comprendre votre frustration.

— *Oh* ! marmonna Tammy. Peut-être que vous pouvez

comprendre, en effet. Bref, si Frankie revient, je lui dirai de vous appeler.

— D'accord, merci.

Doreen raccrocha et envoya un message à Mack, indiquant qu'il n'y avait aucun signe de lui. Puis elle se promena jusqu'à la passerelle le long de l'étang. Elle se sentit bête de tenir le deuxième café, mais elle espérait encore que Frankie se pointerait pour le lui donner. Ça ne vaudra peut-être pas le coup de le boire désormais, cependant, ce serait un gentil geste.

Elle finit par s'asseoir sur l'un des bancs et se contenta d'observer, l'eau venant s'écraser devant elle. Quand Mugs se mit à aboyer, elle se tourna lentement et découvrit un homme qui lui demanda de se rapprocher. Elle fronça les sourcils, mais, après avoir pris les gobelets, elle se leva et marcha lentement.

— Frankie ?

Il hocha la tête.

— Ouais.

— Que se passe-t-il ? ronchonna-t-elle. Nous étions censés nous retrouver de l'autre côté, lui lança-t-elle en lui tendant le café.

Il le prit et en but une bonne quantité sans même respirer. Puis il claqua des lèvres.

— J'en avais besoin.

Doreen le dévisageait.

— Bon, qui avez-vous envoyé à votre place ?

Il la regarda, choqué, puis horrifié.

— Est-ce que quelqu'un est venu ?

Elle acquiesça lentement.

— Il ne m'a pas laissée me retourner, mais, en gros, il m'a sommé de rester en dehors de ça et d'arrêter de poser des questions.

Frankie déglutit nerveusement et observa autour de lui.

— Ce devait être Jed.

— Ah oui ? Qui est ce Jed et pour qui se prend-il, à se pointer et à me faire peur comme ça ? grommela-t-elle.

Frankie secoua la tête.

— Jed est un gars effrayant, et vous devriez rester loin de lui.

— C'est vraiment bon à savoir. Cependant, ce n'est pas moi qui me suis approchée de lui, souligna-t-elle, exaspérée. Où étiez-vous et pourquoi n'êtes-vous pas venu à temps ?

Frankie fronça les sourcils puis scruta alentour, quelque peu frénétique.

— Je parlais à Jed ce matin et, comme je ne savais pas trop ce qu'il mijotait, je l'ai pris en filature. Je l'ai perdu ici, dans le parc, et, avant de m'en rendre compte, j'avais loupé notre plage horaire. Je vous ai vue déambuler ; toutefois, n'étant pas certain que vous étiez celle que j'étais censée retrouver, je vous ai suivie, jusqu'à prendre la décision de tenter le coup.

— C'est moi, confirma-t-elle, et votre café aurait été chaud si vous étiez arrivé ici à temps.

Il fit mine de s'en moquer.

— Un café reste un café. J'en boirais à toute occasion.

Elle comprenait ce sentiment et, pourtant, elle n'avait rien capté au reste de ses paroles.

— Alors, vous avez parlé de moi à ce Jed ?

Il opina du chef.

— Ouais, désolé pour ça.

— Est-ce que quelque chose risque de m'arriver à cause de ça ?

Il la regarda avec stupéfaction.

— La plupart des gens ne demanderaient pas ça.

— Ouais, eh bien, la plupart des gens ne sont pas à ma place en ce moment, répliqua-t-elle sèchement, son regard étant devenu plus dur. Alors, m'avez-vous piégée, Frankie ?

En réaction à son ton, Mugs recommença à grogner.

— Non, non, bien sûr que non ! répondit Frankie. Pourquoi dites-vous ça ? demanda-t-il en se mettant à reculer.

Elle agita frénétiquement les mains.

— Parce que ce mec s'est pointé à votre place et que, si ça se trouve, c'était votre plan.

Il nia.

— Non, je n'y suis pour rien. Cependant, après que je lui ai raconté, il m'a exhorté de rester en dehors de tout ça. Il a pensé que vous étiez probablement un flic et que vous porteriez un mouchard.

— Je vous ai déjà dit que je ne suis pas de la police et que je n'ai pas de mouchard.

— Ouais, mais vous pouvez prétendre plein de trucs, répliqua-t-il en la regardant méchamment.

— Si vous pensiez ça, pourquoi être venu ?

Il haussa les épaules.

— Parce que Jed fait peur, marmonna-t-il.

— Tellement peur que vous craignez qu'il fasse quelque chose ?

Frankie hocha lentement la tête.

— Ouais, il fait peur à ce point-là.

— C'est bon à savoir, grommela-t-elle. Non que j'aie envie d'être dans cette situation, bien entendu.

— Oh, ça, non ! confirma-t-il. Vous devriez seulement laisser tomber. Vous en aller et lâcher l'affaire. Laissez tout tomber, ce sera mieux pour nous deux.

— Pourquoi ? Car vous avez quelque chose à voir avec l'effraction ?

Il secoua la tête.

— Non, je n'ai pas cambriolé la maison d'Arnold.

— Vous ne l'avez pas *cambriolée*, souligna-t-elle en l'observant. Cependant, ça ne veut pas dire que vous n'avez pas transmis des plages horaires à Jed ou fait savoir à quelqu'un quand Arnold n'était pas chez lui.

Frankie dévisagea Doreen, stupéfait.

— Mais ce ne serait pas tellement répréhensible, si ?

— Absolument pas, à moins que vous ayez agi dans un but précis.

— Et si je n'avais pas eu connaissance de leur projet ?

— Vous n'avez sûrement pas aidé votre ami à l'époque, si ? Arnold aurait pu réagir à ce moment-là, et peut-être que ça y aurait mis un terme.

Frankie déglutit, puis regarda autour d'eux.

— Vous ne savez pas de quoi il est question…

— Peut-être pas, admit-elle. Cependant, jusqu'à maintenant, ça m'a l'air plutôt simple. Aussi simple qu'un gars qui en trahit un autre, ce qui conduit à une effraction dans la maison d'un *policier*, où on a volé quelque chose qui a été utilisé plus tard pour commettre un crime. J'ignore combien d'années cette personne a gardé ce *taser*, mais, en le ressortant, il a offert un sacré spectacle.

Frankie la considéra.

— Quelqu'un est mort ?

Doreen opina du chef.

— Ouais, quelqu'un est vraiment mort.

Son visage devint blanc.

— Mais je ne peux pas être tenu pour responsable de ça !

— Je ne sais pas ce qu'ils font dans ce cas-là. Je vous l'ai dit, je ne suis pas flic. Et encore moins avocate, alors je ne sais rien de tout ça. Cependant, je peux affirmer une chose :

si vous êtes au courant de quoi que ce soit et que vous ne crachez pas le morceau, ça ira mal pour vous. Surtout si ce Jed est mêlé à tout ça. Vous avez vous-même précisé qu'il n'apportait que des ennuis, donc…

— Non, ça se gâtera quand même de toute façon.

— Oui, si vous avez déjà fait de la prison, peut-être, lui répliqua-t-elle avant de se montrer soucieuse. C'est le cas ?

Il haussa les épaules.

— Pas vraiment.

Elle grimaça.

— Écoutez, Frankie. Je ne comprends pas trop tous les détails ni dans quel genre d'ennuis vous vous trouvez, mais j'en ai relativement assez des sottises. Par conséquent, dites-moi exactement ce que signifie « pas vraiment ».

Il lui lança un regard noir.

— Je m'en suis tiré grâce à un vice de forme.

— Merci, ça a plus de sens, et pourtant, je ne sais vraiment pas comment ça fonctionne… Je suppose que ça dépend si vous êtes coupable ou non, s'ils ont simplement décidé de faire machine arrière et de ne pas vous juger, car ça n'en valait pas la peine, ou si vous aviez déjà passé suffisamment de temps derrière les barreaux.

Il montra qu'il l'ignorait.

— C'était pour un tas de raisons. Je ne sais même pas pourquoi ou comment tout ça se résume, mais je m'en suis sorti et je me suis fait la malle sans jamais me retourner.

— Malin. On dirait que vous auriez dû en rester là.

Il acquiesça, l'air abattu.

— Je l'aurais fait si j'avais pu, mais trouver un boulot et tout, c'est dur. Il n'y a pas de travail pour les taulards.

— Je trouve cela difficile à croire. Il y a toujours des boulots pour quelqu'un qui est honnête, respectueux et désireux de travailler dur. Et travailler, ça commence par postuler avec une bonne attitude, jusqu'à ce que vous obteniez un emploi. Quoi qu'il en soit, je suis certaine que c'est difficile pour ceux qui sortent de prison… D'un autre côté, s'attirer des ennuis semble bien facile, alors peut-être qu'en sortir est plus compliqué. Je ne sais pas.

Il la regarda fixement.

— Vous ne savez toujours rien de tout ça ?

— Non, et, à moins que vous n'éclairiez ma lanterne, je ne le saurai pas.

Soudain, il sembla prendre une décision.

— Écoutez. Si Jed découvre que je vous en ai parlé, je suis mort.

— Il a l'air d'être un *chouette* gars avec qui être copain…

— Non, il ne l'est pas. Il est effrayant, mais il paie le loyer, et j'ai un endroit où vivre.

Mentalement, elle compta Jed parmi les quatre habitants de la maison.

— Allez-y, et racontez-moi. Qu'a dit Jed ?

— Seulement qu'il est au courant de ce qui est arrivé aux affaires d'Arnold à l'époque.

— Était-il impliqué dans le vol d'origine ?

Frankie haussa les épaules.

— Je lui ai simplement indiqué qu'Arnold était de nuit cette fois-là. Rien d'autre, je le jure. Ils ont tiré avantage de cette information, déplora-t-il en lui lançant un regard triste. Le seul truc que je sais ensuite, c'est que je rentrais du pub et que l'endroit était en train d'être dévalisé.

— Ah, « *en train* d'être dévalisé » ! Alors, vous avez vu, vous saviez qui était là et vous étiez présent durant le vol. Ça diffère un peu de ce que vous m'avez relaté plus tôt…

Il acquiesça.

— Ouais, j'étais là, mais je n'avais pas organisé le cambriolage et n'avais rien à voir avec ça.

— « Pas organisé », « rien à voir avec ça », et pourtant, la maison de votre ami a été vidée de ses objets de valeur… des meubles, de l'électronique, tout ce qu'ils pouvaient embarquer, et vous n'avez rien fait pour aider Arnold. Il vous avait donné un toit, ce qui semble être une bien meilleure situation que celle que vous avez aujourd'hui.

Il grimaça.

— Et c'est comme ça que vous avez choisi de remercier votre amitié ? Ça dépasse l'entendement.

Il la dévisagea.

— J'avais besoin d'argent.

— Pour de la drogue ?

Il hocha lentement la tête.

— Mais j'en ai fini avec la drogue aujourd'hui.

— Je suis ravie d'entendre ça, dit-elle avant de l'étudier. Le truc, c'est qu'en finir avec la drogue n'est qu'une partie du combat.

— Ouais, c'est vrai, confirma-t-il amèrement. Je n'étais pas très intéressé par ces méthodes, toutefois, c'était un moyen de se faire de l'argent.

— Ça payait probablement mieux que de trouver et de se faire de vrais amis, qui est un processus au long cours, simplement pour les escroquer ensuite, alors qu'on ne pouvait probablement pas les dépouiller de grand-chose.

— Vous voyez ? C'est ça, le problème. Je croyais qu'ils pensaient que, comme Arnold était un flic, il posséderait bien plus qu'en réalité. Cependant, Arnold a payé les soins de sa mère pendant longtemps ; par conséquent, il n'était pas très riche.

— Oh là là, ça ne s'arrange pas pour vous. Donc, ils ont

volé Arnold en utilisant les renseignements que vous leur aviez fournis, et vous n'avez rien dit à la police ?

— Je ne pouvais pas, vous ne comprenez pas ?! s'exclama-t-il. Si je l'avais raconté et que ces mecs l'avaient appris, c'est moi qui aurais eu des ennuis.

Doreen opina lentement du chef.

— Bien, revenons à ce truc d'instinct de survie.

Il la fusilla du regard.

— Quand vous n'êtes déjà pas très chanceux, vous feriez n'importe quoi pour vous sortir de là.

— Je le comprends, et je l'ai déjà vécu plusieurs fois.

Il l'observa bizarrement, et elle haussa les épaules.

— Plus je passe de temps à observer les actions des gens, puis à les écouter tandis qu'ils essaient de se justifier, plus je me rends compte à quel point l'humanité en général a clairement besoin d'aide, déplora-t-elle.

Il rougit.

— Je suppose que vous allez en parler à Arnold maintenant.

— Ce n'est pas comme s'il avait confiance en vous à l'époque, si ?

Frankie secoua la tête.

— Non, en effet. Alors, peut-être qu'il était plus ou moins au courant depuis le début, et je... Je me sens vraiment mal pour ça.

Doreen se mit à rire.

— Ouais, vous avez *vraiment* l'air mal.

Sur ce, il commença à se mettre en colère.

— Ne venez pas me faire la morale ! J'ai commis une erreur, mais je ne savais pas comment lui avouer.

— *Très bien.* Vous pouvez le dire à Arnold désormais, ou je peux m'en charger. Toutefois, c'est l'occasion pour vous d'être un homme, et il voudra en être informé le plus tôt possible.

Les épaules de Frankie s'affaissèrent.

— Je le lui dirai.

— Ce serait une très bonne idée puisque sa carrière et sa pension sont en péril maintenant.

Là, Frankie la regarda, horrifié, et elle hocha la tête avec dédain.

— Ainsi, vous n'avez pas seulement ruiné votre vie, mais celle d'un autre également.

Il eut un frisson, jeta un autre coup d'œil dans la direction de Doreen, puis se tourna et s'enfuit.

Il se déplaçait comme si sa maison était en feu, et elle ne savait pas s'il prendrait la bonne décision ou pas. Elle l'espérait, mais l'espoir était une chose capricieuse.

— Je suppose que le temps nous le dira, marmonna-t-elle pour elle-même.

Chapitre 9

DOREEN CONDUISIT JUSQUE chez elle, puis libéra ses animaux, maintenant heureuse d'être de nouveau hors de son véhicule. Une fois dans sa maison, elle se rendit directement dans la cuisine et se prépara un sandwich. Presque immédiatement, Mack l'appela.

— Alors ? la questionna-t-il.

Elle lui raconta ce qui était arrivé.

— Donc Frankie était vraiment derrière ce cambriolage ? demanda-t-il, stupéfait.

— Ouais, apparemment, c'est ce que font les amis entre eux. Je suis désolée pour Arnold.

— Complètement, mais ça pourrait ne pas le surprendre. Arnold suspectait Frankie dès le début, cependant, personne n'a jamais envie d'avoir la confirmation de ce genre de doute.

— Exact. Bien sûr, maintenant que les répercussions s'enchaînent, Frankie a admis qu'il vivait avec Jed. Il n'a rien dit de plus sur son colocataire et s'en est allé. De ce que j'ai compris d'une partie de la conversation, c'est Jed qui a commis le cambriolage et qui s'est ensuite chargé de vendre le butin.

— OK, donc il a bien refourgué ce qu'il avait amassé.

Ainsi, Frankie a marché sur les pas de ce Jed pendant la dernière décennie au moins, marmonna Mack. Ils font la paire.

— Ce que je soupçonne, c'est qu'après que Frankie a été éjecté de la maison d'Arnold, il a emménagé avec Jed. Toutefois, je ne sais pas si c'est arrivé tout de suite. En tout cas, c'est arrivé. Il y a une grosse différence d'âge entre les deux, et Frankie avait besoin d'argent pour se procurer de la drogue. Il a bien dit qu'il en avait terminé avec ça aujourd'hui, mais j'ignore complètement ce qui était vrai dans son récit, bien que j'aie la certitude qu'il y avait une part de vérité. Et quand on y pense, la vente de drogue était un moyen pour Frankie de se faire de l'argent et de conserver son mode de vie criminel.

— Ouais, et à partir du moment où de la drogue est en jeu, adieu le sens commun.

Cela fit sourire Doreen.

— Bref, je suis à la maison et me prépare un sandwich, tout en réfléchissant à mon prochain coup.

— Et si tu laissais tomber cette histoire ? Je n'aime pas du tout ce Jed.

— Moi non plus, donc tu pourrais avoir envie de discuter avec les parties concernées. J'aimerais rester en dehors de ça, si tant est que ce soit encore possible.

— Je m'en occuperai cet après-midi, proposa Mack.

— Ça me convient. Tammy, la femme qui vit dans la maison avec Jed et Frankie, semblait également en savoir pas mal sur ce qu'il s'est passé à l'époque. Elle ne sort pas avec Frankie, mais elle le connaît bien.

— En revanche, tu ne sais rien de leur relation ?

— Non, uniquement qu'ils partagent une maison à quatre locataires. Jed doit être l'un d'eux. Cependant, concernant le vol qui a eu lieu il y a dix ans, elle semblait quand même avoir quelques informations… Je ne sais pas si elle était dans cette maison tout ce temps ni comment elle a pu être au courant.

— Super. D'autres secrets.

— Pas tellement dans le cas présent, tempéra-t-elle prudemment. Toutefois, je n'ai pas eu l'occasion de poser toutes les questions que j'avais prévues.

— Je poursuivrai l'enquête. Elle t'a plu, n'est-ce pas ?

— Ce n'est pas tant qu'elle m'a plu, mais j'ai compris ce qu'elle vivait. La vie n'a pas été des plus faciles pour elle, et elle avait besoin d'un toit au-dessus de la tête. Elle était amère, mais c'est ça, la vie. Les personnes comme elles sont plus que disposées à discuter.

— Une chose à laquelle tu es très sensible…

Doreen gloussa.

— Ouais, et comment !

— As-tu eu des nouvelles de Scott concernant la vente des antiquités ?

— Non, pas encore. Je prévois toutefois de lui passer un coup de fil dans un jour ou deux.

— S'il ne te contacte pas d'ici là, tu devrais vraiment l'appeler. Tu aurais déjà dû avoir des nouvelles.

— Je suis quasi certaine que j'en aurai et que tout arrivera probablement en même temps. Nous organiserons une grande fête quand j'aurai ce chèque.

— Ce sera le moment où tu devras être raisonnable entre les dépenses et l'épargne, l'avertit-il.

— Je serai raisonnable, ce qui ne signifie pas pour autant que je ne fournirai pas de la bière et de la pizza aux quelques personnes qui m'ont aidée à traverser cette étape de mon existence.

— J'ai pigé, et tu peux compter sur moi. Je ne dirai jamais non à ça.

Elle éclata de rire.

— Ah oui ? Même si tu viens de faire un festin de pizzas ?

— Hé, on n'en aura jamais assez ! protesta-t-il.

Elle n'en était pas sûre la concernant parce que ce n'était pas son plat favori.

Ce qu'elle aimait vraiment, c'était avoir l'occasion de recevoir tout le monde et simplement se détendre, se relaxer. Bien entendu, la raison pour laquelle ils l'avaient fait la fois dernière n'était pas la meilleure, mais bon, toute sorte de choses pouvaient être entreprises pour rendre la vie plus facile. Avoir des amis autour de soi était l'une d'elles.

Après le coup de fil, elle emporta son sandwich dehors sur la terrasse et se prélassa, simplement, avec ses animaux près d'elle. Elle n'était même pas certaine d'avoir une piste à suivre, à l'exception de cet effrayant Jed. Il était clairement dangereux, et elle avait vraiment eu de la chance de ne pas l'avoir rencontré plus tôt. La fille colocataire était susceptible d'avoir plus d'infos… Cependant, Doreen n'avait aucun moyen de la contacter directement.

Songeant à cela, elle envoya rapidement un message à Frankie lui demandant qui étaient ses trois colocataires. Elle n'obtint pas de réponse, ce qui n'était pas vraiment une surprise. C'était sans doute mieux ainsi, car Tammy ne serait peut-être pas interrogée à ce sujet, même s'il était probablement déjà trop tard pour cela. Celle-ci donnait toutefois l'impression d'être capable de se débrouiller par elle-même. C'était navrant de voir que des gens se trouvaient dans cette position ces jours-ci, à cet âge.

Sans cesser de réfléchir, Doreen mastiquait son sandwich. Quand son portable sonna, elle baissa les yeux et vit que Millicent lui téléphonait. Elle répondit en souriant.

— Salut ! Comment va le jardin ?

— Trop chargé, répondit l'autre en marmonnant.

— Oh, oh ! Il y a des mauvaises herbes incontrôlables ?

— Elles continuent de revenir là où je n'en veux pas, déplora-t-elle, tracassée. Il y a moyen que tu m'accordes une heure cette semaine ?

— Absolument. Je peux venir maintenant, si tu veux, ou en tout cas dès que j'aurai fini de déjeuner, ajouta-t-elle avec une note d'humour.

Millicent s'écria de joie.

— Si ça ne t'embête pas, ce serait vraiment gentil.

— Ça me va totalement, répondit Doreen. Je te retrouve dans environ trente minutes, d'accord ?

Après que Millicent, bien plus heureuse, eut mis fin à l'appel, Doreen envoya rapidement un message à Mack afin de lui annoncer qu'elle se rendait chez sa mère pour bosser sur les mauvaises herbes enquiquineuses. Il lui adressa un pouce levé, et elle sourit. Il lui garantissait encore de payer ses factures en un sens, ce qui la mettait mal à l'aise, même sans le vouloir. La perspective d'une forte manne financière à venir rendait les choses plus faciles. Elle rassembla ses animaux pour aller chez Millicent et cherchait ses gants de jardinage quand elle reçut un e-mail. Elle le lut avec stupéfaction.

Il provenait de la Ville qui l'invitait à créer un projet pour l'un des nouveaux jardins dans le centre. Elle garda les yeux rivés dessus un long moment, puis remit le téléphone dans sa poche et se rendit chez Millicent. Le fait de marcher jusque là-bas avec ses animaux donna à Doreen le temps de digérer cette nouvelle opportunité qui venait de surgir. Elle n'avait pas candidaté à ce poste en particulier, alors comment avaient-ils eu son adresse e-mail ?

Elle se dit qu'elle était sans doute dans leur base de données, bien que ce soit tout de même curieux. C'était aussi excitant, et ça l'intéressait réellement. Elle devait seulement savoir de quel jardin il s'agissait. Ensuite, elle déterminerait une esthétique susceptible de correspondre, peu importe ce que ça signifiait pour le moment.

Une fois qu'elle fut arrivée, Millicent désigna les diverses mauvaises herbes qui la dérangeaient, et Doreen se mit au travail. Après avoir œuvré pendant une heure, elle était détendue, souple et transpirait franchement.

Millicent l'invita à s'arrêter et lui fit signe d'approcher.

— Tout est vraiment joli. Je pense que ça ira pour le moment.

Doreen la regarda, sourcils froncés.

— Tu es sûre ?

Millicent confirma d'un hochement de tête.

— Tu travailles bien trop dur, et ça me met mal à l'aise. Je n'aurais pas dû te demander ça.

— Bien sûr que si, murmura Doreen. J'ai fait ça tout l'été et depuis une bonne partie de l'automne maintenant. Ça ne m'embête pas du tout, vraiment.

— Très bientôt, il sera temps de cesser de jardiner pour l'hiver.

Doreen acquiesça.

— Pas encore, cependant.

— Non, pas encore, renchérit Millicent avant de lui sourire timidement. J'aurais vraiment dû demander aux garçons de s'en occuper.

Doreen éclata de rire.

— Je ne pense pas que les *garçons* auraient apprécié que

tu les fasses jardiner, supposa-t-elle. Ce n'est clairement pas dans leurs cordes. Mack pourrait certes se charger des travaux difficiles, mais je ne suis pas certaine qu'il en aurait envie.

— Non, mais ils en seraient capables, insista Millicent.

— Exact. Toutefois, cela requiert beaucoup de temps. Je ne travaille pas, donc j'ai tout loisir de m'occuper de ça.

— Très bien, prit note Millicent. Je me sens simplement mal, car tu es toujours occupée à aider les autres, et personne n'est là pour te rendre la pareille.

Doreen haussa les sourcils.

— En réalité, ils m'ont énormément aidée, confia-t-elle. Je n'ai vraiment pas le sentiment qu'on me doive quelque chose. Les gens d'ici ont vraiment été gentils avec moi.

Millicent sembla s'adoucir, mais demeurait encore un peu soucieuse. Doreen secoua la tête.

— Ne t'inquiète pas pour ça. Je vais bien.

Sur ce, la vieille dame se détendit un peu plus et désigna l'arrière de la maison.

— J'ai préparé du thé. Tu resterais prendre une tasse ?

Comme cela faisait plus souvent partie de leur rituel que l'inverse, Doreen accepta.

— Bien sûr, c'est une très bonne idée, merci. Je peux t'aider à porter quelque chose ?

Millicent afficha un grand sourire et disparut dans la maison.

Doreen contacta Mack : **Une heure, maintenant l'heure du thé.** Puis elle suivit Millicent et se tint au seuil de la cuisine.

— Il fait encore bon à l'extérieur. Tu veux t'asseoir dehors ?

Millicent hocha la tête.

— Dès que je peux, je sors. Certains jours sont frais,

mais à l'extérieur, c'est bien mieux que dedans.

Les deux femmes s'assirent alors dehors avec une théière et quelques cookies faits maison.

— C'est toi qui les as faits ? demanda Doreen.

Millicent acquiesça.

— De temps en temps, j'ai une frénésie de pâtisserie… Les garçons semblent aimer ça.

— Ça, j'en suis sûre, approuva Doreen en rigolant. Je suis certaine que ces deux-là mangent tout ce que tu veux préparer.

— Ce sont des hommes, souligna Millicent en levant les yeux au ciel. La façon d'atteindre leur cœur passe clairement par leurs estomacs.

— Dommage pour moi, répondit joyeusement Doreen. Ma cuisine ne vaut pas un clou.

— Mais tu t'y attèles, non ? la questionna Millicent qui avait l'air presque anxieuse à ce sujet.

— Oui, évidemment. Ce n'est simplement pas quelque chose qui me vient naturellement, alors ça prend un peu plus de temps.

— Je comprends ce que tu veux dire. Je n'étais pas une grande cuisinière non plus quand je me suis mariée avec le père des garçons, mais j'ai appris.

— C'est ça, le truc. Cuisiner demande du temps. Et pendant que je suis de sortie pour bosser sur ces *cold cases*, je ne suis pas vraiment derrière les fourneaux.

Millicent afficha sa compréhension.

— C'est bien vrai. Nous ne disposons tous que d'un certain nombre d'heures dans la journée. Toutefois, c'est important, dans un mariage, de savoir cuisiner.

Doreen avait une petite idée de ce qui allait arriver…

— C'est peut-être la norme dans la plupart des mariages,

cependant, ça ne l'était pas dans le mien. De nos jours, j'estime que celui qui a les capacités et le désir de cuisiner devrait être derrière les fourneaux. Même chose pour le jardinage.

— Oh, c'est vrai, tu étais mariée avant, non ?

— Oui… Cela te dérange ?

Millicent secoua immédiatement la tête.

— Non, ça ne me dérange pas du tout. Je souhaite seulement que les garçons soient heureux.

— Ah, on en revient à la relation entre Mack et moi ?

Millicent hésita puis acquiesça.

— Oui, et je ne suis qu'une vieille femme qui s'inquiète pour rien. Toutefois, ce serait bien que les garçons se rangent avant que je ne trépasse.

— Ça ressemble vraiment à une conversation que je viens d'avoir avec ma propre grand-mère, commenta Doreen, amusée.

Cela provoqua un large sourire chez Millicent.

— Hé, tu ne peux pas nous en vouloir ! Nous avons envie d'organiser la vie de chacun comme ça, plus ou moins parce que nous aimons voir tout le monde heureux, expliqua-t-elle avant de soupirer. Ça ne marche pas toujours ainsi, cependant.

— Non, clairement pas. Puisque mon ex, Mathew, ne fait plus partie du paysage, c'est bien plus facile pour moi d'aller de l'avant dans une nouvelle relation.

— Avec Mack ? demanda Millicent, anxieuse.

— Avec Mack, confirma Doreen, mais aucune pression n'est permise.

Millicent s'adossa et opina du chef.

— Non, loin de moi cette idée, et je ne ferai rien qui risquerait de tout compromettre, dit-elle avant de tapoter la main de Doreen. Mack a fait du bon boulot en te choisissant. Maintenant, nous devons simplement trouver quelqu'un pour Nick.

— Ah, j'aurais aidé si j'avais pu, mais je ne suis pas une entremetteuse, alors ne me regarde pas.

Cela fit rire Millicent.

— Oh, je ne sais pas ! Tu as choisi Mack, donc tu t'en es bien sortie.

Doreen gloussa.

— C'est vrai, mais quand même, ça n'est pas vraiment dans mes cordes.

— Si tu rencontres des jeunes femmes bonnes à marier qui conviendraient à Nick, assure-t'en et tiens-moi au courant.

— Et tu vas les mettre ensemble, comme ça ? s'étonna Doreen, ses lèvres se tordant sous un sourire.

— Comme ça, oui. Je veux vraiment le voir casé. Bien entendu, je souhaite voir Mack casé également, ajouta-t-elle en regardant Doreen de biais.

— Oh, j'ai reçu le message ! Cependant, tu te souviens de la partie *pas de pression* ?

— Oui, et toi, tu te souviens de la partie *je suis vieille et mourante* ?

— Nous sommes tous mourants, souligna Doreen. Nous ignorons simplement l'échéance.

— Ce n'est pas non plus comme si nous allions recevoir un préavis avant que cela n'arrive.

— La vie serait plus facile si nous savions…

— Peut-être, mais ça ne fait pas partie de nos options à ce stade.

Chapitre 10

Mardi, début de soirée...

PLUS TARD CE soir-là, Doreen reçut un texto, et elle s'interrogea sur l'identité de son expéditeur. Elle y répondit avec précaution. Cependant, quand un autre SMS arriva juste après, elle comprit que c'était Tammy, si celle-ci lui avait bien donné son vrai nom. Le message était simple.

J'ai des informations. Où pouvons-nous nous rencontrer ?

Doreen grimaça, mais envoya immédiatement une réponse : **N'importe où. Quand ?**

Maintenant, dans le centre.

— Qu'est-ce que vous avez tous avec le centre ? se demanda-t-elle à voix haute.

Non que ce soit très loin, mais c'était l'une des zones où Doreen préférerait ne pas se rendre seule, surtout la nuit. Elle confirma avec un pouce levé, et elles convinrent de se retrouver juste devant le grand monument. Après ça, Doreen adressa immédiatement un texto à Mack.

Il l'appela presque instantanément.

— Tu n'y vas pas seule.

— C'est pour cela que je t'ai écrit. Je n'aime pas cette

partie de la ville en temps normal, alors, la nuit et toute seule ? Non, merci !

— Bien, je passerai te prendre.

— Tammy a dit qu'elle y serait dans une heure.

— C'est parfait. Je dois finir quelques bricoles ici avant de venir. Alors, une fois que je serai là, sois prête à partir immédiatement. J'aimerais trouver un endroit d'où je pourrai surveiller.

— Ça me va, approuva Doreen.

Se sentant bien mieux à ce sujet, elle mit la cuisine en ordre et lança une machine, avant de remarquer qu'une partie de son activité consistait seulement à s'agiter nerveusement. Tammy pourrait très bien détenir des informations, toutefois, son choix de lieu était en partie la faute de Doreen. Elle avait besoin d'obtenir les véritables noms de Jed et de tous ceux qui étaient impliqués dans l'effraction de la maison d'Arnold et, ensuite, d'effectuer une recherche sur eux. Comme ça, elle aurait plus d'infos à propos de ce qu'il se passait exactement dans cette affaire.

Tandis que l'heure de la rencontre se rapprochait, il n'y avait toujours aucun signe de Mack. Elle lui envoya un SMS et lui demanda : **Tu vas y arriver ?**

Il répondit qu'il venait juste de se garer devant. Elle rassembla rapidement ses animaux et se rendit à la porte d'entrée.

Il la regarda, sourcils froncés.

— Et tu as vraiment besoin de les amener ?

Doreen fit signe que oui.

— Ouais, mais ne me demande pas pourquoi.

Il haussa les épaules.

— Ton fameux instinct… Bon, si tu en ressens le besoin, vas-y. Qui suis-je pour t'en empêcher ? Rien de tout ça n'a de sens, donc fie-toi à ton instinct.

— Je suppose que c'est peut-être pour cela que je les veux avec moi.

Mack ne prononça rien d'autre, et elle fit rapidement monter tout le monde. Une fois qu'ils furent tous à l'intérieur du pick-up et groupés, en sécurité, Mack recula dans l'allée et se rendit vers le centre-ville.

— J'aurais dû suggérer une ou deux options pour le lieu de rendez-vous, et ne pas laisser ce seul choix à Tammy, marmonna-t-elle.

— C'est sans doute un endroit proche de chez elle, et, si elle n'a pas de bagnole ou d'autre moyen de locomotion, c'est probablement le point de rencontre le plus sûr et le plus pratique pour elle.

— Oh, je n'avais pas songé à ça ! admit Doreen, perdue dans ses pensées, mais tu as raison. J'ai une voiture, peut-être qu'elle non.

— Tu sais quelque chose au sujet de Tammy Farrow ? Je n'ai jamais eu l'occasion de l'appeler, désolé.

— Ce n'est pas grave et c'est peut-être mieux ainsi. J'espère avoir des détails, et nous avons clairement besoin de plus d'infos sur les autres colocataires, ou sur toute autre personne mêlée au cambriolage chez Arnold il y a dix ans.

— Ouais, je suis partant.

Doreen hésita et regarda Mack.

— Comment s'est passée ta journée ?

Il haussa les épaules.

— J'étais sur la scène de crime aujourd'hui, pendant un petit moment.

— D'accord, et le corps a bien été trouvé dans un jardin public ?

Il confirma.

— Oui. Ensuite, nous nous sommes rendus chez la victime, dans le centre également.

— Alors, il pourrait être lié à cette histoire de cambriolage ?

— C'est la question que je me pose. Dans un sens, on dirait que tout y est lié.

— Bien, marmonna Doreen. Quand même, la moindre information pourrait se révéler utile…

Mack eut un petit rire.

— Oui, c'est vrai. Cependant, c'est censé être de notre ressort, pas du tien.

Doreen sourit.

— Pigé, bien que les mondanités ne me dérangent pas trop. Nous devons sortir Arnold du pétrin.

— Je ne crois pas qu'il soit autant dans le pétrin qu'il pense l'être.

— De toute manière, ça ne doit pas être vraiment agréable pour lui de savoir qu'un des équipements qui lui ont été volés est devenu une arme de crime.

— Ce doit être ce qui l'ennuie le plus.

— Pour une bonne raison, et tu te sentirais mal toi aussi, j'en suis sûre. N'importe lequel d'entre nous serait dévasté.

Mack lui sourit.

— C'est vrai. Je le serais carrément.

Dès qu'ils arrivèrent dans le centre-ville, Doreen demanda :

— Il y a de bonnes places pour se garer ici ?

— À cette heure de la nuit, oui, répondit-il avant de scruter les environs à la recherche d'un endroit sûr, à l'abri des regards indiscrets. La majeure partie du centre est plutôt déserte en soirée, si on fait abstraction des fêtards.

Doreen observait les alentours tandis qu'ils s'en allaient

vers l'un des grands parkings. Elle opina du chef.

— Je retrouve Tammy juste à ce coin.

— C'est pour cela que j'ai pensé à me garer par ici, confia-t-il. Ensuite, nous pourrons aller nous promener.

— Oh, j'adorerais ça ! Et les animaux vont vraiment aimer aussi.

— *Super*, répliqua-t-il d'un ton sec.

Doreen rit et secoua la tête.

— Tu sais bien que tu les aimes.

— Et c'est tant mieux puisqu'ils sont clairement inclus dans le lot.

Elle confirma d'un rapide signe de tête.

— Ravie que tu en sois conscient.

— Oh, mais c'est le cas ! renchérit Mack. Soit je prends les quatre, soit je n'en ai aucun.

— C'est absolument vrai.

Une fois qu'ils furent garés, Doreen sortit de la voiture et attrapa les laisses.

— On se voit très bientôt.

Avec les animaux dans son sillage, elle avança vers le lieu de rendez-vous.

Chapitre 11

DEVANT LE MONUMENT, Doreen se dirigea vers l'un des nombreux bancs de la zone. Avec les animaux très proches d'elle, en particulier Goliath qui ne voulait pas du tout être tenu en laisse, elle s'assit pour patienter. Quelques minutes plus tard, elle entendit une femme parler à côté d'elle.

— Puis-je ? demanda Tammy.

— Oui, bien sûr.

Tammy s'installa à côté de Doreen, les yeux rivés sur les animaux.

— Bonté divine. Je n'avais pas compris qui vous étiez jusqu'à ce que je *les* voie.

Doreen afficha sa compréhension.

— C'est l'une des raisons pour lesquelles je me déplace avec eux. Tout le monde semble savoir qui ils sont, ce qui me fait gagner du temps quand j'aborde les gens.

— Ils sont assez connus, concéda Tammy.

Elles semblèrent vivre le moment fort d'une groupie à cet instant. Doreen la regarda attentivement dans la pénombre.

— Ils sont gentils, si vous voulez en caresser un, ou les deux.

Tammy tendit la main vers Mugs qui lui donna immédiatement un coup de truffe, en quête de câlins. Tammy émit un rire ravi et sourit.

— Ça me manque vraiment d'avoir des animaux, confia-t-elle avec envie.

— Vous ne pouvez pas en avoir où vous êtes ?

— Vous plaisantez ? On ne peut rien avoir là où on est, surtout pas une vie.

— Oh, ça n'a pas l'air enviable !

— Non, une fois que vous avez des ennuis, c'est presque impossible d'en sortir.

— Si vous en sortiez, où iriez-vous ? Où voudriez-vous aller ?

— À la maison, répondit immédiatement Tammy. Je monterais dans le premier bus pour retourner chez moi.

— C'est où ?

— En Ontario, répondit-elle, l'ombre d'un chagrin traversant son visage. J'ai de la famille là-bas et j'aimerais la retrouver. Repartir de zéro quelque part et sortir de ce cauchemar qui ne consiste qu'à vivre à moitié, voire ne pas vivre du tout. Espérer donner un nouveau sens à ma vie.

— Un ticket de bus n'est pas si cher, si ?

Tammy la dévisagea d'un air tourmenté.

— Le ticket n'est pas si cher, mais acheter sa liberté est une tout autre histoire.

— Vous allez devoir vous expliquer. Je pourrais peut-être vous aider.

— Non, c'est mieux que vous ne sachiez rien.

Tammy regarda autour d'elles nerveusement, de toute évidence stressée.

— Jed a déjà des problèmes maintenant. Je n'ai pas envie d'en rajouter. Il a l'alcool très, très mauvais.

— Il n'a pas besoin d'être ivre pour être méchant, si ?

Tammy frémit et secoua la tête.

— Non, il attaque d'abord et pose les questions ensuite. Frapper les gens, c'est particulièrement son truc.

— Et il a visiblement une certaine emprise sur vous.

Elle ricana faussement.

— Tout comme les autres hommes dans ma vie, marmonna-t-elle.

— Il est votre compagnon ?

— Jed n'a pas de compagne. Il a un harem.

Là, les pièces du puzzle se mirent en place.

— Ah. Maintenant, je comprends, murmura Doreen.

— Vraiment ? Ou votre rang social vous en empêche ?

— Non, absolument pas. Que je comprenne ou non n'a rien à voir avec le fait de vous libérer de lui.

— Il ne laisse pas les gens partir facilement. Maintenant, si vous avez un moyen de le mettre en prison et de l'y garder pendant un moment, pour que je sois libre avant que quelqu'un d'autre ne prenne sa relève, c'est une option que je pourrais envisager.

— C'est pour cela que vous êtes là, n'est-ce pas ?

Tammy hésitait.

— Ouais, Jed est sorti pour les affaires, et je suis censée travailler, ce que je ferai après ça. Cependant, avoir prétendu que c'était une soirée tranquille est une chose, être assise à discuter avec vous en est une autre.

— Et s'il vous voit ?

— J'arriverai à m'en sortir pendant un petit moment, mais pas trop longtemps.

— D'accord, alors discutons, la pressa Doreen. Ne vous

attirons pas d'ennuis. Mieux vaut parler vite, suggéra-t-elle.

— Sauf si vous me payez, proposa Tammy, hésitante.

— Pour votre temps ?

— Oui, je ferais n'importe quoi pour de l'argent.

Doreen hocha la tête.

— Ce dont j'ai vraiment besoin, c'est d'informations.

— Exactement, donc si je rapporte du fric, je serai peut-être en mesure de lui donner l'excuse bidon d'une nuit mauvaise, mais pas tant que ça. Et je pourrai vous fournir de bonnes informations.

— Je ne suis même pas certaine d'avoir de la monnaie sur moi…

Là, Tammy sourit.

— Nous sommes un peu plus modernes désormais, rétorqua-t-elle avant de lui tendre son téléphone, un petit terminal de paiement affiché sur l'écran.

— Bonté divine, lâcha Doreen en dévisageant Tammy. Vous êtes vraiment moderne !

Doreen sortit sa carte de crédit et, très attentivement, elle indiqua cinquante dollars.

Tammy la regarda scrupuleusement.

— Je devine que vous ne laissez pas facilement de pourboire non plus, hein ?

— Non, répondit Doreen. Quand je vous disais que j'ai passé beaucoup de temps sans maison, j'étais sincère.

— D'accord, très bien, marmonna Tammy. Ça suffira pour ne pas avoir Jed sur le dos, au moins quelques minutes. Bon, et maintenant ?

— Maintenant, vous répondez à mes questions.

Doreen se demandait encore comment elle avait pu céder aussi facilement cinquante dollars à quelqu'un. Elle ne pouvait pas vraiment demander à Mack de la rembourser, puisqu'il n'aurait pas payé Tammy dans un premier temps. Doreen soupira.

— En toute honnêteté de préférence, surtout après avoir été payée pour ça.

Tammy s'en amusa.

— C'est bon, ma grande. On nous en prend suffisamment sans notre avis dans ce monde, alors on a le droit d'en recevoir juste un peu à notre tour.

— Ou bien me suis-je fait avoir ? répliqua Doreen d'un ton neutre.

— Si vous obtenez des infos, est-ce que ce sera le cas ? la questionna Tammy, curieuse.

— Je ne sais pas. Je suppose que ça dépend de ce que vous avez à offrir, si vous détenez quoi que ce soit d'utile.

— Si vous effectuiez des recherches sur Jed, je suis sûre que vous trouveriez quelque chose pour le mettre hors d'état de nuire.

— Quel est son nom de famille ?

— Barry, Jed Barry.

— OK, et dans quelle direction je suis censée fouiller, en dehors de la prostitution ?

— Proxénétisme et vol, bien sûr. Ajoutez un peu d'entrées par effraction dans le lot. C'est le mec de référence pour les prêteurs sur gages, ajouta Tammy. Même si je n'ai jamais vu cette partie de lui en action.

— Oui, bien sûr. Il y a combien de femmes dans la maison avec vous ?

— Juste moi et une autre.

— Quel est le rôle de Frankie dans tout ça ?

— Il est censé faire les courses et toute sorte de boulots de temps en temps, mais honnêtement, Jed commence à en avoir assez de lui. Selon moi, Frankie va probablement être viré très bientôt. Simplement, il ne le sait pas encore.

— Il va être viré définitivement ou simplement être sommé de quitter la maison quelque temps ?

— Ça pourrait seulement être ça, toutefois, s'il a fait quoi que ce soit de mal, je ne peux pas le garantir.

— Est-ce que Jed a tué quelqu'un ?

— Aucune idée.

— Des filles ont disparu ?

— Non, en tout cas pas à ma connaissance. Il en a quatre et en a vendu deux. Maintenant, nous ne sommes plus que deux.

— Encore combien de temps avant qu'il ne vous vende à votre tour ?

— Je l'ignore, marmonna-t-elle. Ça me tracasse réellement.

— Ne pouvez-vous pas acheter vous-même votre liberté ?

— Si j'en avais les moyens, si ! répondit-elle avec un rire hystérique, mais amer. J'en ai parlé à deux reprises, et son tarif a doublé la seconde fois.

— Donc, en d'autres termes, il le doublera probablement encore.

— Tôt ou tard, oui, je suppose, si j'abordais de nouveau le sujet bien sûr. Non que ça l'intéresse vraiment. C'est surtout que, maintenant, n'étant plus que deux dans son harem, nous sommes sa seule source de revenus. Nous payons le loyer, et il n'a pas à travailler.

— Il aime la drogue ?

— Il n'en prend pas, non, clarifia Tammy.

— Et vous ?

— Non plus.

— Expliquez-moi pourquoi, après une très bonne nuit,

vous ne pourriez pas simplement garder l'argent, marcher jusqu'à l'arrêt de bus le plus proche et ne jamais revenir.

— J'y ai pensé, admit-elle. Souvent, en réalité. Je n'ai simplement pas encore pris ma décision.

— Pourquoi pas ?

Doreen ne savait pas trop pourquoi elle forçait à ce point cette idée de *partir en bus* alors qu'elle avait besoin de réponses à d'autres questions. Cependant, si Tammy avait des ennuis, elle devait l'expliquer d'une façon que Doreen puisse comprendre.

— Parfois, vous ne vous rendez simplement pas compte à quel point vous êtes prisonnière, répondit Tammy.

— Alors, Tammy, si je vous donnais quatre cents dollars maintenant, que feriez-vous ? demanda Doreen, ce qui lui valut un regard incrédule de Tammy. Je veux dire, c'est la valeur d'un ticket, non ? Un ticket de bus qui vous ferait traverser le Canada jusqu'en Ontario, en deux ou trois jours.

Tammy la regarda avec suspicion.

— C'est une proposition ?

— Pas encore, rétorqua Doreen. Toutefois, je me demande si vous le prendriez, car vous avez cette… opportunité de façon plus régulière.

Tammy émit un petit rire amer.

— Et maintenant, vous me jugez.

— Non, j'essaie de comprendre, car je me trouvais dans une relation similaire, confia-t-elle avant de cesser de parler pour se clarifier la voix. Enfin, je n'étais pas dans une situation strictement identique, mais j'étais véritablement dans une liaison toxique, où j'étais frappée, rabaissée et contrôlée en permanence. Et pourtant, je ne suis partie que quand j'y ai été forcée. J'essaie encore de comprendre pourquoi ça m'a pris si longtemps.

Tammy la dévisagea, stupéfaite.

— Vous ?!

— Ouais, moi. Je conçois que la plupart des gens qui me regardent ne voient pas une femme battue, et je travaille dur pour ne pas oublier d'où je viens. Cependant, quand on a l'occasion de changer, il faut saisir cette chance et s'enfuir avec elle.

— Pour l'instant, vous ne m'avez pas donné l'occasion de changer, souligna Tammy.

— Je ne suis pas certaine que vous vous en iriez.

— Je ne sais pas non plus, admit Tammy. C'est effrayant.

Cela fit sourire Doreen.

— Alors, *ça*, je le comprends amplement.

— Vraiment ?

— Oui. Je comprends. Il y a beaucoup de choses là dehors qu'on n'a pas envie de croiser. Beaucoup de choses là dehors sont moches. Surveiller ses arrières n'est clairement pas une façon enviable de mener sa vie. Cependant, vous pensez vraiment que Jed en viendrait à vous suivre jusqu'en Ontario ?

Tammy secoua la tête.

— Non, pas du tout.

— Puisque vous avez de la famille, leur avez-vous déjà demandé de l'aide ?

— Non, jamais, concéda-t-elle en prenant une grande inspiration. Je n'ai pas vraiment envie qu'ils sachent que je suis tombée si bas.

— Pensez-vous que, si vous retourniez là-bas toute seule, vous pourriez prendre un nouveau départ ?

Tammy opina du chef.

— Car vos proches vous épauleraient ?

— Ouais, ils m'ont dit de rentrer là-bas et qu'ils seraient là pour moi.

— Vous les croyez ?

— Oui, vraiment. C'est seulement dur de penser que je vais apporter tous ces bagages.

— Peut-être pas, la contredit Doreen. Peut-être que vous ne les emporterez pas. Peut-être devriez-vous vous en aller en les laissant ici. Ainsi, vous serez à même de commencer une nouvelle vie.

— Est-ce que c'est seulement possible ?

— Je pense que oui. Cependant, ça demande du temps et des efforts, et peut-être un soutien psychologique.

— Je ferai tout ce que je peux, déclara Tammy. Mais d'abord, je dois me débarrasser de ce mec. Jed n'est pas quelqu'un qu'on provoque.

— Vous voulez dire que vous pensez *vraiment* qu'il vous poursuivra ?

— Je veux dire que je passerai énormément de temps à regarder par-dessus mon épaule, sans savoir ce dont il est capable.

— *Très bien*, marmonna Doreen. Que pouvez-vous me révéler d'autre à propos de Jed Barry.

— J'ignore si c'est son véritable nom, commença Tammy. Il s'est retrouvé ici à un moment donné. Pour ce que j'en sais, il a été sans abri pendant deux hivers, puis a fréquenté des *individus*, relata-t-elle en insistant sur ce mot. Je ne sais pas qui ils sont, mais il a fini avec une fille et, grâce à elle, s'est fait suffisamment d'argent pour leur trouver à tous les deux un endroit afin qu'elle ait une chambre dans laquelle elle pourrait amener ses clients également. C'est ce que raconte l'histoire que Jed a lentement construite.

Tammy prit une seconde pour regarder autour d'elles. Le

parc était vide, et seules quelques personnes étaient visibles, sans qu'elles soient proches d'elles.

— Jed n'est pas du tout un gros joueur. Un joueur à deux balles, vraiment, mais le fait que tous les moyens soient permis signifie que personne n'est à l'abri, car il se sert de la peur et de la colère.

— Évidemment... C'est comme ça qu'ils dirigent les gens, n'est-ce pas ? demanda Doreen.

Tammy acquiesça lentement.

— Car vous êtes pétrifiée à l'idée de faire quelque chose de mal et, peu importe ce qui arrive, il arrive à s'en sortir.

— Rien ne vaut un coup de poing pour vous maintenir dans le rang.

Doreen grimaça, se souvenant de ses propres blessures.

— Cette partie-là, je ne la connais que trop bien.

Tammy observa Doreen dans l'ombre.

— Vous m'aideriez vraiment ?

— Oui. Dans quelle mesure, je ne sais pas encore. Je suppose que ça dépend si vous êtes sérieuse ou si vous prévoyez de prendre l'argent pour le dépenser dans de l'alcool et retourner à la rue. Le pire scénario serait que vous souteniez ce Jed avec mon argent, au lieu de faire en sorte de vous préparer un meilleur avenir.

— Ce n'est vraiment pas mon intention. Cependant, je comprends vos doutes.

— OK, alors nous devrons déterminer quelle est la meilleure façon de procéder. Que pouvez-vous me dire sur Frankie ?

— Frankie est le toutou de Jed. C'est un perdant. Il trompe ses amis et fait n'importe quoi pour un dollar. Tout est permis avec celui-là. Il ne semble pas garder de vrais boulots, ce que préfère Jed. Je crois que c'est parce que ça maintient Frankie sous sa coupe. Le fait de se retrouver très rapidement à la rue serait très mauvais pour lui. Il n'a pas les épaules pour ça.

— Pourquoi ? Comment réagirait-il si ça arrivait ?

— Dans son cas, ce ne serait pas joli, mais il finirait sans doute par se remettre à fouiller dans les poubelles en quête de nourriture, à dormir sous les porches pour se protéger du vent, et à se mettre à voler et faire tout ce qu'il peut pour avoir de l'argent. C'est ma meilleure théorie.

— Par conséquent, il retomberait au bas de l'échelle.

— Exactement. Quelque part, Jed est bénéfique pour Frankie, car il l'amende un peu.

— Est-ce que Frankie a déjà entubé Jed ?

— Si ce n'est pas encore le cas, ça ne saurait tarder. Frankie est comme ça.

— *Super*, marmonna Doreen.

— Pas super du tout, mais je ne suis pas idiote, et je sais reconnaître Frankie pour ce qu'il est.

— J'ai ce même sentiment aussi, répondit Doreen en y réfléchissant. Vous disposez de combien de temps avec moi dehors ?

— Pas beaucoup, admit Tammy, de nouveau nerveuse. Je dois partir. Cinquante dollars ne vous accordent pas beaucoup de temps dans ce monde, déplora-t-elle avant de regarder Doreen, puis de lui adresser un petit sourire. À moins que vous ne souhaitiez ajouter cinquante dollars.

Doreen secoua la tête.

— Non, j'ai vraiment atteint ma limite. Toutefois, vous avez mon numéro. Alors, dès que vous penserez sérieusement à vous en sortir, à vous en aller pour l'Ontario et à tout laisser derrière vous, envoyez-moi un message.

Tammy hésitait. Doreen l'étudia.

— Si je vous donnais de quoi vous acheter un ticket de bus et découvrais que vous êtes restée là, que vous avez pris mon argent uniquement pour vous affranchir d'un client, même si je comprendrais, ça ne me ferait pas plaisir. Et vous risqueriez d'avoir des problèmes avec la police pour vous adonner à ce type d'activité.

— Je veillerai à ce que ça n'arrive pas.

— Est-ce que Jed paie quelqu'un pour vous éviter des ennuis ?

Tammy haussa les épaules.

— Pas à ma connaissance, mais nous sommes constamment en mouvement. Vous devez savoir qu'il existe de plus grandes organisations, de plus grands harems en ville, souligna-t-elle. Par conséquent, tant que nous ne causons pas de problèmes, les flics nous laissent tranquilles en général. Tout le monde nous ignore.

— C'est difficile à croire que cela arrive ici tout le temps. Je n'en avais jamais eu vent.

— Vous plaisantez ? C'est le cas dans chaque ville, partout. Ce ne sont que des réalités de la vie, et, si vous croyez autre chose, vous avez tort.

Sur ce, Tammy se leva et s'en alla aussi vite que possible.

Doreen restait assise et regardait Tammy disparaître au coin, pensant à la facilité avec laquelle ses animaux l'avaient acceptée. Peut-être qu'elle y arriverait aussi.

Chapitre 12

Mardi, fin de soirée…

DOREEN MARCHAIT LENTEMENT vers Mack, sachant où il se trouvait, après lui avoir annoncé par message que son entrevue avec Tammy était terminée. Elle songeait encore aux paroles de cette fille.

— Le monde est tellement en vrac que la prostitution est absolument partout ? demanda-t-elle à Mack, dès qu'elle évoqua avec lui le harem de Jed à Kelowna.

Il opina du chef.

— C'est souvent le cas dans toutes les villes, dans tous les pays. Par endroits, c'est une grande industrie, dans d'autres, elle est plus petite. Parfois, c'est légal, et elles sont protégées. Dans pas mal de cas, tu les verras dans les rues, dans les recoins, tentant de faire une passe ou deux, aussi bien pour payer leur prochaine dose ou pour que leurs patrons les laissent tranquilles, expliqua Mack en secouant la tête tout en gardant un œil autour d'eux. C'est un triste monde là dehors.

Doreen partageait son avis.

— Tu n'imagines vraiment pas à quel point.

Quand ils arrivèrent à une large étendue herbeuse, loin du trafic, elle détacha Mugs et Goliath.

— Allez, les amis. Courons un peu.

Elle avait un peu trop d'énergie en elle après cette conversation déconcertante avec Tammy. Par conséquent, elle courait tout en jetant des bâtons, afin de libérer sa colère, tandis que les animaux faisaient les pitres autour d'elle. Quand elle finit par s'écrouler, ils lui bondirent dessus, Thaddeus au sommet de la pile.

Elle faisait bien rire Mack maintenant.

— Je ne sais pas ce qui a déclenché ça, mais c'est une partie de toi que je ne vois vraiment pas souvent.

Elle lui sourit.

— C'est un côté que la plupart des gens ne voient pas, admit-elle en gloussant. Je devais seulement libérer un peu de tension. Après cette discussion, j'en avais besoin.

— Apparemment, oui, renchérit Mack avec un sourire éclatant.

Il se baissa pour lui tendre la main quand ils entendirent un claquement au-dessus de leurs têtes. Il se jeta immédiatement sur elle et murmura :

— Ne bouge pas.

Elle cria après les animaux, et il plaça une main sur sa bouche.

— *Chuuut,* souffla-t-il encore tout bas. Je ne sais pas si c'était pour nous, mais c'était sans doute le cas.

Lorsqu'un second tir fit éclater l'écorce de l'arbre au-dessus d'eux, il opina du chef, se remit rapidement sur pied et la tira avec lui, derrière le tronc.

Elle leva de gros yeux fixes vers lui.

— C'était carrément pour nous, chuchota-t-elle.

Il passa la tête sur le côté de l'arbre et acquiesça.

— On dirait, oui.

Il avait déjà sorti son téléphone, et il appelait des renforts.

Elle se laissa tomber sur un monticule à la base du tronc.

— Doux Jésus… Qu'est-ce que c'était que tout ça ?

— Je n'en suis pas sûr, mais c'est probablement lié à la discussion que tu viens d'avoir.

Elle le regarda fixement.

— J'espère pas, sinon ça signifie que Tammy a des ennuis. Elle ne fera pas long feu si Jed nous tire dessus.

— Oh, j'en suis certain ! Si elle n'est pas en train de bosser et n'a pas d'alibi maintenant, elle aura des problèmes. Rien de bon ne ressort de ce genre de conversation, si tu étais censée être quelque part et que tu mens.

Doreen grimaça.

— Et pourtant, elle semblait relativement à l'aise avec ça, marmonna-t-elle.

— Elle est peut-être sérieuse en disant qu'elle veut sortir de tout ça, ou peut-être pas. Si ça se trouve, c'est elle qui nous tire dessus en ce moment.

Doreen hoqueta.

— Je n'ai vraiment pas envie d'envisager ce scénario.

— Peut-être, mais ça ne change rien.

Doreen hocha la tête et patienta, mais plus aucun coup de feu ne retentit. Elle leva les yeux vers Mack.

— C'est prudent de partir ?

— Non, pas encore.

Quelques instants plus tard, ils distinguèrent des sirènes au loin, et elle sourit avec une sinistre satisfaction.

— Maintenant, ça devrait l'être. Ça a dû interrompre notre tireur.

— Ouais, mais ça ne veut pas dire que quelqu'un ait été témoin de quelque chose.

— Non, mais tu peux parier que nous en aurons tous après Tammy désormais.

— Génial. Elle n'avait pas vraiment besoin de ça.

— Peut-être, mais si Jed commet une chose répréhensible, il nous faut des éléments concrets. Ça signifie qu'on doit le coincer. Si l'utilisation d'un *taser* est sa façon de gérer le fait qu'on interfère dans sa vie, ça prendra fin très tôt également, déclara Mack d'un ton dur. Je me fiche d'où il vient ou à quel point sa vie a été difficile. Tu ne gardes pas les gens prisonniers uniquement pour assouvir tes désirs. Jed devrait trouver un vrai boulot et mener une vraie vie.

— Je pense qu'ils retiennent vraiment des prisonniers. Des mecs de ce genre semblent toujours penser qu'on leur doit quelque chose.

— Ouais, nous devons également mettre la main sur Frankie et avoir une petite conversation avec lui.

— Ouais, bonne chance pour ça. Tammy semblait penser qu'il serait mis à la porte assez rapidement par Jed.

Mack se tourna vers elle, l'air soucieux.

— Vraiment ?

Doreen confirma d'un signe de tête.

— Apparemment, Frankie ne fait pas son boulot ou sa part, peu importe comment tu appelles ça. Aucune idée du moment où ça pourrait arriver, cependant, Tammy semblait quasi certaine que Frankie n'habiterait plus là-bas très longtemps.

— Il faut qu'on aille le chercher maintenant dans ce cas, annonça Mack.

Il passa un autre appel, avant d'y mettre fin rapidement et de reporter son attention sur elle.

— OK, bon, on nous ordonne d'aller chercher Frankie. J'ai également lancé un avis de recherche pour Jed, et je vais aller récupérer Tammy maintenant, expliqua-t-il avant de mesurer Doreen du regard. Je peux te faire confiance pour rentrer chez toi et y rester ?

Elle sourit.

— Je n'ai aucun problème pour rentrer chez moi à ce stade, mais n'aurai-je pas besoin de rester ici et de faire ma déposition d'abord ?

— Nous te contacterons demain.

Cela dit, il l'escorta jusqu'à une voiture de police garée près de son pick-up. Il transmit les instructions à un agent en uniforme pour qu'elle soit raccompagnée chez elle. L'officier hocha simplement la tête, et elle s'installa à l'arrière avec les animaux. Puis elle regarda Mack claquer la portière du véhicule de patrouille. Enfin, il s'en alla tranquillement et fut bientôt hors de vue.

Elle poussa un grognement.

— Je n'ai clairement pas le sentiment que ce sera bientôt fini.

Le flic sur le siège avant opina du chef.

— Correct, ce n'est que le début.

Chapitre 13

L E MATIN SUIVANT, l'esprit de Doreen était en pleine effervescence tandis qu'elle attendait toujours que Mack l'appelle pour lui donner les dernières nouvelles à propos l'enquête en cours. Elle devenait dingue, et le fait qu'il n'ait pas téléphoné commençait à lui taper sur les nerfs. Ce n'était pas qu'elle s'inquiétait de sa sécurité en ce moment, mais elle voulait des réponses, et pourtant, elle avait conscience qu'il n'était pas prêt à lui en fournir. Ça aussi, ça la rendait folle.

Par conséquent, elle avait déjà récuré sa salle de bains, lavé les sols et remis une machine à laver en route. Ensuite, comme elle s'ennuyait, elle avait changé les draps et, désormais, elle nettoyait l'intérieur des placards. Quand son téléphone finit par sonner à dix heures et qu'il lui demanda ce qu'elle était en train de faire, elle lui fit un rapide résumé.

Après un moment de silence choqué, il lui demanda :

— Vraiment ?

— Ouais, j'ai nettoyé la maison en attendant que tu m'appelles et me donnes des nouvelles.

La frustration dans sa voix n'aurait pas pu être plus évidente.

— Je n'ai pas grand-chose à t'apprendre.

— Mais tu peux me raconter plus que ce que tu m'as déjà dit, ce qui n'est pas rien.

— Ouais, c'était le plan, admit-il. Toutefois, à ce stade, tout ce que je peux t'annoncer, c'est que nous n'avons trouvé aucune trace de Jed ou de Frankie, nulle part.

— Et Tammy ?

— Elle a disparu dans la nature elle aussi.

— Ce n'est pas cool, Mack, rétorqua sèchement Doreen.

Un long silence résonna à l'autre bout du fil.

— Laisse tomber, finit par lâcher Mack.

— *Bien sûr*, marmonna-t-elle. Je vais laisser tomber, très bien, mais nous avons besoin de réponses, et il nous les faut maintenant ou bien je crains que nous ne retrouvions le corps de Tammy ou de Frankie, ou même les deux, quelque part.

— Espérons que non, lança Mack. Nous bossons dessus et faisons tout notre possible.

— Je sais, concéda-t-elle. Et je ne t'en veux pas. Je suis simplement un peu énervée que quelqu'un nous ait tiré dessus intentionnellement la nuit dernière. Cela éclaire la situation sous un nouveau jour.

Il hésita avant de répondre :

— Écoute. Je n'ai rien dit hier soir, mais ça ressemblait pas mal à une arme de la police.

— Quoi ? s'exclama-t-elle, son cœur cessant de battre. Tu penses qu'un des flics en a après toi ? C'est là que nous en sommes, maintenant ?

— Non. Je ne… Ça pourrait aussi être une autre arme de police volée, entre de mauvaises mains.

Le ton de Mack était si ferme que Doreen se détendit légèrement.

— Ce ne serait vraiment pas cool. C'était déjà suffisamment regrettable qu'Arnold ait à gérer ce genre de situation sans qu'il y ait d'autres flics concernés par un vol d'arme.

— Je suis d'accord avec toi sur ce point, donc nous n'emprunterons pas cette voie.

— Ah oui ? Je ne sais pas ce que nous sommes censés faire à ce sujet maintenant dans ce cas, car il semble bien que nous y allions tout droit. Et il est trop tôt pour que tu aies la certitude qu'une arme de la police a été utilisée, non ?

— Non, mais…

— Bon, je comprends. Et quelqu'un à la retraite ou démis de ses fonctions ? Une personne qui aurait eu des ennuis et qui chercherait à se venger, ou qui serait aujourd'hui forcé d'effacer les traces d'un autre ?

— Ce sont autant de scénarios que nous envisageons. Mon département est à la recherche d'une arme de police volée, mais n'a rien trouvé, même en remontant des années et des années en arrière. L'un des gars regarde du côté de Vancouver, simplement pour voir si un flingue de la police y a été dérobé. Nous n'avons pas beaucoup d'espoir, en vérifiant seulement deux zones géographiques. C'est là que la base de données nationale serait d'une grande aide, se plaignit Mack. Toutefois, c'est ici que tu te retires et que nous passons la seconde.

— *Ah*, souffla-t-elle, sarcastique. À la minute où il y a le moindre danger, on me demande de me retirer.

— Évidemment ! lâcha Mack, exaspéré. Nous voulons que tu sois en sécurité, tu t'en souviens ?

— Bien entendu que c'est ce que vous voulez, marmonna-t-elle, frustrée. Et je veux que tu sois en sécurité.

Après un autre silence de l'autre côté, Mack répondit :

— Je prends ça pour un progrès également.

Doreen grommela.

— Tu sais parfaitement bien qu'aucun progrès n'est requis dans ce domaine.

— Je n'en suis pas sûr. Je ne crois pas que tu sois pleinement impliquée dans cette relation.

— Je le suis. Complètement.

La voix de Mack s'illumina.

— En ce cas, nous avons quelques sujets à aborder.

— Non, vraiment pas, réfuta-t-elle, nerveuse. Sauf si ça à voir avec cette affaire ?

— Oh, non, tu ne me retiendras en otage dans *aucune* affaire ! Pas quand je n'y suis *pas* autorisé pour te garder en sécurité. Je t'appellerai quand j'aurai quelque chose que je serai autorisé à te révéler.

Et là-dessus, il raccrocha.

Elle rouspéta, les yeux rivés sur son téléphone. Comment était-elle supposée récolter plus d'informations ? Par conséquent, elle reprit immédiatement son portable et composa le numéro de Nan.

— Est-ce que tu sais quelque chose à propos d'un certain Jed Barry, Frankie quelque chose ou Tammy Farrow ? Ou peut-être un flic qui aurait été viré des forces de l'ordre pour comportement immoral par exemple ?

Un silence choqué lui parvint.

— Doux Jésus, marmonna Nan. Je n'avais pas compris que tu avais une nouvelle affaire, et apparemment c'est important.

— Eh bien, nous verrons. On m'a tiré dessus la nuit dernière. Deux fois, commença par expliquer Doreen.

Quand sa grand-mère hoqueta sous le choc, Doreen grimaça.

— Ne t'inquiète pas. Ce n'était pas aussi terrible que ça

en a l'air, ajouta-t-elle rapidement.

— Mais ça avait l'air bien pire que ce que tu m'as raconté au départ. Que se passe-t-il donc ?

— Je n'en suis pas certaine. Tout ce que je sais, c'est que quelqu'un est entré par effraction chez Arnold il y a dix ans. À première vue, ils ont volé certaines choses, y compris son *taser*, et maintenant, ce *taser* est apparu sur une scène de crime où un pauvre gars a été, en gros, électrocuté. Probablement celui dont parlaient les livreurs, durant la conversation que tu as surprise.

— Doux Jésus, grommela de nouveau Nan.

— Je suis alors allée au-devant de Frankie, l'ami d'Arnold qui vivait avec lui à l'époque. Il n'était pas présent au moment du cambriolage, il était donc censé n'avoir rien vu. Et pourtant, non seulement il en a vu beaucoup, mais en plus, il a parlé de crapules de son entourage à qui il avait raconté qu'Arnold bossait de nuit et que son logement pouvait être vidé. Comme tu peux l'imaginer, ils ont dépouillé Arnold, dont l'*ami* n'a rien fait pour les arrêter.

— Bien évidemment, commenta Nan de ce ton ironique pour lequel elle était douée. C'est à ça que servent les amis.

— Exactement. Ce qui m'a menée à Jed, un colocataire flippant d'Arnold et Tammy. Tous deux travaillent pour ce Jed, Frankie en faisant les courses et Tammy dans la rue.

—Oh non…, grommela Nan. Ouah, tu as vécu une sacrée soirée !

— Ouais, ça a surtout mal tourné quand les tirs ont commencé.

— Je n'ai rien lu de tout ça dans les journaux, dit prudemment Nan.

— Peut-être que Mack y est pour quelque chose. Je ne sais pas. Depuis ce matin, il n'a pas beaucoup d'info, et les personnes qu'il voulait embarquer ne l'ont pas encore été.

— Malgré tout, tant qu'ils veulent les appréhender, ça devrait être considéré comme un progrès.

— Bien sûr, concéda Doreen, mais en attendant, quelqu'un nous a tiré dessus, et j'aimerais en savoir plus. Je suis simplement inquiète, et c'est plus fort que moi, Nan.

Sa grand-mère soupira.

— Je peux comprendre que tu sois un peu soucieuse à ce sujet, murmura-t-elle. Cependant, peut-être que tu dois laisser Mack gérer cette affaire. Durant les autres enquêtes, une fusillade finissait par survenir plus tardivement, alors que là, à première vue, tu n'étais pas vraiment impliquée depuis une journée qu'on te tirait déjà dessus.

— Je laisserais tomber si je n'étais pas déjà concernée et si Tammy n'était pas déjà presque prête à quitter ce Jed et à mener une vie meilleure.

— Et bien entendu, quelque part, tu te sens responsable, en déduisit Nan, visiblement exaspérée.

— Pas responsable, clarifia Doreen. Toutefois, si je peux faire quoi que ce soit pour aider, alors je veux aider.

— Et tu crois vraiment être la personne la plus à même de donner un coup de main ? demanda Nan, curieuse.

— Je comprends vraiment ce qu'elle traverse.

— Oui, je vois ça. Comment comptes-tu t'y prendre, ma chérie ?

Il y avait tellement de compréhension dans la voix de Nan !

— Je ne sais pas vraiment. Je suppose que j'espérais un moyen de trouver quatre cents dollars pour lui payer un ticket de bus et la sortir de la ville.

— Est-ce que cela la mènerait vraiment quelque part ?

— J'ai effectué une recherche sur Google et j'ai découvert que c'était le prix moyen du voyage. Tammy m'a dit qu'elle avait de la famille à retrouver, mais elle ne veut pas qu'ils sachent ce qu'elle fait. Elle souhaite un nouveau départ et n'apporter aucun ennui avec elle.

— Bien sûr que non. Ce ne serait pas marrant. De toute évidence, quand tu commences une nouvelle vie, tu n'as pas envie de te trimballer ce genre de bagage.

— Tout à fait, répondit Doreen. Et pourtant, j'ignore si elle est prête à quitter Jed ou non.

— Intéressant qu'une personne dans un tel souk ne soit pas disposée à le quitter.

— Ouais, intéressant, peut-être pas si surprenant toutefois.

— Explique-toi, s'il te plaît, dit Nan d'un ton sévère.

— C'est facile pour moi de me mettre à sa place. Avant de me séparer de Mathew, je trouvais vraiment difficile ne serait-ce que d'envisager ou d'accepter que j'avais un problème. Cependant, une fois ce cheminement fait dans ma tête, l'idée de m'en sortir était encore au-dessus de mes forces. Au moins, Tammy est consciente de se trouver dans une mauvaise position et de vouloir en échapper.

— Alors, bien sûr, tu veux l'aider.

— Oui, je suppose que oui.

— Rien de mal à ça, ma chérie. Il est plutôt question de t'assurer que ce soutien en vaut la peine et que tu ne finiras pas par le regretter.

— Je ne pense pas que je le regretterai, cependant, je n'ai vraiment pas beaucoup d'argent.

— Mais tu as une grosse rentrée d'argent qui va arriver.

— Tout à fait, toutefois, j'ignore toujours quand.

— Je peux te dépanner un peu, mais…

— Eh oui, *mais*.

— Bon, pourquoi n'appelles-tu pas pour demander combien coûterait un ticket de bus si nous renvoyons Tammy dans sa famille ? Par la suite, si elle semble pleinement investie dans cette nouvelle vie, nous saurons au moins quel sera le montant nécessaire.

— Très bien, marmonna Doreen.

— Pendant que tu t'en occupes, j'irai voir en cuisine ce que je peux piquer pour accompagner le thé, et tu viendras ici afin que nous discutions de tout ça.

— OK, merci, Nan. Je ne voulais pas vraiment te mêler à ça.

— Bien sûr que si, rétorqua immédiatement Nan. C'est pour ça que je suis là. Il est important que tu aies l'occasion de me contacter dès que tu en ressens le besoin, surtout si ça concerne ce genre de choses. Ma vie n'a pas toujours été douce et ensoleillée, j'ai donc compris que, quand les ennuis arrivent, on a besoin d'un peu d'aide, parfois.

— Je le savais de toute façon. Tu as toujours été là pour m'épauler.

— Et aujourd'hui, tu veux être là pour prêter main-forte à quelqu'un d'autre. Je comprends. Nous devons seulement nous assurer que le soutien que nous apporterons est celui dont elle a besoin.

Et là-dessus, Nan raccrocha.

Doreen se renseigna rapidement sur le tarif d'un ticket de bus pour se rendre à l'autre bout du pays, et ce n'était pas donné. Elles pouvaient potentiellement l'avoir en promo pour un peu plus de 600 dollars. Ça semblait être un frein, mais si Tammy était en mesure de prendre en charge ses repas durant le trajet, ça la mènerait au moins jusque chez elle.

Tout en y réfléchissant, Doreen rassembla les animaux et

se rendit chez Nan. Ne la voyant pas sur le patio, elle entra. Nan était assise à sa table de cuisine, perdue dans ses pensées devant un bloc-notes. Elle leva les yeux et sourit.

— Te voilà, mon enfant.

Doreen enlaça sa grand-mère.

— Dis, je ne voulais pas t'inquiéter avec tout ça.

— Si je n'avais aucune source d'angoisse, je devrais en inventer une. Alors, mieux vaut avoir un vrai problème à résoudre, la railla-t-elle avec le sourire. Bon, tu as vraiment l'impression que Tammy était sérieuse quant à son envie de partir ?

— Oui. Je pense vraiment qu'elle est sérieuse. Je ne sais simplement pas si elle est prête.

— Il y a une grande différence, et c'est logique selon moi.

— Malheureusement, ce n'est pas parce qu'elle a dit oui que ça signifie qu'elle l'est vraiment.

— De quoi penses-tu qu'elle ait besoin pour y arriver ?

Doreen étudia sa grand-mère un moment.

— À mon avis, de comprendre que sa situation est sans espoir et qu'elle va se casser la figure, tout en sachant qu'un rayon de soleil l'attend là dehors.

— Bien, approuva Nan. Je suis d'accord avec ça.

— À quoi penses-tu ?

— Je pense que nous devrions acheter le ticket, comme ça, elle ne dépenserait pas l'argent autrement. J'ai un peu de monnaie, et si deux centaines de dollars peuvent faire la différence dans la vie de quelqu'un, alors ça vaut la peine de les dépenser pour Tammy, ajouta Nan en observant intensément Doreen, avant de lever ses lunettes, de les replacer sur son nez et de regarder par-dessus. Je sais aussi qu'une fois que tu prendras cette voie, tu voudras aider plus de gens comme elle.

— Est-ce que c'est mal ? la questionna Doreen d'une petite voix.

— Non, déclara Nan, engendrant un beau sourire chez Doreen. La charité, en particulier envers ceux qui sont dans le besoin, est un très beau geste, mais il en coûte ta propre sécurité, qui n'est pas optimale. Nous avons parcouru tellement de chemin pour que tu en arrives là, et te faire courir des risques maintenant semble discutable.

— Ce n'est certainement pas Mathew qui en aura après moi, et je comprends bien ce que c'est que d'avoir quelqu'un comme ça dans sa vie. J'ai connu cette vie, Nan.

— C'est pourquoi tu veux aider, et je suis à cent pour cent derrière toi. Ne te méprends pas, je veux seulement m'assurer que le soutien que nous apportons est celui qui aboutira aux meilleurs bénéfices avec le minimum de risques.

— Je n'y avais pas vraiment songé, avoua Doreen, et c'est quelque chose que nous devons absolument considérer. Ce n'est pas parce que Tammy a dit qu'elle était prête que nous aimerions la voir faire demi-tour et dépenser l'argent dans de la drogue. Alors, je suis d'accord avec ta suggestion de lui payer le ticket. Il coûte plus de 600 dollars, à ce propos. C'est le tarif le plus bas que j'ai réussi à trouver, et Tammy aura encore besoin d'argent pour se nourrir. Il lui faudra plusieurs jours pour arriver à destination.

— Bien entendu. Tu peux traverser le Canada en trois jours, mais n'imagine pas dormir pendant le trajet.

— Tu as déjà effectué ce voyage ? demanda Doreen à Nan, curieuse.

— Oui, mais ça remonte à bien des décennies, précisa-t-elle en faisant un geste de la main comme si ça n'avait aucune importance. Ça pourrait être sympa de faire ce genre de voyage un jour. Cependant, je m'y prendrais mieux la seconde fois.

Doreen sourcilla.

— Notre pays est si grand, et je n'ai pas eu l'occasion de vraiment en profiter ni de l'explorer…

— Tu pourrais avoir cette chance un jour. Pas maintenant, mais bientôt, très bientôt.

Doreen sourit à sa grand-mère.

— Qu'est-ce qui te pousse à dire « bientôt », Nan ? Tu t'attends à ce que Mack m'emmène en virée pour découvrir un peu plus le Canada ?

— Il pourrait. Même si je ne souhaite pas que tu partes pendant que je suis encore ici, admit Nan. Certes, je me montre égoïste en demandant cela.

Doreen fit la moue et tapota la main de sa grand-mère.

— Je n'ai l'intention d'aller nulle part avant très longtemps, et je n'ai certainement pas envie d'envisager ma vie sans toi non plus.

— Bien. Je suis seulement suffisamment égoïste et cupide pour vouloir te garder rien que pour moi. Cependant, j'ai aussi pleinement conscience que Mack et toi avez besoin de passer du temps seuls afin de développer votre relation. Ce que je soutiens, pour ne pas avoir à m'inquiéter pour toi, précisa Nan en lui adressant un énorme sourire. Comme je l'ai dit auparavant, si je pouvais organiser la vie à ma convenance, Mack et toi seriez mariés demain et ne bougeriez pas du coin, en prévoyant de *passer beaucoup de temps avec Nan* ou un truc de ce genre, la railla-t-elle avant de glousser. La vie n'est pas si simple.

Dès que le thé fut prêt, elle versa deux tasses tout en discutant des options pour aider Tammy.

— Tu te rends bien compte qu'une fois que tu aides une personne…, commença Nan tout en jetant un œil vers sa petite-fille qui hocha la tête.

— Je sais. Je t'ai entendue la première fois. Maintenant, ça dépend de la somme d'argent qui arrivera bientôt, avec les antiquités et tout le toutim. Je me posais la question…

Nan opina immédiatement du chef.

— C'est important de renvoyer l'ascenseur, tant que tu t'assures d'abord d'en avoir les moyens financiers. Alors, quand cet argent finira par t'être versé, nous étudierons les options qui s'offriront à toi et quel budget tu pourras débloquer afin d'aider ces personnes. Je suis totalement avec toi, et je comprends ce que tu veux faire, même si toi non.

— Je ne sais vraiment pas ce que ça implique, admit Doreen. Je veux dire, aider, c'est une chose dont je pense être capable, cependant, j'ignore comment m'y prendre. Alors, c'est encore un petit défi.

— Les défis sont positifs, lança Nan, amusée. Tu crois que Mack aura un problème avec ça ?

— Non, je ne pense pas. Et plus nous pourrons épauler de personnes dans ce genre de situation, plus ça nettoiera les rues.

— Oh, ma chérie ! Tu te rends bien compte que, dans notre société, dès que tu retires un de ces problèmes, un autre apparaît immédiatement après.

— J'en suis consciente, acquiesça Doreen, les yeux perdus dans le jardin. Je ne suis pas naïve. Je veux seulement voir le monde plus rose.

Nan lui adressa un grand sourire affectueux.

— Compris. Dans ce cas, commençons à réfléchir à un plan.

Elles s'exécutèrent, les deux femmes se concertant autour d'un thé, discutant de la façon dont elles pourraient prêter main-forte à Tammy et à d'autres femmes comme elle.

Chapitre 14

E N MARCHANT JUSQUE chez elle, Doreen se sentait mieux. Elle ne s'était pas rendu compte à quel point elle ressentait le besoin d'aider quelqu'un qui n'avait pas eu autant de chance qu'elle. Tout le monde n'avait pas une grand-mère comme la sienne et tout le monde n'avait certainement pas une maison remplie d'antiquités qui lui rapporteraient un très gros chèque. *A fortiori*, son mariage et son divorce – ou ce qui aurait pu être un divorce – allaient également engendrer l'arrivée d'une quantité astronomique d'argent et de biens immobiliers. Avec les successions de Mathew et de Robin en plus, Doreen finirait par être pleine aux as. Elle avait été comblée de multiples façons qu'elle n'avait même pas cru possibles.

Alors, si quelques centaines de dollars étaient à même de faire la différence pour une autre personne, Doreen voulait que cela se concrétise. Ça lui demanderait un certain effort, du temps, de la réflexion ainsi que des recherches afin de déterminer les moyens légaux qui s'offraient à elle ; il lui faudrait sans doute embarquer Nick là-dedans pour régler les détails réglementaires, mais elle n'était pas pressée. Ce n'était pas comme si elle devait ou pouvait s'en occuper immédiatement. Pas tant que les questions juridiques n'avaient pas été abordées et qu'elle n'avait pas une véritable idée de sa position financière. Toutefois, dans le cas de Tammy, le temps pressait.

Doreen voulait aussi la confirmation que cette dernière était sincère et prête. Certaines personnes disaient une chose et en faisaient une autre, bien que ce ne soit pas toujours le véritable fond du problème.

Désormais arrivée chez elle, Doreen entra par la porte arrière de la cuisine et détacha les animaux. Mugs se mit immédiatement à courir en aboyant comme un fou sans s'arrêter. Doreen s'immobilisa et comprit qu'elle n'avait pas enclenché le système de sécurité. Avec précaution, elle arpenta le rez-de-chaussée, mais Mugs ne trouva personne. Il continuait cependant d'aboyer, de toute évidence secoué. Cela tracassait Doreen, car, pour que Mugs agisse à ce point comme un dingue, ce devait être de mauvais augure. La fourrure de Goliath était dressée tandis qu'il trottait dans la maison, tout en reniflant l'air. Doreen retourna à la cuisine, et, comme elle s'en doutait, la fenêtre était ouverte.

Elle grommela tout en la fixant des yeux.

— Je ne l'ai pas ouverte… J'en suis sûre.

Elle prit un moment pour vraiment y réfléchir, mais jamais elle n'avait touché à cette fenêtre. Elle n'était pas facile d'accès, alors quelqu'un l'avait clairement ouverte et, avec sa malchance, était entré. Par conséquent, elle se retourna et regarda attentivement le reste de sa maison, méfiante. Étaient-ils encore à l'intérieur ? Telle était la question, sachant que la maison avait énormément de cachettes possibles. La dernière chose qu'elle souhaitait, c'était que quelqu'un lui bondisse dessus. Elle sortit rapidement son téléphone et appela Mack.

— Je suis vraiment occupé, Doreen.

— Ouais, bien sûr que tu l'es. Toutefois, il semble qu'un intrus soit entré chez moi. Et vu la façon dont se comporte Mugs, il est peut-être encore là.

— Merde ! J'arrive tout de suite.

Elle ne put que sourire quand il mit fin à l'appel et laissa tout tomber pour venir à sa rescousse. Non qu'elle en ait vraiment besoin, mais il était agréable de constater que, quand elle avait des ennuis, il était là, sans poser de questions. Elle sortit et resta dans le jardin en attendant. C'était une belle journée, et le fait de demeurer assise dehors n'était pas vraiment une épreuve. Elle se demanda donc comment quelqu'un avait su qu'elle n'était pas chez elle.

Richard passa la tête par-dessus la clôture et l'observa, l'air mécontent.

— Quel est le problème ? l'interrogea-t-il, suspicieux. On dirait que vous venez d'être essorée.

— Vous avez entendu quelque chose provenant de ma maison ?

— Ouais, absolument. Je vous ai entendue tout claquer là-dedans. J'allais vous demander ce qu'il se passait, mais mon frère m'a téléphoné, alors nous avons discuté.

— Je n'étais pas chez moi, lâcha-t-elle sans ambages.

Richard la dévisagea, les sourcils remontés jusqu'à la racine des cheveux.

— Comment ça, vous n'étiez pas chez vous ? la questionna-t-il, confus.

— Je viens tout juste de rentrer, précisa-t-elle, et la fenêtre de ma cuisine était ouverte, comme si quelqu'un avait pénétré par là.

Richard regarda la maison d'un œil mauvais.

— Il y a quelqu'un à l'intérieur ?

— Je ne sais pas. J'ai appelé Mack.

Il opina sagement de la tête.

— C'est bien de savoir que vous avez un flic dans vos numéros favoris.

Doreen rit tout bas.

— Pas sûre qu'il en soit ravi.

— Non, j'imagine, acquiesça calmement Richard. Et pourtant, c'est une aubaine pour vous.

Rien que la façon dont il avait prononcé cette phrase donnait l'impression qu'il ne s'agissait pas tant que ça d'une aubaine.

— C'est ça, la police, Richard. Elle vient quand on la contacte.

Il partit d'un rire sarcastique.

— Cependant, elle vient plus rapidement dans certains endroits que dans d'autres. C'est tout ce que je dis.

Doreen lui lança un regard noir.

— Je ne fais rien pour bénéficier d'une attention spéciale.

— Je ne pense pas que vous en ayez besoin à ce stade, commenta Richard, dont l'attitude suggérait qu'il voulait jouer au plus malin. Je suis quasi certain que vous êtes programmée dans les touches de numérotation rapide de tout le monde désormais.

Doreen grogna quelque peu.

— Ce serait bien que je ne sois pas dans les favoris des *criminels*. Quoi qu'il en soit, j'exige un peu d'intimité.

Richard éclata de rire.

— Bonne remarque. Vous semblez avoir eu plus que votre lot d'intrus, n'est-ce pas ? Je n'aimerais pas non plus me trouver sur leur liste. Dans quoi vous êtes-vous fourrée récemment ?

Elle haussa les épaules.

— Une personne avait des ennuis, d'accord ? confia-t-elle. Alors, naturellement, j'ai posé quelques questions…

Il leva les yeux au ciel en entendant cette information.

— Seulement quelques-unes ?

— Oui, seulement quelques-unes, répliqua-t-elle brutalement en le considérant d'un air mauvais. Je n'essaie pas de causer des problèmes.

— Vous n'avez pas besoin d'essayer… ça arrive naturellement avec vous.

Il marquait un point, et elle semblait agacer les gens ces derniers jours. Tout cela de façon totalement involontaire.

— Je n'essayais pas de contrarier qui que ce soit…, marmonna-t-elle.

— Tant mieux parce que je n'ai pas envie d'imaginer les dégâts que vous engendreriez dans le cas contraire, répondit-il en reniflant joyeusement à sa propre blague. J'entends la police.

— Comment est-ce possible ? Il n'y a pas de sirène.

— Non, mais bon, avec tout ce qu'il se passe en ce moment, ce ne serait pas la pire des choses dans ce monde s'ils la mettaient.

— Parfois, c'est quand même difficile pour moi… On dirait que tout le monde finit toujours par venir ici.

— *Non, vous croyez ?* la railla-t-il avec un autre ricanement.

Il avait eu raison ; après avoir entendu des portières claquer à l'avant, elle marcha sur le côté du jardin et s'exclama :

— Mack ! Je suis derrière !

Il fit le tour par la clôture latérale, et ses yeux se posèrent sur Doreen.

— Tu vas bien ?

Elle acquiesça.

— Je vais bien. Je suis revenue ici pour discuter avec Richard.

Elle se retourna, et Richard, bien entendu, avait disparu. Il se dépêchait tout le temps de fuir le moindre interrogatoire des autorités.

— Enfin, je *discutais* avec Richard, corrigea-t-elle.

Elle désigna la fenêtre de sa cuisine puis remarqua que Chester accompagnait Mack. Elle lui sourit.

— Salut ! Vous êtes sans doute là pour voir s'il reste de la pizza…

Il lui adressa un large sourire.

— Ce n'est pas le but principal de ma visite, mais s'il se trouve que vous en avez…

— Non, désolée. J'ai tout terminé.

Mack opina du chef.

— Et elle ne ment pas.

Chester la regarda, contrarié.

— Vous ne donnez pourtant pas l'impression de beaucoup manger.

Mack éclata de rire.

— Cette femme est parfaitement capable de manger comme quatre, marmonna-t-il.

Il étudia la fenêtre de sa cuisine, avant de se retourner et de lui demander :

— Tu es allée à l'étage ?

— Non, ni à l'étage ni au sous-sol. Je suis restée dehors après t'avoir appelé.

Il grimaça.

— Bien, dit-il avant de s'adresser à Chester. Tu veux bien aller vérifier le rez-de-chaussée ?

Chester accepta avec un signe de tête, puis se rendit vers la porte latérale du garage. Mack passa par la porte de la cuisine et alla à l'étage. Doreen s'assit sur la terrasse et attendit.

Mack redescendit et réapparut le premier. Il lui jeta un coup d'œil, et elle secoua la tête.

— Chester n'est pas encore revenu.

Alors, immédiatement, Mack disparut.

Elle se leva, retenant Mugs qui voulait assurément suivre Mack. Goliath n'était pas en vue pour le moment. Thaddeus s'était montré vraiment calme, ce qui était préoccupant. Elle l'observa, installé sur son épaule.

— Ça va, mon pote ?

Il tourna la tête vers elle.

« Thaddeus va bien. »

Doreen le regarda intensément.

— Tu ne peux pas vraiment comprendre ce que tu dis, grommela-t-elle.

« Thaddeus va bien », répéta-t-il. Puis il hocha rapidement la tête avant de se tourner et de regarder dans une autre direction, par défi.

— Est-ce que tu es en colère contre moi ? Ce n'est pas comme si j'avais fait quoi que ce soit pour t'énerver récemment.

« Thaddeus va bien. »

Elle ignorait qui il était en train d'imiter, cependant, elle craignait qu'il ne s'agisse d'elle. Elle soupira.

— OK, donc je t'ai contrarié d'une manière ou d'une autre, et je ne sais pas trop pourquoi.

Thaddeus ne répondit pas cette fois. Elle se souvenait bien de lui avoir parlé de Big Guy quelques jours auparavant, et elle devait encore l'emmener lui rendre visite. Il se pourrait vraiment que ce soit la raison pour laquelle Thaddeus lui en voulait. Elle se promit de faire ça bientôt, mais elle ne pouvait pas s'en charger aujourd'hui.

Avant qu'elle ne s'en rende compte, Mack fut de retour, Chester à ses côtés. Elle soupira, soulagée.

— Chester, comme vous ne reveniez pas, j'avais peur qu'il y ait quelqu'un en bas qui vous retenait en otage.

Il secoua la tête.

— C'est un sacré sous-sol que vous avez là ! Bien dommage que vous n'y ayez pas accès depuis la maison.

— Oui et non, tempéra-t-elle. Jusqu'à présent, un accès direct au sous-sol n'aurait pas été une bonne chose, vu le nombre de fois où des intrus se sont retrouvés à l'intérieur de ma maison et me voulaient du mal.

— C'est un bon argument, admit Chester. Vous avez tendance à fâcher les gens.

Elle leva les mains.

—Apparemment, même Thaddeus semble le penser en ce moment.

Mack la considéra.

— Que se passe-t-il avec Thaddeus ?

— Je ne sais pas, mais il n'a pas l'air bien.

Ce dernier la regarda alors.

« Thaddeus va bien. »

Et, comme elle s'y attendait, il avait bien compris ce dont il était question.

Mack se mit à ricaner.

— Je n'en suis pas sûr, mon pote. On ne dirait pas du tout que tu vas bien.

Thaddeus s'avança et sauta de l'épaule de Doreen à celle de Mack.

« Thaddeus aime Mack. »

Celui-ci lui caressa doucement les plumes.

— C'est bon, mon pote. Je t'aime aussi, répondit-il.

Les deux restèrent ainsi, s'admirant mutuellement, tandis que Doreen et Chester les observaient.

Elle secoua la tête.

— Même mon oiseau est tombé amoureux de Mack, grommela-t-elle.

Chester la regarda puis lui adressa un large sourire.

— Tant mieux.

Elle opina du chef.

— En effet. Ce serait un peu difficile s'ils ne l'aimaient pas. Bien entendu, ce ne serait pas si facile s'ils l'aimaient trop.

— Vous n'êtes quand même pas jalouse…

Il y avait une telle stupéfaction dans sa voix que Doreen ne put qu'en rire.

— Non, je ne suis pas jalouse du tout. Je sais quelle impression donne cette bande, et, dès qu'on saisit ce qu'ils manigancent, mes animaux surprennent complètement.

Chester s'esclaffa et reporta son attention sur Mack, tout comme Doreen.

— Donc, la maison est sûre ?

— Oui, confirma Mack. Je ne sais pas si nous devons essayer de chercher des empreintes digitales sur cette fenêtre ou pas.

— Je doute que ça en vaille la peine, marmonna-t-elle. Il y a des chances que les intrus aient utilisé des gants.

— Toutefois, nous l'ignorons, souligna Chester. À la minute où ils deviennent trop sûrs d'eux, nous avons une opportunité de les capturer. Je pense que nous devrions vérifier ces empreintes.

Alors, ils filèrent à l'avant de la maison puis revinrent

avec un petit kit.

— J'emporte ce truc partout, en espérant avoir l'occasion de l'utiliser, se justifia Chester avant de regarder Mack pour avoir sa permission.

Ce dernier haussa les épaules.

— Vas-y, passe à l'action.

En quelques minutes, Chester se mit à s'extasier :

— Regardez ça !

Ils s'approchèrent, et, effectivement, après qu'il eut saupoudré de la poudre noire, une empreinte apparut sur l'un des rebords de l'huisserie.

Elle poussa un soupir de joie.

— Je ne me souviens même pas d'avoir touché cette fenêtre, donc ça ne devrait pas être la mienne. Une chance de découvrir qui c'est ?

— Je l'espère, indiqua Chester en posant avec précaution un morceau de plastique et en relevant l'empreinte de poudre noire.

— C'est génial, commenta-t-elle en se frottant les mains. Ce serait vraiment bien que personne ne s'en tire cette fois.

— Hé, personne ne s'en est tiré jusqu'à présent ! lui rappela Mack. Tu t'es bien arrangée pour que tout le monde soit appréhendé.

— Et pourtant, voilà où nous en sommes, avec une effraction bâclée et une fusillade. Vous avez mis la main sur ceux que vous cherchiez ? Un signe de Jed, de Tammy ou de Frankie ?

Mack fit non de la tête.

— Non. Jusqu'à maintenant, aucun d'entre eux ne s'est manifesté.

Doreen fronça les sourcils.

— Tu sais ce que je n'ai pas encore réussi à faire, n'est-ce pas ?

— Quoi donc ?

— Je ne suis pas allée sur la scène de crime au *taser*, et j'en ai besoin.

— Pas maintenant, déclara-t-il.

— Pourquoi pas ? demanda-t-elle d'une petite voix. Peut-être que nous trouverons quelque chose.

Grâce à la présence de ces hommes, même si Mack ne se montrait pas coopératif, le soulagement la submergea tout à coup, et elle se laissa bruyamment et brutalement tomber sur la chaise de jardin.

— Je suis contente que vous soyez venus malgré tout, bien que je ne puisse pas me rendre sur la scène de crime, marmonna-t-elle.

Mack l'observa, contrarié.

— Venus *malgré tout* ? Sérieusement ? Quelqu'un a de toute évidence tenté de rentrer chez toi et a peut-être même réussi, souligna-t-il. La question est : que cherchait-il ?

Doreen haussa les épaules.

— Je ne sais pas. Ce n'est pas comme si j'avais beaucoup d'affaires. Tout ce qui est important se trouve dans un coffre-fort ou a été scanné, si c'est lié aux affaires sur lesquelles j'ai bossé. Certains dossiers de Solomon sont probablement ce que j'ai de plus important ici.

Elle regarda Mack qui essayait de maîtriser sa forte envie de rire et qui échoua lamentablement. Elle le fixa des yeux, stupéfaite.

— Qu'est-ce qu'il y a de si drôle ?

— J'ai vu nombre de grosses effractions dans ma carrière, et les femmes s'inquiètent en général des bijoux, des vêtements, des chaussures, des sacs à main, de l'argent, des meubles et de Dieu sait quoi d'autre, expliqua-t-il, tout en continuant de rire. Et te voilà, inquiète à propos du vol potentiel de tes dossiers.

Elle comprit alors sa crise de rire et y répondit avec un grand sourire penaud.

— Ceux-là sont tous scannés également, alors, même si quelqu'un les prenait, j'en aurais des copies numériques.

— Bien, grommela-t-il en hochant la tête, ayant cessé de sourire. Dans ce cas, la prochaine étape, c'est de se demander si c'est toi qu'ils cherchaient.

Cette hypothèse effaça immédiatement le sourire sur le visage de Doreen.

— Ils en auraient après moi ?

Chapitre 15

Mercredi, début d'après-midi…

QUAND CHESTER S'EN alla avec l'empreinte digitale relevée sur le rebord de la fenêtre, ne restaient que Doreen et Mack. Elle était assise dehors, sur la terrasse, avec une tasse de thé apaisante, tandis que Mack buvait du café.

— Tu crois vraiment que l'intrus en avait après moi ? Et est-ce que cela signifie que le tireur également ?

Mack soupira.

— Je n'en suis pas sûr. J'essaie encore de trouver une explication à tout ça.

Doreen opina du chef.

— Je suppose qu'il fallait presque s'y attendre à ce stade, non ?

— J'espérais que non. Le fait que tu vives seule n'aide pas non plus.

Elle le considéra, et ses lèvres tressaillirent.

— Est-ce que ça veut dire que tu veux emménager avec moi ?

Il lui jeta un regard surpris puis sourit.

— Non, ce n'est pas du tout ce que je dis. Même si je ne serais pas contre si tu le proposais. Il faudrait vraiment y réfléchir. Cependant, si je pensais que le danger était pire que ça, j'emménagerais, oui, et tu n'aurais pas le choix.

Elle éclata de rire.

— À ce moment-là, je ne lutterais ni ne débattrais avec toi. Si quelqu'un est déterminé à me faire du mal, il y a peu de chance que je refuse de l'aide. Bien qu'il faille avouer que les animaux m'ont été bien utiles jusqu'à présent. Ils pourraient même être prêts à se battre contre *toi* pour moi.

— Tu rêves, mais nous ne pouvons pas compter que sur eux, surtout que Thaddeus semble être de mauvaise humeur à propos de quelque chose.

— Ouais, si seulement je savais avec exactitude ce qui le met en colère, marmonna-t-elle en secouant la tête.

— Tu pourrais le découvrir ? lui demanda-t-il, curieux. Il semble que Thaddeus ait ses propres objectifs...

— Je ne sais même pas s'il s'agit vraiment de ça. Parfois, quand je ne l'emmène pas rendre visite à Big Guy, ou si je ne fais pas une chose qu'il pense que je devrais faire, il se fâche contre moi.

— Se *fâcher* n'a rien d'anormal entre les animaux et les humains, souligna-t-il. Donc, c'est plus que ça ? la questionna-t-il gentiment.

Elle afficha son ignorance.

— Aucune idée. A-t-il vu quelque chose ou n'ai-je pas fait un truc ? Cela pourrait être n'importe quoi... Je croyais bien agir en apprenant son langage, mais c'est lui qui apprend le mien, admit-elle.

Thaddeus s'envola de son perchoir du salon pour se joindre à eux sur la terrasse, peut-être parce qu'il les a entendus mentionner son nom. Il se posa sur le bras de Doreen et remonta rapidement jusqu'à son épaule.

— Je pense que c'est assez commun, dit Mack en caressant gentiment les plumes du Gris du Gabon.

Thaddeus se secoua, puis regarda Mack et alla de l'épaule de Doreen à son bras avant de passer sur Mack.

— Il t'aime vraiment.

Après un moment de silence, Mack se mit à parler doucement.

— Ça t'ennuie ?

Elle agita la tête.

— Non. Je nous vois comme des gardiens aimant les animaux, et, avec de la chance, ils nous aiment en retour. De plus, je pense que c'est bien pour Thaddeus d'avoir un cercle équilibré de gens autour du lui, et tu en constitues un pilier depuis des mois maintenant. Pas étonnant qu'il t'apprécie.

— Il fait également partie de ma famille.

Thaddeus se frotta le bec contre la joue de Mack, ce qui attendrit Doreen.

— Vient-il de te murmurer un truc ?

— Je n'en suis pas certain, souffla Mack en observant soucieusement l'oiseau.

— Je pense qu'il nous imite et s'efforce d'articuler des mots. Cependant, peut-être qu'il ne parvient pas à entendre ou à comprendre toutes les nuances d'un murmure.

— Thaddeus est fascinant quoi qu'il en soit, déclara Mack.

Le perroquet était installé sur son épaule, ce qui lui donnait le sourire.

— Sérieusement, le fait que j'ai été adopté par tes animaux est merveilleux.

Doreen regarda Mack, et son cœur se mit à fondre.

— L'acceptation est merveilleuse, et c'est une chose à laquelle je m'adapte lentement.

— Tu auras un tas de choses auxquelles t'adapter et vite,

entre Scott et… As-tu eu de ses nouvelles, à ce propos ?

Elle branla le chef.

— J'ai laissé deux messages, et il m'en a laissé deux. Jusqu'à présent, nous sommes seulement dans un chassé-croisé téléphonique.

— Tu n'avais pas ton portable avec toi ?

— Je jardinais, je crois, et, l'autre fois, j'avais coupé la sonnerie, expliqua-t-elle avant de hausser des épaules. Même si Scott vend tout, il se passera tout de même un moment avant que je ne perçoive la recette des ventes.

— Peut-être, oui. Toutefois, tu as parcouru un long chemin, et il est possible que certaines choses se vendent plus vite.

Doreen sourit.

— Peut-être. Je ne sais pas encore. Évidemment, je suis très curieuse. Cependant, je ne veux pas me faire de faux espoirs.

En entendant ce commentaire, Mack se moqua.

— C'est aussi ce que tu as dit au sujet du divorce, et regarde ce qu'il en est aujourd'hui ! Je ne connais personne qui ait eu autant de chance que toi financièrement. Il n'est pas simplement question de vendre les antiquités – et de ton besoin réel de cet argent. Cependant, désormais, tu recevras possiblement aussi de l'argent et des capitaux de la succession de Robin et sans aucun doute de ton ex. Tu devrais en bénéficier assez rapidement, car ton nom était déjà sur la plupart de ses biens.

— Je vais sans doute devoir m'acquitter d'un tas de taxes, et probablement dans l'immédiat, marmonna-t-elle d'une voix plus sombre. Pour ce que j'en sais, c'est pour cette raison qu'il m'a tout légué, partant du principe que je serais en galère pour les payer.

— Je suis quasi certain qu'il n'avait pas prévu de te laisser ça entre les mains. Et qu'il avait pleinement l'intention de tout garder, souligna Mack, l'air sérieux. En revanche, si tu plonges dans ce genre de soucis, tu pourras bénéficier d'aide afin de régler ces taxes.

— J'imagine que les impôts fonciers ne seront pas dus pendant encore un an. Alors, si Mathew a tout payé en temps et en heure, j'en suis peut-être dispensée. Je peux demander à Nick d'y jeter un œil.

Mack sourit.

— Nous avons bien besoin de nos avocats et de Nick également, même s'ils donnent l'impression de prendre leur temps.

Là, le téléphone de Doreen se mit à sonner.

— Regarde ça ! En parlant du loup… Salut, Nick. Je suis assise dehors sur ma terrasse avec ton frère, et nous parlions justement de toi.

— Bien, répondit-il d'un ton brusque. Je dois confirmer ton compte bancaire et les numéros de ton coffre-fort ainsi que tout le reste, pour qu'on puisse traiter toute la paperasse.

— Pourquoi as-tu besoin du compte bancaire ?

— Je présume que tu souhaites que tout l'argent de Mathew soit transféré de ses comptes au tien. Techniquement, personne ne devrait y avoir accès, mais c'est seulement pour être sûr…

— Oh, je veux absolument tout déplacer ! lâcha-t-elle.

— OK, dès que nous aurons tout mis à ton nom, nous aurons un paquet de papiers à gérer. De plus, nous devrons établir un testament approprié.

Cela fit grimacer Doreen.

— En effet… Simplement au cas où quelqu'un réussirait à me liquider, renchérit-elle d'un ton qui s'était assombri à mesure qu'elle prononçait ces paroles.

La voix de Nick était tranchante quand il rétorqua :

— Quelqu'un t'a encore attaquée ?

Mack tendit la main pour prendre le téléphone de Doreen et mit le haut-parleur pour répondre à son frère. Il lui apprit le dernier incident avec la fusillade dans le centre-ville ainsi que l'effraction dans la maison de Doreen.

— Bon Dieu, c'est déprimant à entendre…

— Ouais, un tas de choses dans la vie sont déprimantes, Nick, les interrompit Doreen. Selon votre mère, le fait que tu n'aies pas de compagne l'est aussi.

Ce fut le silence à l'autre bout du fil, mais Mack éclata de rire.

— Malheureusement, Doreen a raison sur ce point, admit Nick. Toutefois, je ne suis pas certain que vous soyez tous les deux en position de me jeter la pierre.

— Maman semble être plutôt d'accord avec le fait que Doreen et moi ayons une sorte de futur, confia Mack en jetant un coup d'œil étrange à Doreen. Par conséquent, ça veut dire que tu es désormais au cœur de son prochain projet !

— Bon Dieu, grommela Nick d'un ton légèrement tendu, avant de se mettre à rire lui aussi. Je suppose que ce serait l'inconvénient de vivre près de la famille, non ?

— Exactement, confirma Doreen. Pourtant, ça faciliterait les choses, car elle te verrait plus régulièrement, et cela repousserait certaines de ses inquiétudes.

— Ou les placerait sous les feux des projecteurs, la contredit Mack en souriant. Mais bon, tant qu'elle se concentre sur toi et non sur moi, ça me va très bien.

— *Super.* Merci pour ça, frérot. Doreen, je te rappellerai dans la matinée. Ou peut-être que nous devrions convenir d'un rendez-vous… aux alentours de dix heures ?

— Bien sûr, accepta-t-elle.

— D'accord, je peux venir chez toi. Nous récolterons toutes les informations dont j'ai besoin et ensuite nous commencerons à envoyer des documents.

— Est-ce que ça concerne la succession de Mathew ?

— Les successions de Mathew et de Robin, et c'est moi qui communique avec les avocats. Par conséquent, tant que tu signes les documents m'autorisant à agir en ton nom, nous pouvons régler ça, et l'argent pourra être viré sur ton compte. Après ça, nous pourrons commencer la procédure concernant le reste des biens et autres actifs non monétaires.

— Bien, et ensuite, qu'en est-il des trucs pour lesquels mon nom n'apparaît pas ?

— Tout t'a été légué, donc cette partie-là est relativement claire. Nous n'avons reçu aucune revendication ni litige concernant la propriété, mais nous examinerons ça si le cas se présente.

— *Comme c'est charmant*, marmonna Doreen, quelque peu sarcastique. J'ai vraiment envie d'être débarrassée de la succession de Mathew, et le plus tôt sera le mieux.

— Tu seras une femme vraiment riche après ça, et garde en tête que cette liberté amène son lot de responsabilités.

— Je sais, comme les taxes foncières, se plaignit-elle. Je dois te parler d'autre chose aussi, une fois que nous en aurons terminé avec tout ça.

— Quelle autre chose ? demanda Nick, curieux.

— De mes options pour le dépenser. Investissements optimaux, tout ça…

— Tu t'inquiètes encore pour les courses ? la railla Nick avec une note d'humour dans la voix.

— Non, je me posais la question… Et j'ai parlé à Nan…

de la façon dont je pourrais aider au mieux Tammy et d'autres femmes à sortir de la rue.

— Qui est Tammy ? rebondit-il avec prudence.

Là, Mack prit les devants et expliqua, en fixant Doreen bien dans les yeux avec une expression éberluée et émerveillée, comme s'il la voyait pour la première fois.

— Ah, souffla Nick. Une fois que nous aurons terminé cette paperasse et réparti les actifs, nous pourrons étudier comment utiliser cet argent et comment prêter main-forte à d'autres personnes. Pendant ce temps, mon conseil, c'est de ne rien entreprendre pour le moment. J'ai déjà un tas de papiers à remplir, sans avoir à en rajouter. Nous pourrons discuter de ça une fois que tout aura bel et bien été viré sur ton compte.

Et là-dessus, il leur souhaita une bonne journée et raccrocha. Mack sourit à Doreen.

— Tu ne m'avais pas raconté pour Tammy.

Elle haussa les épaules.

— Je ne suis pas encore sûre de ce que je vais faire. J'en ai discuté avec Nan, juste avant de revenir à la maison et de constater l'intrusion. Si tout ce dont a besoin Tammy est un ticket de bus, ça paraît trop simple… je ne m'occuperais pas pleinement de son problème.

Le sourire de Mack s'étendit sur son visage et se transforma en un énorme sourire.

— Dixit celle qui n'avait pas deux sous pendant tous ces mois.

— Je sais, et c'est sans doute en partie pour ça que je veux aider. La valeur d'un simple coup de main s'est déjà avérée avec Nan. Si elle ne m'avait pas offert ce foyer, j'aurais pu finir là où est Tammy.

Mack regarda Doreen d'un air choqué. Elle haussa les

épaules, mais ne se défila pas et énonça simplement la vérité, telle qu'elle l'était.

— Je n'ai aucune ressource, Mack, aucune compétence, ajouta-t-elle en parlant lentement. Ce n'est pas du tout exagéré de se dire que j'aurais pu finir dans un très mauvais état. Nan est la raison pour laquelle je ne vis pas ce scénario inquiétant. Alors, si je peux aider quelqu'un d'autre à sortir de cette galère au prix modeste d'un ticket de bus pour l'Ontario, c'est bien. Le problème, c'est de déterminer si Tammy est sérieuse et s'en tiendra au plan, et c'est mon boulot.

— Ce qui signifie ?

— Ce qui signifie : est-ce que je lui donne simplement un coup de main pour qu'elle passe ensuite à autre chose ? Et si elle préférait garder l'argent pour se payer de la drogue ou autre ? N'aurait-elle pas alors besoin d'encore plus d'aide ? Tu vois ce que je veux dire ?

— Je vois, répondit Mack avec un sourire compatissant. Je pense que les œuvres de charité du monde entier sont confrontées à ce problème.

— Sans doute, bredouilla-t-elle. C'est tellement triste que nous ne puissions pas prendre de décision concernant le futur, car nous ignorons comment réagiront les gens.

— Je crois que dès qu'il est question d'argent, tu dois le donner puis t'en aller. C'est tout ce que tu peux faire. Maintenant, s'il s'agit d'un ticket de bus, contente-toi de le lui acheter.

— C'est une des idées que Nan et moi envisagions, indiqua Doreen, désormais souriante. Nan est plutôt partante pour donner le fric dont je ne dispose pas. S'il est seulement question de quelques centaines de dollars…

— Quelques centaines de dollars fois combien de

femmes ? Ça pourrait augmenter rapidement, lui rappela Mack.

— J'en suis consciente, et, pour le moment, il est uniquement question d'épauler Tammy. Cependant, je me doute que ça pourrait très rapidement avoir un effet boule de neige.

— Quand tu te seras occupée de toute cette paperasse, tu devrais peut-être voir avec mon frère pour mettre quelque chose en place. Je ne sais pas si « œuvre de charité » est la dénomination appropriée, mais un crédit ou une fondation, ou peut-être une dotation, c'est ce qu'il te faudrait. Tu pourrais mettre de côté une partie de l'argent que tu vas recevoir et t'en servir pour fournir un soutien fiable à ces gens. Cependant, tu devrais aussi y réfléchir en vue de bénéficier de réductions d'impôts.

Doreen grimaça.

— Il semble que j'ai beaucoup à apprendre…

— Tu es intelligente et tu retombes vite sur tes pieds. De plus, tu as du temps libre et mon frère pour t'épauler.

Le sourire de Doreen fut cette fois rayonnant.

— Ouais, il se trouve que tu as été ma bonne étoile, déclara-t-elle en lui caressant la joue avec douceur. Non seulement tu m'as appris à cuisiner – et tu es régulièrement venu à ma rescousse –, mais ton frère me maintient à flot dans tous les autres domaines. Que ferais-je sans vous deux ?

Mack rit.

— Je ne pense pas que c'était vraiment dans l'intention de Nick. Il essayait surtout de t'aider à divorcer de ton ex.

— Oui, et quelqu'un d'autre s'est chargé de ça de façon encore plus efficace.

Mack acquiesça.

— Ne nous attardons pas sur cette partie-là.

— Non, en convint-elle en lui tapotant la main. Avec tout ce qui se profile et qui est en mesure de nous apporter une vie confortable, aux animaux et à moi – bien plus que ce que j'aurais pu imaginer –, en plus de l'argent des antiquités attendu depuis longtemps qui va arriver simultanément, ça ne représentera qu'une petite partie à gérer en retour. Il semblerait que j'entre dans une nouvelle étape de mon existence.

Il ne pouvait pas ajouter grand-chose, si ce n'était lui rappeler qu'elle était prête à relever le défi. Il se tourna pour regarder la maison.

— Tu es satisfaite de ton système d'alarme ?

— Pas autant que je l'aurais cru, dit-elle tout bas. De toute façon, je ne crois pas qu'il y avait un capteur sur la fenêtre de la cuisine.

— Non, il n'y en avait pas, lui confirma-t-il. J'ai déjà contacté l'agence de sécurité, car nous devons clairement améliorer ton installation.

— Ça prendra une journée ou deux, je suppose.

Mack opina du chef.

— Très probablement. Puisque les entreprises sont fermées pour la journée maintenant, je leur parlerai demain matin et verrai si on peut accélérer un peu les choses.

Doreen sourit.

— Et pendant ce temps ?

— Pendant ce temps, tu feras attention à toi et tu seras très prudente.

— Bien sûr, comme toujours.

Il la dévisagea d'un air sérieux et lâcha, d'une voix maussade :

— Tu te mets dans des situations qui requièrent un haut niveau de précaution, donc tu vas devoir améliorer ton jeu là-dessus.

Doreen ne dit rien, il avait raison. Il y avait des chances que, à un moment donné, elle se retrouve dans un scénario qui ne soit pas bon. C'était arrivé trop de fois pour tenir les comptes désormais, et elle ne pouvait pas toujours espérer que ses animaux soient là pour la secourir, bien qu'ils aient sacrément assuré jusqu'à maintenant. Elle tendit la main vers Thaddeus toujours posté sur l'épaule de Mack et caressa doucement ses belles plumes.

— Doreen aime Thaddeus.

Il l'observa et lui répondit immédiatement : « Thaddeus aime Doreen. »

Chapitre 16

Jeudi matin…

L E MATIN SUIVANT, Doreen se réveilla avec le message que Mack lui avait envoyé et se rendit compte qu'il était déjà huit heures.

— Ouah, une grasse matinée, marmonna-t-elle.

Elle avait lutté pour s'endormir la nuit précédente, après tous les commentaires de Mack et ses leçons quant au fait d'être plus prudente et au besoin d'améliorer son système d'alarme. Même à ce moment-là, tandis qu'elle lisait son message, elle comprit qu'il s'en était déjà occupé et lui faisait savoir qu'elle devait s'attendre à ce que quelqu'un de l'agence de sécurité vienne à neuf heures pour expertiser sa maison pour améliorer son installation. Ce qui signifiait qu'elle devait se lever et se dépêcher d'avoir les idées claires avant que celui-ci n'arrive.

Elle courut jusqu'à la douche, et, quand elle en sortit, tous les animaux l'attendaient.

— Oui, j'ai trop dormi, et vous n'avez pas eu de petit-déjeuner ni l'occasion de sortir. Désolée, les amis.

Elle s'habilla rapidement et se rendit au rez-de-chaussée. Elle les laissa sortir, puis prépara du café et leur nourriture.

Après cela, elle se sentit mieux, car elle avait toujours détesté dormir au point de les faire languir. Ils avaient tant contribué à enrichir sa vie que, le moins qu'elle pût faire, c'était leur procurer à manger et les laisser se nettoyer. Elle gloussa.

— Votre vie n'est pas si mal, les amis, leur dit-elle.

Mugs avalait déjà sa nourriture et était prêt à retourner courir dehors. Elle ouvrit la porte pour que tout le monde puisse entrer et sortir. Dès que le café eut terminé de couler, elle attrapa une tasse et se rendit dehors, où elle s'assit, bâillant encore et tentant de se débarrasser des vestiges de sa mauvaise nuit.

Elle vérifia ses e-mails et hoqueta. Elle avait vraiment pris du retard ce matin-là, et de nombreux messages s'accumulaient déjà. Plusieurs provenaient de Nick concernant leur rendez-vous à dix heures ; par chance, il voulait le repousser un peu. Elle donna immédiatement son accord puis passa à différents problèmes qu'elle devait encore régler.

Un e-mail venait de Scott. Elle l'ouvrit sans attendre : il lui demandait de le rappeler. Il semblait que tout serait encore mieux que ce qu'elle avait pensé initialement. Elle lui téléphona, et, lorsqu'il répondit, il paraissait préoccupé. Pourtant, il se ressaisit quand il comprit que c'était elle à l'autre bout du fil.

— Doreen, bonjour !

— Salut, Scott.

— Vous n'allez pas le croire, mais plusieurs de nos clients de longue date ont pris de l'avance et ont acheté quelques-unes de vos pièces avant la date des enchères, commença-t-il, plutôt extatique. Aujourd'hui, il ne nous reste que quatre pièces non vendues.

— Oh ! alors ça n'ira pas aux enchères, finalement ?

— Ils étaient prêts à payer plus pour devancer la procédure.

— Ils peuvent sans doute faire ça en ce qui me concerne, déclara-t-elle en riant.

— Exact. Pour le moment, cela s'élève bien au-delà d'un million sept cents dollars.

Elle s'immobilisa et regarda dans le vide.

— Combien ? J'ai cru vous entendre dire un million sept cents dollars…

— Vous m'avez bien entendu, et nous disposons encore des plus grosses pièces, alors vous devriez vraiment, vraiment bien vous en tirer.

— Est-ce que c'est un million sept cents pour moi ou un million sept cents hors frais et sans compter votre part ?

Il éclata de rire.

— Oh non ! C'est net vendeur, et, honnêtement, j'espère vraiment que nous dépasserons les deux millions pour vous.

— Moi aussi, bredouilla-t-elle.

Même après la fin de leur appel, elle demeura sonnée. Elle avait toujours espéré que les antiquités lui rapporteraient pas mal d'argent, mais un million de dollars avait semblé impossible. Et désormais, avec tout ce qu'il y avait à côté, il semblait que tout irait bien pour elle finalement. Alors, elle rit aux éclats et se fit la conversation.

— Doreen, tu es une idiote. Personne n'imaginait que cet argent issu des antiquités me permettrait de *bien vivre*.

Avec un petit conseil d'investissement solide, elle devrait être tranquille pour le restant de sa vie, et cela valait la peine de se réjouir. Elle observa sa maison et son jardin, se rappelant que tout cela avait été possible grâce à Nan. Elle appellerait bientôt cette dernière pour partager la bonne nouvelle avec elle.

Toutefois, pour le moment, elle voulait seulement rester assise et savourer ce moment, intégrer le fait que cette peur et ce sentiment d'insécurité concernant son futur appartenaient maintenant au passé. Elle avait conscience qu'elle n'aurait pas l'argent immédiatement, même si Scott lui avait promis de le lui envoyer aussi rapidement que possible. Une fois qu'il aurait terminé de vendre toutes les pièces, les fonds arriveraient en plusieurs grosses salves.

Non qu'elle en ait besoin là, tout de suite, pas avec la succession de Mathew qui devrait être réglée relativement vite. Selon ce que Nick lui avait expliqué, certains des comptes et biens de Mathew étaient déjà à son nom ou le mentionnaient, donc cela devrait être une formalité. Elle se retrouverait dans une situation financière bien meilleure qu'elle ne l'avait imaginé dans ses rêves les plus fous.

Une partie était à mettre sur le compte de son ex malgré ses intentions fâcheuses, mais une grande partie était due à Nan. Elle avait supposé que la plupart de ces objets ou événements l'auraient remise sur les rails, mais tous ? Oh là là ! C'était désormais un tout nouveau monde d'indépendance financière, et elle ne savait toujours pas quoi en penser.

Elle était assise là, à se prélasser avec joie et sa tasse de café, quand Nan l'appela. Doreen lui raconta rapidement ce que Scott lui avait annoncé.

— C'est absolument parfait ! s'extasia Nan. Nous devons vraiment fêter ça.

— Oh, nous le ferons ! répondit Doreen. Bien que je n'aie aucune idée de ce que ça implique, ajouta-t-elle avant de rire. Cependant, si tu veux aller quelque part en vacances ou aller dîner, etc., dis-le-moi, et je serai plus que ravie de réaliser cela.

Nan gloussa.

— Ma vie de voyages est terminée, mais ça ne veut pas

dire que je ne t'emmènerai pas dîner. Est-ce que M. Woo est rétabli ?

— Oui. Nous devrions peut-être faire ça : descendre le voir aujourd'hui.

— Oh, ma chérie ! Il me vient seulement en tête qu'il pourrait ne pas être totalement réceptif en te voyant.

— J'espère vraiment qu'il le serait, répliqua Doreen, confuse. Pourquoi pas ?

— Certaines personnes te verront d'un mauvais œil à l'heure actuelle.

Doreen eut un rire sarcastique.

— Un tas de gens me voient d'un mauvais œil, mais en général, ce sont ceux qui sont condamnés à des peines d'emprisonnement.

Nan s'esclaffa fortement, comme si sa petite-fille avait raconté la meilleure blague du monde. Pourtant, ce n'était pas moins une plaisanterie que la réalité.

— Pourquoi ne descends-tu pas pour prendre le thé avec moi ? lui suggéra Nan. Ou bien es-tu installée dehors à boire du café ?

— C'est exactement ce que je suis en train de faire. Je n'ai pas passé une très bonne nuit, après qu'un intrus s'est introduit chez moi hier après-midi.

— Oh non…, marmonna Nan. Ce n'est pas bon, ça.

— J'attends le gars de la sécurité à qui Mack a demandé de venir jeter un œil à mon système d'alarme. L'individu est passé par l'une des fenêtres qui ne sont pas équipées de capteurs.

— D'accord, et tu as certainement besoin d'en avoir sur chacune d'elles si tu continues de t'occuper de *cold cases* et d'avoir des ennuis tout le temps. Par exemple avec cette nouvelle affaire…

— Je ne prévoyais pas d'attirer de quelconques ennuis dans ma maison, grommela Doreen.

— Tu ne l'avais peut-être pas prévu, mais ça ne signifie pas que d'autres gens n'ont en pas l'intention.

Doreen ne pouvait pas dire grand-chose là-dessus. Elle parla encore un peu avec Nan, puis confia :

— Dès que j'en aurai terminé avec l'agent de sécurité, je retrouverai Nick. Ensuite, peut-être que je pourrai te rendre visite cet après-midi.

— Ça me va, approuva Nan.

Elles remirent donc leurs plans à l'après-midi. Pile quand Doreen raccrocha, elle reçut un autre coup de fil.

— Bonjour, c'est Chris, de l'agence de sécurité. Mack m'a demandé de jeter un œil à votre installation ce matin. J'appelle car j'ai terminé mon précédent rendez-vous plus tôt que prévu, et je voulais savoir si je pouvais arriver chez vous maintenant.

— Pas de problème. Venez. Je suis en train de savourer mon café.

— OK. Je serai là d'ici cinq minutes.

Elle mit fin à la communication et retourna à l'intérieur.

— Eh bien, les amis, on dirait que notre journée a commencé.

Quand arriva le milieu d'après-midi, elle dut téléphoner à Nan et repousser leur thé. Cette dernière était aussi imperturbable que d'habitude.

— Oh, ne t'inquiète pas pour ça, mon enfant ! Descends quand tu es prête. Je suis contente de te voir à tout moment. Je suis navrée que ce soit une journée si remplie toutefois. Ce doit être fatigant.

— Très, marmonna Doreen. Mais tout va bien.

En réalité, tout allait très bien ; elle avait signé

l'autorisation pour que Nick agisse en son nom. Par conséquent, désormais, celui-ci contacterait l'avocat de Mathew et celui de Robin, afin qu'ils lui transmettent les numéros de comptes. Elle poussa un soupir. Ils pourraient enfin s'occuper d'une partie de cette paperasse.

Quand elle rassembla les animaux, ils étaient tous plus que disposés à partir en balade et à rendre visite.

— Descendons chez Nan.

Mugs courait jusqu'à la rivière et Doreen riait, finissant par le rattraper.

—Je suis contente de constater que tu es prêt à voir Nan, mais attends-nous.

Elle sourcilla en remarquant que Goliath avait déjà filé vers l'avant et patientait à un peu plus de cent mètres en bas du chemin. Même Thaddeus faisait le parcours, soit en bondissant, soit en volant. Il appelait Nan, se mettait sur ses pattes, volait un peu plus loin, puis atterrissait, cela à plusieurs reprises. Cela donna le sourire à Doreen.

— Vos facéties, c'est quelque chose !

Elle était très amusée, et c'était bon de les voir pressés de retrouver sa grand-mère. Prenant la direction de Rosemoor, elle essayait de ne pas se hâter, mais plutôt de marcher plus tranquillement puisque, jusqu'à présent, tout dans sa journée avait comporté un sentiment sous-jacent d'urgence. Quand elle arriva à Rosemoor, elle trouva Nan assise dehors, qui l'attendait. Elle s'arrêta un moment et savoura la sensation d'avoir une famille qui tenait à vous, une famille qui avait réfléchi suffisamment tôt à la mise en place d'un parachute financier, une aubaine pour elle, juste au cas où elle finirait par avoir des ennuis. Bien évidemment, elle avait eu dés ennuis, cependant, le cadeau de Nan avait été bien plus important.

La gorge déjà nouée sous le coup de l'émotion, elle pénétra dans le patio de Nan et enlaça tendrement sa grand-mère.

— Je ne sais même pas comment te remercier.

Nan lui tapota gentiment l'épaule, et les deux femmes restèrent ainsi, prises dans une chaude étreinte, sans prononcer un mot.

Jusqu'à ce que Thaddeus brise le silence : « Thaddeus aime Nan. Thaddeus aime Nan. »

Celle-ci se recula, regarda l'oiseau et sourit.

— Tu as été exclu du câlin ?

La tête de Thaddeus dansa de haut en bas et de bas en haut. Puis il marcha jusqu'à Nan et se faufila jusqu'à son épaule. Elle soupira et l'étreignit. Pour ne pas être en reste, Mugs mit ses pattes avant sur les genoux de Nan, comme pour lui dire « ne m'oublie pas », ce qui amusa cette dernière.

— Je ne sais pas bien ce qu'ils ont.

— Moi non plus, admit Doreen. Ils se sont un peu comportés comme des dingues dernièrement. J'ignore si Thaddeus m'en veut ou s'il est simplement fatigué, mais il était un peu ailleurs ces derniers temps.

— Ces derniers temps ? répéta Nan avec un regard dur. Je dirais qu'ils ont toujours été un peu déjantés. Quant à Thaddeus, il n'aime pas l'hiver. Alors, si tu ne peux pas lui éviter de subir cela, il va t'en vouloir.

Doreen renâcla.

— Ce n'est pas comme si j'étais en mesure de contrôler la météo, protesta-t-elle.

Cependant, en repensant à son comportement récent, elle se dit que Nan pourrait bien avoir raison. Dans tous les cas, tant que tout le monde allait bien, Doreen était heureuse. Et Thaddeus sortirait de son cafard bien assez tôt. Même si, rien que d'y penser, Doreen secouait la tête et avait envie de rire, bien qu'elle ne le puisse pas au risque de le vexer.

Goliath attendit même que Nan soit libérée de Mugs avant de s'approcher et de bondir pour s'installer sur ses genoux, la faisant crier de joie.

— Goliath n'agit pas ainsi aussi souvent que je le souhaiterais.

— C'est un chat, souligna Doreen avec un petit sourire. Le fait qu'il ait choisi tes jambes pour piquer un roupillon est en soi un honneur.

Nan s'esclaffa tout en caressant doucement sa belle fourrure.

— C'est quelque chose, ces animaux, n'est-ce pas ?

— Absolument, confirma Doreen, ils sont tout. Ils sont ma famille et mes amis. Ils me réconfortent. Ils me font rire. Ils occupent une part tellement spéciale dans ma vie.

— Ça, c'est autre chose, ajouta Nan. Tu peux me remercier pour tout ce que j'ai fait, et crois-moi que j'accepterai tous les lauriers qui me reviendront, déclara-t-elle avec un sourire lumineux. Toutefois, tu as aussi rendu cela possible. Ce n'est pas tout le monde qui aurait pu agir comme tu as agi jusque-là. Le mérite te revient grandement également.

Doreen gloussa.

— Alors, nous sommes dans un club d'adoration mutuelle aujourd'hui ?

— Oui, appelons ça comme ça pour les prochaines minutes, approuva Nan en tapant du poing sur la table avec un large sourire satisfait.

Et c'est ainsi que se passa la visite. Les animaux étaient lovés et dormaient paisiblement, mais Nan avait l'air fatiguée. Doreen se leva vivement et annonça :

— Nous nous sommes vraiment bien amusées, et c'est ce

dont j'avais besoin. Cependant, je vais ramener ceux-là à la maison, et nous pourrons peut-être nous y relaxer jusqu'à ce que Mack arrive plus tard.

— Oui, tu as dû prévoir un dîner ou un rendez-vous important, quelque chose, non ? la taquina Nan en agitant ses sourcils.

— Je suis quasi certaine qu'il viendra et vérifiera le système de sécurité, tempéra Doreen en riant.

— Je ne m'y opposerai pas. Je suis un peu plus détendue en sachant qu'il se soucie vraiment et s'occupe de toi.

— Je sais bien qu'il se soucie de moi, mais ça ne s'est pas vraiment matérialisé comme tu l'aurais voulu.

— Oh, ça arrivera bien assez tôt ! Tu dois seulement laisser du temps au temps.

— C'est ce que je dis depuis le début, souligna gentiment Doreen.

— Prends ton temps, lui répéta Nan en la regardant avec malice. Toutefois, cela pourrait ne pas en nécessiter autant que tu le penses. Il ne t'attendra pas éternellement.

En pensant à cela, Doreen eut des frissons.

— Que veux-tu dire ?

Nan haussa les épaules.

— Je ne serais pas du tout étonnée qu'il prévoie quelque chose.

Doreen devint immédiatement soucieuse et secoua la tête.

— Non, il ne ferait pas ça.

— Vraiment ? Pourquoi pas ? demanda Nan en observant sa petite-fille avec amusement.

Les sourcils de Doreen se froncèrent davantage.

— Peut-être qu'il le fera, mais il a conscience que je ne suis pas vraiment prête.

— Peut-être, cependant, je ne suis pas certaine que nous soyons jamais prêts pour ces choses-là. Parfois, nous devons seulement les laisser arriver et réagir en conséquence.

— C'est sûr, acquiesça Doreen.

Avec ces nouvelles pensées en tête, elle se rendit chez elle accompagnée de ses animaux et d'un sentiment profond de contentement et de bonheur, ce dont elle avait eu besoin sans s'en rendre compte. Toutefois, la vente de la plupart des antiquités portant ses fruits et sachant que tous les détails légaux allaient être réglés, elle faisait l'expérience d'un niveau de joie qu'elle n'avait pas ressenti depuis longtemps. C'était un énorme sentiment de soulagement qui la submergeait autant qu'il la libérait tandis qu'elle rentrait chez elle. À mi-chemin, elle se mit à chanter.

Quand elle arriva chez elle et qu'elle remonta le chemin de la crique, Richard passa sa tête par-dessus la clôture et lui demanda :

— Qui est responsable de cette cacophonie ?

Doreen s'arrêta puis fronça les sourcils.

— Je chantais si mal que ça ?

Il s'offusqua.

— *Mal* n'est pas le mot juste, clarifia-t-il en l'étudiant curieusement. Je ne crois simplement pas vous avoir entendue chanter auparavant.

— Je ne crois pas avoir jamais eu de raison de chanter auparavant.

Richard haussa les sourcils.

— Alors, je présume que ça veut dire que c'est une bonne nouvelle ?

— Oh, une vraie bonne nouvelle ! confirma-t-elle, tout sourire. Parfois, la vie vous octroie de bonnes choses, et il semble que j'en aie reçu toute une pile dernièrement.

Il hocha la tête.

— Quand vous aurez tout l'argent que vous attendez, assurez-vous de le dépenser raisonnablement ou, mieux encore, ne le dépensez pas du tout, comme ça, vous en aurez toujours et vous pourrez manger plus que des sandwichs au beurre de cacahuètes, dit-il en levant les yeux, sarcastique et stoïque comme toujours.

Elle le dévisagea, stupéfaite.

— Comment savez-vous que je mangeais des sandwiches au beurre de cacahuètes ?

Il rit tout bas.

— J'ai entendu certaines conversations entre vous et Mack à l'extérieur. Peut-être que désormais vous pourrez y ajouter un peu de confiture.

Et, après cette flèche du Parthe, il redescendit et retourna dans son jardin.

Chapitre 17

DOREEN SE TROUVAIT toujours au lit le matin suivant tandis qu'elle tâchait de se replonger dans l'affaire du *taser* disparu. La veille avait été marquée par une suite d'événements chaotiques successifs, mais son enquête n'avait pas absolument pas avancé. Elle devait admettre que, certaines choses étant désormais résolues, elle aimerait vraiment qu'il en soit de même pour d'autres. Continuant de traîner dans le lit, elle songeait simplement à ce que cela impliquait concernant ce *cold case*, jusqu'à ce qu'elle soit interrompue par la sonnerie de son téléphone. Elle le prit et y répondit prudemment.

— Allô ?

D'abord, le silence lui répondit, puis une femme finit par demander :

— C'est Doreen ?

La voix était si douce, presque fragile.

— Oui, affirma l'intéressée.

Et la lumière se fit.

— Tammy ?

— Oui, indiqua cette dernière, d'une voix encore plus

faible.

— Vous allez bien ? la questionna Doreen.

Toutefois, un autre silence surgit.

— Tammy, parlez-moi.

Doreen bondit sur ses pieds. Tammy se mit à sangloter.

— Vous avez besoin d'un médecin ? s'en enquit Doreen.

Cependant, Tammy ne fit que sangloter encore plus fort.

Ne sachant pas trop comment réagir ni comment l'inciter à parler, Doreen faisait les cent pas dans sa chambre et se contentait d'essayer d'apaiser Tammy.

— Si vous avez besoin que j'appelle quelqu'un, dites-le-moi, suggéra-t-elle. Je peux vous envoyer des secours en quelques minutes.

Elle le pourrait si Tammy en avait besoin, et elle en était consciente, mais, jusqu'à présent, celle-ci était incapable de parler. Les sanglots étaient malgré tout réels et sincères, ce qui, tristement, aida Doreen à se sentir mieux vis-à-vis de ce qu'il se passait dans la vie de Tammy. Doreen profita finalement d'une pause dans ses sanglots pour demander :

— Où êtes-vous ?

— Au jardin public.

— Donc vous pouvez marcher ?

— Oui, oui, je peux marcher, mais je ne veux pas retourner dans la maison.

— Je vais vous rejoindre au jardin public, alors restez-y. Retrouvez-moi à la grande pergola avec la glycine. Vous la situez ?

— Oui, je sais où c'est, acquiesça Tammy avant d'hésiter à parler davantage. Je n'ai simplement pas envie qu'il me voie.

— Oui, je ne le souhaite pas non plus, murmura Doreen. Je suis en chemin. Si vous l'apercevez, cachez-vous, mais faites-moi savoir où vous serez.

Tammy raccrocha, et Doreen s'empressa de s'habiller. Elle appela les animaux qui arrivèrent tous en courant.

— Allez, les amis. Il est temps d'effectuer une mission de sauvetage.

Et, les animaux la suivant de près, elle se rendit à sa voiture.

Une fois dans l'habitacle, elle recula dans l'allée et prit la direction du parc. Elle se demanda pourquoi tout le monde voulait tout le temps la rencontrer là-bas. C'était public et tout, cependant, dans une situation comme celle-là, Tammy avait-elle vraiment envie d'être à découvert ? Elle était peut-être plus effrayée que blessée ? Doreen détestait les doutes qui s'insinuaient en elle, mais elle en avait vu suffisamment ces derniers mois pour s'interroger sur les motivations des autres.

Elle contacta Nan sur la route et lui expliqua la situation.

— Oh, Seigneur, la pauvre enfant !

— C'est pour cela que je descends là-bas maintenant. Je te ferai savoir de quoi il retourne.

— Bien sûr, bien sûr, et souviens-toi de ce dont nous avons discuté.

— Je sais, dit Doreen d'une petite voix. Cependant, nous sommes toujours confrontées au problème de savoir si tout cela est réel ou non.

— Ou si Jed n'utilise pas simplement Tammy pour t'attirer, suggéra Nan d'un ton inquiet.

— Espérons que non. Toutefois, nous le découvrirons très bientôt, car je ne suis qu'à quelques minutes du parc.

Elle mit alors fin à l'appel et se gara rapidement dans le même parking que Mack. Se rendant compte que cela pourrait mal tourner très rapidement, elle lui envoya vite un message afin de lui indiquer où elle se trouvait et ce qu'il se passait. Tandis qu'elle se dirigeait vers la passerelle, et alors qu'elle disposait de quelques minutes encore avant d'atteindre la pergola, elle ne fut pas du tout surprise que Mack lui téléphone.

— Que se passe-t-il ? Ce n'était pas très clair dans le message que tu m'as envoyé.

— Non, je suis désolée. Tammy m'a contactée, en larmes.

Mack hésita.

— Ce n'est pas forcément si inhabituel…

— Non, en effet, approuva Doreen, reconnaissant la vérité dans ses paroles. Elle avait l'air assez désespérée quand même et presque au bout du rouleau.

— C'est possible, mais elle pourrait aussi te tendre un piège.

— *Génial,* marmonna Doreen dans sa barbe. C'est exactement ce qu'a dit Nan.

— Bien. Je suis content que Nan ait la tête sur les épaules… Je suppose que tu es déjà là-bas, non ? devina-t-il, résigné.

— Déjà garée, et je me dirige vers la pergola.

— *Super,* grommela-t-il avant d'hésiter. Je suis sur le point d'entrer en réunion.

— Tout ira bien pour moi.

— Ouais, j'ai déjà entendu ça aussi, marmotta-t-il. Appelle-moi dès que tu la vois. Et si tu entreprends quoi que ce soit avec elle, tu me préviens aussi, d'accord ?

— Je n'y manquerai pas, promit-elle, avec l'intention de respecter cette promesse dans la mesure du possible.

Elle ignorait simplement ce qu'elle était censée faire si Tammy requérait une aide sérieuse et urgente pour s'enfuir. Ce n'était pas comme si elle avait un quelconque réseau secret où elle serait en mesure de la cacher.

Avançant à un rythme normal vers l'énorme pergola et sa glycine, elle réfléchit aux options qu'avait Tammy. Ce n'était pas à elle de juger la façon dont cette dernière en était arrivée là ou ce qu'elle avait fait. Il fallait déterminer le meilleur moyen de l'aider à sortir de sa situation. Doreen détestait l'admettre, mais elle ne voulait pas vraiment tomber dans un piège. Après toutes ces années à avoir dû supporter Mathew et tous les autres inconvénients qui en avaient découlé, elle n'avait clairement pas envie de se faire avoir.

Si elle perdait quelques centaines de dollars, c'était une chose. Mais ce serait tout de même regrettable, car elle retrouvait doucement foi en l'être humain. Le fait de constater que certains n'étaient pas disposés à être sincères et honnêtes lui avait ouvert les yeux. Toutefois, elle avait rencontré assez de gens tout au long de sa vie, et elle avait conscience que tout le monde ne pouvait pas être mis dans le même panier que Mathew. Encore maintenant, elle se demandait s'il se retournait dans sa tombe, car elle hériterait de tout et aiderait des femmes maltraitées avec son argent. Sentant comme un sentiment d'urgence, elle se mit quasiment à courir et arriva par conséquent à bout de souffle au lieu de rendez-vous. Les animaux s'étaient pressés à ses côtés. Dès qu'elle s'arrêta, ils stoppèrent net et s'écroulèrent. Elle regarda autour d'elle, mais ne vit personne dans le coin. Son cœur se serra : cela pourrait être une ruse. Pourtant, sa pensée suivante espérait plutôt que Tammy était simplement en route. Peut-être que celle-ci était incertaine quant à la façon dont tout cela allait se dérouler.

Doreen marchait quand elle aperçut un banc plus loin. Elle s'y assit pour reprendre son souffle, patientant tout en observant alentour.

Quand elle distingua un soupçon de mouvement derrière elle, elle bondit sur ses pieds et se retourna vivement. Toutefois, au lieu de voir Tammy seule, elle trouva un inconnu avec elle. Un individu avec le regard dur et un pistolet à la main. Doreen prit une profonde inspiration et baissa la main pour apaiser Mugs qui était désormais en train d'aboyer et de grogner.

— Jed, je présume ? demanda calmement Doreen. Est-ce une arme de la police, par hasard ?

Il haussa un sourcil et poussa un grognement de déjanté.

— Apparemment, vous êtes un peu trop futée pour que ça ne vous porte pas préjudice, n'est-ce pas ?

Elle inclina la tête sur le côté.

— Ça, je n'en sais rien. Parfois, je ne suis pas assez futée, rétorqua-t-elle en regardant Tammy avec un air peiné. Vous êtes derrière tout ça ?

Tammy fit légèrement non de la tête, et Jed se mit à rire.

— Elle se comportait bizarrement, donc je savais qu'elle mijotait un truc, déclara-t-il. J'ai alors découvert qu'elle parlait à la bonne à rien de fouineuse que vous êtes, marmonna-t-il ensuite.

Doreen le dévisagea.

— Pourquoi dites-vous que je suis une « bonne à rien », etc. ? Qu'est-ce que j'ai à voir dans tout ça ?

— Oh, arrêtez de mentir ! grommela-t-il. Vous essayez de l'aider à s'échapper.

Doreen leva les sourcils en entendant cela.

— Donc vous la retenez *bien* prisonnière…

Il l'observait attentivement puis déclara avec dégoût :

— La seule raison pour laquelle je suis ici, c'est parce que j'ai suivi Tammy. Maintenant que je l'ai, je la prends avec moi, et vous ne pouvez rien y changer.

Doreen lui adressa un sourire malicieux.

— Je ne compterais pas là-dessus si j'étais vous. Si vous avez un quelconque lien avec ces décès, l'histoire sera totalement différente.

Il fixa ses yeux sur elle.

— Je n'ai rien à voir avec ces décès.

— Très bien, alors vous voulez seulement garantir votre source de revenus en continuant de la faire travailler de nuit, c'est ça ?

— Je me fiche de ses horaires de travail. Nuit, jour, matinée… je m'en fiche vraiment. Tout ce qui m'importe, c'est qu'elle bosse. Dans le cas contraire, je n'ai pas d'argent, et je veux mon fric.

— Vous pourriez essayer de trouver un boulot vous-même. Encore mieux : pourquoi ne pas offrir votre propre corps à la rue ? suggéra Doreen, un sourire en coin. Vous craignez de ne pas avoir de clients ?

Doreen se moquant de Jed, les yeux de Tammy s'arrondirent.

Jed dévisageait Doreen, stupéfait.

— J'ignore qui vous êtes et pour qui vous vous prenez, grogna-t-il, mais Tammy en a terminé avec vous. Si jamais elle vous reparle, je la tue. Vous m'entendez ?

— Ouais, je viens de vous entendre la menacer, répliqua Doreen en le regardant intensément, essayant de trouver comment désamorcer la situation et comment éloigner Tammy de lui. Ça va mal finir.

— Tant pis ! aboya Jed. Elle en a terminé avec vous et, si elle ne s'y résout pas, elle mourra.

— Vous proférez toujours des menaces comme ça ? Sont-elles vaines ou allez-vous vraiment la tuer ? Vous venez de me dire que vous n'avez jamais assassiné personne, alors ça n'a aucun sens de me faire croire que vous envisagez de passer à l'acte maintenant.

Jed observait Doreen en silence, et elle haussa les épaules.

— J'ai l'habitude de recevoir des menaces ces jours-ci, et les vôtres ne paraissent pas particulièrement impressionnantes. Peut-être devriez-vous réessayer.

Le visage de Jed devint écarlate, submergé par la colère, et il avança de quelques pas vers elle. Immédiatement, Mugs se mit à aboyer et à grogner. Goliath, qui n'était plus en laisse, flânait dans le dos de Jed. Doreen grimaça.

— Vous devriez sans doute vous montrer plus gentil envers moi maintenant, lui suggéra-t-elle en le fixant droit dans les yeux. Autrement, vous en subirez les conséquences, et elles risquent de vous déplaire.

— Je ne sais pas à quoi vous jouez ni pour qui vous vous prenez, mais je ne reçois d'ordres de personne.

— Bien, alors, on en revient à ce besoin de contrôle, lança-t-elle avant d'écarter les cheveux de son visage. J'ai vraiment chaud et je transpire d'avoir couru jusqu'ici. Je pensais être en retard. Puis je me pointe, et Tammy n'est pas là.

Elle étudia le regard de panique pure dans les yeux de cette dernière et fut soulagée de constater qu'elle ne l'avait pas piégée.

— Regardez Tammy. Vous l'avez vraiment terrifiée.

— Tant mieux, marmonna-t-il. Elle a raison de l'être.

— Pourquoi ? Pour que vous puissiez la tabasser et continuer de rendre sa vie épouvantable ? Quel genre d'être humain êtes-vous pour préférer terroriser les autres plutôt que de vous trouver un job, simplement pour avoir de l'argent facile ? Le moins que vous puissiez faire, ce serait de vendre vos propres petites fesses à la place. Pourquoi devez-vous tourmenter Tammy pour qu'elle s'y colle ?

— Parce que ce n'est pas comme ça que marche le monde. Tout est question de pouvoir et de contrôle.

— Et que se passe-t-il quand quelqu'un veut s'extirper de votre contrôle ?

Jed se mit à rire.

— Ça n'arrivera pas, donc ne vous faites pas de fausses idées, ma belle.

— Euh, je ne suis pas votre belle, Jed, et je ne voudrais clairement pas être à votre place en ce moment. Les flics sont déjà à votre poursuite. Savez-vous qu'il y a un avis de recherche vous concernant, enfin, vous deux en réalité, donc ça, c'est un rebondissement intéressant.

— Mais les flics ignorent que je suis là, rétorqua-t-il tout sourire.

— En effet, mais ils savent que, moi, je suis là, et que Tammy également, répondit calmement Doreen.

— Alors quoi ? demanda-t-il sans la quitter des yeux.

La furie se mêlait à sa nervosité, tandis qu'il regardait autour de lui à plusieurs reprises, comme s'il craignait que les flics bondissent depuis les buissons.

Toutefois, comme rien n'arrivait, il finit par se détendre.

— Pas mal votre combine, dit-il en riant, bien qu'il n'y ait rien de drôle dans les mots qui sortaient de sa bouche. Cependant, vous devrez vraiment faire mieux que ça pour me berner. Je n'aime pas les gens qui jouent avec moi.

— Moi non plus, lâcha fermement Doreen. Surtout quand ce sont des gars comme vous, qui vivent aux dépens de femmes et ne leur fournissent pas de vrais repas, d'endroit agréable où vivre ou de pourcentage du profit. Si Tammy le faisait de son plein gré en obtenant un bon pourcentage de ses recettes, ce serait une tout autre histoire. Par conséquent, vous devez cesser de la retenir en otage et de ne pas lui laisser le choix.

— Et qui l'y aidera ? Vous ?

— Ouais, je crois bien, déclara Doreen avec un hochement de tête. J'en parlais avec ma grand-mère, nous essayions de voir quelles étaient nos options.

— Votre grand-mère ?

Il semblait n'avoir aucune idée de ce dont elle parlait, et elle non plus sans doute, si elle était honnête. Ce n'était pas comme si c'était là une conversation qu'elle avait prévu d'avoir avec quelqu'un. Doreen acquiesça.

— Oui, ma grand-mère.

Jed secoua la tête.

— Écoutez, mademoiselle. Je ne sais pas qui vous êtes, ce que vous pensez faire ou à quel jeu vous vous adonnez, mais Tammy ne joue pas dans la même catégorie que vous. Alors, laissez-la tranquille et restez loin d'elle. Compris ?

— J'ai compris. Je peux voir la colère dans vos yeux, à l'idée de perdre votre gagne-pain, mais Tammy a besoin de vivre sa vie. Il lui faut une chance d'être elle-même et de vous quitter. Elle doit choisir ce qu'elle veut être, peu importe ce que c'est. Peut-être retournera-t-elle à l'école. Peut-être veut-elle faire carrière. Et peut-être qu'elle veut se marier et fonder une famille !

Il rit en entendant ces propos.

— Qui la voudra maintenant ? Elle a bien servi…

— On pourrait prétendre la même chose à propos de chaque femme ayant déjà eu des relations, non ? C'est très insultant à mon sens, souligna-t-elle en le regardant dans les yeux. Je veux dire, vous aussi, vous avez bien servi, et personne n'a envie d'avoir affaire à vous. Alors, vu comme ça, je comprends ce que vous voulez dire…

À cet instant précis, même Tammy observait Doreen comme si elle était folle.

Doreen lui adressa un sourire rassurant.

— Cependant, Jed, vous pouvez rendre les choses plus faciles pour vous maintenant si vous vous en allez et laissez tranquille Tammy. Je la prendrai avec moi, et vous ne la reverrez pas.

— Sauf que ça n'arrivera pas, vous avez oublié ? Tout l'intérêt de votre venue ici, c'est que vous compreniez qu'elle est à moi et qu'elle n'a pas d'autre option.

— Détrompez-vous, elle a vraiment le choix, rétorqua Doreen avec empathie. C'est sa vie, et elle doit décider. Maintenant, quelle décision veut-elle prendre, c'est une autre histoire. Une femme qui a été battue et maltraitée a tendance à ne pas opter pour les meilleurs scénarios, à cause de la peur enracinée dans son esprit…

— Exactement. Par conséquent, même si elle avait la possibilité de partir avec vous maintenant, elle ne le ferait pas, répondit-il en souriant, ravi. Elle est à ma botte, et c'est là que j'ai l'intention de la garder.

— Oh oui ! C'est parce que vous craignez qu'elle vous quitte, si vous lui laissez le choix.

— Elle ne le ferait pas. Elle est intelligente.

— Elle le pourrait, autrement vous ne seriez pas aussi paniqué à l'idée de lui laisser cette option.

— Elle a le choix et elle préfère rester, n'est-ce pas, Tammy ?

— Comment Tammy peut-elle vraiment prendre une décision si vous lui pressez le bras comme ça ? Vous n'êtes qu'un tyran qui usez de la force.

Il lâcha immédiatement le bras de Tammy.

— Vous voyez ? Regardez-la. Elle sait exactement quels

sont ses intérêts.

Alors, Doreen regarda Tammy, un sourcil levé, et lui demanda :

— Votre choix ?

Tammy s'en alla immédiatement et courut au côté de Doreen.

— Madame, vous êtes dingue, mais vous êtes dingue comme j'aime, déclara Tammy avant de s'adresser à Jed. Je ne veux plus travailler pour toi. Je ne veux plus me prostituer et je ne veux plus jamais avoir affaire à toi.

Il la dévisagea, sous le choc, avant qu'une expression de colère absolue n'apparaisse sur son visage.

— Reviens poster ton petit cul maigrichon ici ! hurla-t-il en désignant le sol à côté de lui. Peut-être, peut-être que je ne te frapperai pas à mort. Ni ne te tuerai…

— Ouais, *ça*, ça va l'encourager, rétorqua Doreen en croisant les bras.

Jed leva son arme vers cette dernière.

— Vous êtes responsable de cette situation.

— En vérité, c'est toute cette maltraitance que vous avez accumulée chez Tammy qui est responsable. Même les animaux s'en prennent à leurs agresseurs, et c'est de ce côté-là que vous vous trouvez désormais. Alors, vous pouvez me tirer dessus. Vous pouvez même me tuer, mais Tammy s'enfuira, pour longtemps.

Doreen tendit à Tammy un morceau de papier avec le nom de Nan et son numéro de téléphone.

— S'il me tue, contactez cette femme, et elle vous aidera.

Puis elle se tourna pour faire face à Jed.

— Maintenant, bien entendu, vous remarquerez que cela se produit à la vue des caméras de la ville. Par conséquent, les autorités locales sauront exactement ce qu'il s'est passé.

N'oubliez pas que les flics savent déjà que je suis ici.

— C'est ce que vous prétendez, rétorqua-t-il. Personne ne vous croira, et, si Tammy ne revient pas à côté de moi tout de suite, je la tuerai.

Doreen jeta un coup d'œil à Tammy qui était terrifiée. Elle se plaça alors entre cette dernière et Jed, puis murmura :

— Tammy, enfuyez-vous, et je vous retrouverai dans un petit moment.

La femme secoua la tête et répondit, en chuchotant également :

— Il nous tuera toutes les deux.

Alors, une voix familière s'éleva :

— Non, il n'en fera rien.

Doreen leva les yeux et vit Chester et un autre policier qu'elle ne connaissait pas encore très bien, tous deux derrière Jed qui regardait attentivement tout le monde.

— Si Jed tire, il prendra aussi une balle, annonça Chester en pointant son propre flingue sur ce dernier. Maintenant, lâchez votre arme.

Les yeux menaçants de Jed passèrent des policiers aux femmes et vice-versa.

— Si vous ne coopérez pas, Jed, le prévint Doreen, les policiers vous tueront. Ça, j'en suis certaine. Par conséquent, qu'allez-vous faire ?

— Vous avez vraiment rameuté ces flics ? lui demanda-t-il.

— Évidemment que j'ai prévenu les flics. Vous me prenez pour une idiote ? Vous êtes là, à forcer cette pauvre femme à se prostituer, sans parler de l'autre fille que vous gardez chez vous. Nous devrons la libérer, elle aussi.

Il la dévisageait et lâcha :

— Je n'aurai plus d'argent dans ce cas !

— Oh, je suis tellement désolée ! Eh bien, si vous avez encore votre corps à vendre, peut-être que vous arriverez à en tirer des revenus, dit-elle, avant de le regarder de la tête aux pieds et de tressaillir. Ou… peut-être pas.

Cela fit sourire Chester de satisfaction.

— Pas mal, Doreen.

— Hé, je fais des efforts, marmonna-t-elle tandis qu'elle observait Jed qui baissait lentement son arme et que Chester et son partenaire le désarmaient.

Dès que Jed fut bien menotté, elle se tourna vers Tammy.

— Je ne plaisantais pas quand je disais que la police avait émis un avis de recherche pour vous.

Tammy la regarda, choquée.

— Pourquoi moi ?

— Parce qu'ils étaient inquiets pour votre sécurité.

C'était comme si le choc ne pouvait quitter la pauvre femme qui ne comprenait clairement pas. Doreen lui présenta Chester.

— Chester, voici Tammy.

Il fit un signe de tête.

— M'dame, j'aimerais vous emmener au poste. Vous y serez en sécurité, et nous devrons vous poser quelques questions.

Elle s'agrippa fermement à la main de Doreen.

— Vous allez venir ?

— Bien sûr. Je vis pratiquement là-bas ces jours-ci.

Cela fit rire Chester.

— Dans ce cas, suivez-nous. Vous avez votre véhicule ?

— Oui. Est-ce que Mack vous a dit que j'étais là ?

Chester confirma d'un signe de tête.

— Ouaip. Il a expliqué que vous vous dirigiez de nouveau vers les ennuis. Bon sang, je n'avais jamais rencontré quelqu'un qui dénichait les problèmes comme vous.

— Je crois que ça me vient naturellement.

— Ouais, ça, c'est certain ! acquiesça-t-il. Ma maman m'aurait dit que vous apportez les ennuis avec vous.

— C'est le cas, je suppose, mais pas avec tout le monde, seulement avec les idiots de ce monde qui pensent pouvoir abuser des autres.

Chester eut un sourire satisfait.

— Ouais, vous êtes de notre côté, et c'est pour cela que je suis là. Oh là là, bon sang, si jamais vous choisissez de passer dans l'autre camp, nous aurons tous des problèmes !

Chapitre 18

Vendredi après-midi…

ARRIVÉE AU POSTE de police, Doreen s'y gara et s'adressa à Tammy.

— Vous êtes prête ?

Tammy frémit et secoua la tête.

— Je ne suis jamais venue ici…

— Cette partie-là est facile. Vous avez simplement à dire la vérité. Entrons et allons leur parler.

— Mais s'ils m'arrêtent ?

— Avez-vous fait quelque chose de mal ? Êtes-vous impliquée dans un meurtre ou un vol ?

Tammy fit immédiatement signe que non et regarda Doreen, sous le choc.

— Non, bien sûr que non !

— Dans ce cas, je ne vois pas pourquoi vous seriez arrêtée.

Tammy baissa alors la voix.

— Je travaille comme prostituée.

Doreen opina du chef.

— Dorénavant, il s'agit de votre ancienne profession, souligna Doreen, et, puisque vous n'avez pas été prise en flagrant délit de racolage, sont-ils en mesure de vous mettre en cause ?

— Vous croyez ? demanda Tammy.

Elle se mâchouillait nerveusement la lèvre inférieure, se demandant ce qu'elle avait comme options.

— Je suis presque certaine qu'ils ne peuvent vous accuser d'une chose qu'ils ne vous ont pas vue faire. Avez-vous déjà été arrêtée auparavant ?

Tammy fit non de la tête.

— Non, j'ai failli l'être à deux reprises, mais je me suis toujours enfuie.

— Futé. Apprendre à courir au bon moment est toujours une bonne idée. Venez. Cette fois, vous n'avez pas besoin de fuir.

Doreen ouvrit la portière du véhicule et en sortit, laissant Tammy et les animaux l'imiter en se bousculant. Doreen souleva rapidement Goliath et le mit en laisse.

— Je ne crois pas avoir déjà vu un chat en laisse, commenta Tammy, les yeux rivés sur Goliath qui n'avait pas l'air heureux.

— Il préfère ne pas l'être. Cependant, là où il peut avoir des ennuis, comme ici, expliqua Doreen en faisant un signe de tête vers le poste de police, je le garde en laisse. Viens, Goliath. Tiens-toi bien.

Toutefois, il se jeta au sol en la foudroyant du regard. Elle avança de deux pas, mais il ne céda pas. Elle essaya d'avancer un peu plus, en tirant légèrement sur la laisse, mais il se contentait de la regarder tandis qu'elle le traînait sur quelques mètres. Elle s'arrêta et leva les mains.

— Ça ne marchera pas.

Thaddeus se mit à caqueter sur son épaule.

Tammy sourit devant Doreen et ses animaux.

— Ce sont eux qui ont le contrôle là, non ?

— Vous plaisantez ? demanda Doreen en roulant les yeux. J'essaie de cacher aux yeux du monde à quel point ils me contrôlent. Cependant, je me leurre si je crois que je suis capable de le dissimuler.

Tammy s'en amusa.

— Je n'avais pas vu de truc aussi drôle depuis longtemps, alors laissez les choses ainsi.

— Ouais, vous découvrirez que Doreen vit un tas de truc drôles, les interrompit Mack derrière cette dernière.

Celle-ci se retourna et lui lança un regard furieux.

— Tu pourrais aider et appeler Goliath.

Mack s'approcha, se pencha et lui donna un énorme baiser. Puis il s'intéressa à Tammy, tendit la main et la salua.

— Salut, Tammy, je suis le caporal Mack Moreau.

Tammy fixa la main tendue des yeux puis l'imita.

Doreen l'encouragea d'un signe de tête.

— Souvenez-vous que vous êtes un être humain. Je me fiche du boulot que vous aviez ou ce que pense Jed de vous. Vous ne valez pas moins que les autres. Vous méritez assurément une poignée de main comme n'importe qui d'autre.

Les larmes vinrent aux yeux de Tammy.

— Après avoir été traitée comme si vous ne valiez rien pendant très longtemps, vous oubliez à quoi ressemble tout le reste.

— Oui, je confirme. Toutefois, vous vous en souviendrez très bientôt, commenta Doreen.

Cela lui valut un regard intense de Tammy, alors elle hocha la tête.

— Ouais, malheureusement, je sais de quoi je parle. Heureusement, ma situation s'est complètement transformée, et je ne suis désormais plus sous le joug d'un homme violent.

— Et lui ? demanda Tammy en désignant Mack.

— Je ne suis pas sous son joug non plus, répondit Doreen avec un sourire espiègle en faisant face à Mack. Je ne pense pas qu'il en ait envie.

— Non, marmonna-t-il en soupirant. Même s'il y a vraiment des fois où j'ai envie de lui dire de ne pas bouger et que j'aimerais être convaincu qu'elle le fera. Mais elle n'est pas très douée pour ça non plus, ajouta-t-il avant d'éclater de rire. Allez, entrez. Nous devons vous poser quelques questions.

Doreen s'apprêta à avancer, cependant, Goliath, une fois de plus, resta là à la regarder.

Elle expira très lentement, très délicatement et gromme-la :

— Goliath, tu testes ma patience aujourd'hui.

Mack s'accroupit devant lui.

— Hé, mon pote. Je ne t'ai pas vu de la journée. Où t'étais ?

Alors, le chat se mit immédiatement sur ses pattes, bondit vers l'avant et sauta dans les bras de Mack.

Doreen le foudroya du regard.

— Tu aurais pu faire ça dès le début.

— Ouais, mais c'était bien plus marrant de le voir avoir le dessus sur toi, la taquina-t-il.

Lorsqu'il tendit le bras, elle crut qu'il allait le poser sur ses épaules. Au lieu de ça, il invita Thaddeus qui marcha dans la foulée jusqu'à son épaule pour aller se blottir contre lui.

« Thaddeus aime Mack. »

Doreen bougonna.

— Vous voyez, Tammy ? Voilà ce que je dois endurer.

Mais Tammy riait, de la joie évidente sur le visage.

— Oh là là, vous êtes géniaux ensemble.

— Je n'arrête pas de le lui dire, renchérit Mack. Toutefois, elle n'en est toujours pas convaincue.

Tammy regarda Doreen avec stupeur, et cette dernière prit un air innocent.

— Je viens de sortir d'un affreux divorce.

— Ouais, mais vous *sortez* d'un affreux divorce, vous n'y entrez pas. Ce mec est incroyable, souligna Tammy après avoir baissé la voix. Vous devriez vraiment le choper avant que quelqu'un d'autre ne le fasse.

— Merci pour ces sages paroles, marmonna Doreen, en grognant presque. Vous et tous les autres n'arrêtez pas de me répéter la même chose.

— Dans ce cas, peut-être devriez-vous ouvrir les yeux et les écouter.

Sur cette réplique percutante, Tammy suivit rapidement Mack et entra avec lui dans le commissariat.

Chapitre 19

Vendredi, milieu d'après-midi…

D E RETOUR CHEZ elle plus tard cet après-midi-là, Doreen prépara du café puis observa Tammy qui était assise dehors, dans le patio.

— Vous voulez du café ?

— Oui, s'il vous plaît, répondit-elle, les yeux rivés sur la rivière. Je n'arrive pas à croire à la beauté de cet endroit, même si la maison aurait besoin d'un rafraîchissement… Mais ouah !

— Je sais. C'était celle de ma grand-mère, et elle me l'a laissée quand je me suis mise dans de beaux draps avec mon mariage. Elle était si heureuse quand je suis revenue.

— Putain de… Elle vous a donné une maison ?!

Doreen acquiesça.

— Ouais, je sais ! Elle vit dans une résidence pour personnes âgées désormais, à Rosemoor. Par conséquent, elle ne pouvait rester ici et profiter de la maison. Toutefois, elle ne voulait pas la vendre et n'avait pas besoin d'argent, alors, à la place, elle me l'a offerte.

— Vous êtes chanceuse.

— Oh, ça oui ! s'exclama Doreen. Je suis vraiment reconnaissante de tout ce que ma grand-mère a fait pour moi.

Tammy secoua la tête.

— C'est vraiment dingue.

Doreen sourit.

— Le passage au poste de police s'est mal passé ?

— Ça ne s'est pas mal passé, mais c'était très étrange.

— Quoi donc ?

— D'être traitée comme une égale, dit Tammy d'une petite voix.

— Vous êtes humaine, alors ça fait de vous leur égale. Nous commettons tous des erreurs. Nous avons tous des ennuis et nous avons tous besoin d'un peu d'aide pour nous remettre sur les rails.

— Je n'ose pas retourner à l'appartement, donc je ne suis pas certaine de ce que je suis supposée faire à partir de maintenant, confia Tammy tandis qu'elle regardait le jardin environnant. J'ai comme une envie de vous demander si vous avez une tente que je pourrais planter sur votre terrain.

— Vous seriez la bienvenue si *vous* aviez une tente, la taquina Doreen en riant, juste avant que son téléphone ne sonne. Salut, Mack ! Des soucis ou appel de courtoisie ?

— À toi de me le dire. Tout va bien ?

— Oui, je viens de préparer du café. Tout va bien ici. Et toi ?

— Ouais, j'aurai bientôt terminé ici, et j'ai l'intention de passer et de vous parler à toutes les deux.

— Bonne idée. J'ignore si l'une de nous deux détient plus de réponses à ce stade. Nous sommes assez fatiguées. Autrement, nous allons bien.

— C'est suffisant. Je serai là dans environ vingt minutes.

Elle raccrocha et découvrit Tammy qui la dévisageait, stupéfaite.

— Vous avez vraiment une relation avec lui, non ?

— Oui, absolument. Je n'ai simplement pas encore trouvé comment appeler ça.

— Vous n'avez pas à lui donner de nom. Rien que le fait que vous soyez avec quelqu'un comme lui est génial.

— Il est incroyable, en effet, confirma Doreen en souriant. Et j'en suis consciente. Toutefois, je sors d'un divorce assez pénible après un mariage assez affreux, et je ne suis tout bonnement pas trop pressée de me lancer dans une nouvelle histoire sans… un peu de temps… Comment avoir de nouveau confiance en son propre jugement ?

— Oh oui, je ne comprends tout ça que trop bien !

Doreen acquiesça.

— Ce qui est aussi la raison pour laquelle je n'ai pas vraiment fait d'effort pour établir notre relation.

— Je ne crois pas que vous ayez besoin de l'établir. C'est évident qu'il est très amoureux de vous.

— Ah oui ? s'étonna Doreen en regardant Tammy.

— Il est carrément épris, et vous avez vraiment de la chance.

— Que voulez-vous faire maintenant que vous êtes complètement libérée de ce Jed ? Où aimeriez-vous aller et quels sont vos projets ?

Tammy haussa les épaules.

— Je veux retourner auprès de ma famille.

— Les avez-vous contactés ?

— Non, pas encore, et je n'ai pas vraiment les moyens de me rendre là-bas.

— Avez-vous pensé à leur demander de l'argent ?

— Je n'en ai pas envie, dit-elle d'une voix plus fluette. Certes, ça me permettrait de retourner là-bas, mais ce n'est pas exactement le genre de retour auquel j'aspire. En plus, je n'aimerais pas qu'ils me voient comme une personne désespérée qui avait besoin d'aide pour rentrer chez elle.

— Très bien, alors, étudions les coûts qu'impliquent le transport ainsi que les repas, etc., durant le voyage. Par ailleurs, il vous faut des vêtements. Vous êtes venue sans rien.

— En effet. Pour les repas, je ne mange pas beaucoup. Je peux m'en passer pendant un moment. Et pour les vêtements…

Doreen pouffa.

— Je ne crois pas non plus que ce sera un problème. Nous pouvons aller à la friperie et vous trouver des habits. Je peux vous préparer des sandwichs au beurre de cacahuètes à prendre avec vous. Je veux bien vous avancer le trajet en bus jusque chez vous, si vous souhaitez vraiment y retourner et procéder à quelques changements afin de retrouver votre vie.

Tammy la dévisagea, ébahie.

— Vraiment ?

— Absolument, répondit Doreen en souriant.

Elle n'avait pas terminé de discuter de ses plans qu'elle entendit quelqu'un dire « Youhou ! » près de la rivière. Elle regarda dans cette direction et pointa le doigt.

— Pile à l'heure ! Nan arrive.

Cette dernière grimpa et serra bien fort Doreen avant de s'adresser à Tammy.

— Bonjour, vous devez être Tammy. Ma petite-fille m'a tout raconté à votre sujet.

Tammy fronça les sourcils et considéra l'une et l'autre.

— Ah oui ?

— Absolument, et oui, elle m'a tout expliqué, alors détendez-vous et, s'il vous plaît, n'ayez pas honte.

Tammy s'affaissa.

— J'espère que vous serez la dernière personne à savoir

ce que je *faisais* pour vivre, déclara-t-elle en insistant délibérément sur l'emploi du passé.

Nan rit.

— Nous avons tous une histoire, ma chère, et l'enterrer afin de s'en détacher est extrêmement important. Alors, est-ce que Doreen vous a parlé du prix du ticket de bus ?

— À l'instant, Nan, dit Doreen en souriant.

— Bien. Elle paiera le ticket de bus, et je vous avancerai de l'argent pour acheter quelques vêtements ici, ainsi que quelques centaines de dollars pour que vous ayez de quoi commencer de l'autre côté. Ça ne vous emmènera pas très loin cependant, donc il vous faudra un endroit où poser vos bagages quand vous arriverez, et dégoter un travail très rapidement pour gagner de l'argent. Je présume que vous pouvez vivre chez vos parents en attendant ?

Tammy observait les deux femmes avec stupéfaction, les larmes aux yeux.

— Vraiment ?

Doreen acquiesça.

— Oui, nous n'avons pas envie de vous voir retourner à votre vie récente.

— Moi non plus, renchérit-elle avec ferveur.

Tout en l'étudiant avec intensité, Nan ajouta :

— C'est malheureusement une solution de facilité si vous voulez désespérément de l'argent et que vous avez peu d'expérience ailleurs.

— Je dactylographiais et travaillais dans un bureau. J'ignore si j'arriverai à décrocher un poste de réceptionniste ou d'employée administrative rapidement, mais croyez-moi que j'accepterai n'importe quel boulot honnête qui se présente si ça couvre mes dépenses courantes. Et ma mère pourrait probablement m'aider pour ça.

— Peut-être devriez-vous savoir si et quand ils viendront vous chercher à la gare routière.

Là encore, Tammy les observa intensément, presque comme si elle craignait de passer cet appel et d'entretenir le moindre espoir.

Doreen lui tendit son téléphone.

— Je peux passer des appels longue distance avec le mien, si vous voulez l'utiliser.

Tammy le saisit et composa rapidement un numéro qu'elle connaissait apparemment par cœur. Elle se leva et s'éloigna un peu.

— Maman ?

Cette salutation occasionna un flot de larmes des deux côtés du combiné, du peu que parvenait à entendre Doreen. Elle s'assit, observa Nan et sourit.

— Tu as bien agi, lui dit sa grand-mère.

— Je l'espère. Je souhaite vraiment lui donner une chance de recommencer.

— Et c'est ce que tu fais. Quant à la façon dont elle saisira cette opportunité, tu n'auras aucun pouvoir dessus et tu devras lâcher prise.

Cela fit grimacer Doreen, mais elle hocha la tête.

— C'est ça le truc, hein ? On peut aider quelqu'un en lui montrant où trouver de l'eau, mais on ne peut le forcer à la boire.

— Non, en effet, et, dans le cas présent, tu lui fournis les billes pour recommencer à zéro.

La conversation téléphonique dura encore au moins dix minutes. Quand Tammy finit par les rejoindre et rendre le portable à Doreen, elle avait des traînées humides sur le visage. Cependant, au-delà des larmes, l'espoir brillait dans son regard.

— Je rappellerai Maman pour qu'elle sache quand le bus est censé arriver, et elle viendra me récupérer. Elle m'a aussi dit qu'ils recherchent une assistante là où elle travaille et qu'elle glisserait un mot pour moi, si cela m'intéresse de rester un moment. Je ne lui ai en revanche pas précisé que j'espérais revenir chez eux faute d'avoir un travail ou un endroit où m'installer.

— Vous a-t-elle proposé de vous héberger ?

— Absolument, répondit Tammy, un sourire lumineux aux lèvres. Elle me l'a proposé et semblait vraiment heureuse que je revienne à la maison, comme sur un petit nuage.

— Bien sûr qu'elle l'est, commenta Nan. Quand nous aimons nos enfants, nous les aimons pour toujours, pas seulement dans les bons moments. Vous connaîtrez suffisamment d'occasions où vous pourrez vous en aller et prendre vos propres décisions. En revanche, quand vous n'oubliez pas votre famille, celle-ci ferait n'importe quoi pour vous.

Tammy sourit.

— Ça a vraiment l'air d'être ça. Vous savez quand le prochain bus partira ?

Alors, les femmes s'assirent ensemble et se mirent à réfléchir aux détails. Quand Doreen trouva un bus qui se rendait à Toronto, en Ontario, le soir-même, elle demanda à Tammy :

— Vous êtes prête à faire ce changement maintenant ?

— Absolument ! s'exclama-t-elle ardemment. Plus vite je quitterai cette ville, mieux ce sera. Ça n'a jamais été un bon endroit pour moi. Quand je me suis installée ici, je suis immédiatement devenue accro à la drogue. J'ai réussi à m'en sortir, mais je n'arrivais pas m'éloigner de Jed, relata-t-elle avant de secouer la tête. Maintenant que je me suis débarrassée de lui et qu'il est en prison pour un moment, je veux partir tant qu'il en est encore temps.

— Je ne pourrais être plus d'accord, renchérit Doreen en accordant un regard à Nan qui acquiesçait.

— Prends-la avec toi pour trouver des vêtements, suggéra Nan, ainsi qu'un sac à dos ou autre. Ensuite, direction la gare routière pour acheter le ticket.

Puis elle se leva et chercha une petite liasse de billets dans sa poche qu'elle tendit à Tammy.

— Vous devez partir tout de suite pour vous dénicher des habits, car le bus s'en va dans environ une heure et demie.

Tammy parut choquée avant d'étreindre très délicatement Nan.

— Merci, merci, merci, murmura-t-elle.

Nan repoussa cela d'un geste.

— Souvenez-vous simplement que nous comptons sur vous pour prendre un tout nouveau départ et pour donner un sens à votre vie. Vous n'êtes pas obligée d'être chic. Contentez-vous de redevenir la très bonne personne que vous êtes vraiment et de rester à l'écart du monde de la rue.

— C'est pigé, répondit Tammy en s'essuyant les larmes. Je suis prête à partir, alors je sais que c'est pour de bon. En plus, j'espère vraiment qu'ils ne laisseront pas Jed sortir de sitôt.

— Venez, dit Doreen.

Puis elle demanda à Nan :

— Mack sera bientôt là, tu voulais nous accompagner ?

Nan fit non de la tête.

— Non, je resterai ici avec les animaux jusqu'à ton retour, et le plus tôt sera le mieux.

Doreen se leva, attrapa son sac à main et ses clés au passage et, avec Tammy de nouveau dans sa voiture, se rendit à la friperie. Peu de temps après, les deux femmes se trouvaient à la gare routière.

Comme elle s'y engageait pour s'y garer, Doreen déclara :

— Venez, allons acheter ce ticket.

Elles marchèrent jusqu'à la caisse puis demandèrent rapidement un billet.

— Vous arrivez juste à temps. Nous procédons aux vérifications du bus en ce moment même.

Doreen et Tammy restèrent debout à la gare routière en attendant que cette dernière puisse monter dans le véhicule. Doreen l'étreignit et lui murmura :

— Vous avez une seconde chance, alors faites-en bon usage. Quand vous monterez dans ce bus, souvenez-vous que c'est le premier moment du reste de votre vie. Une vie dont vous pourrez être fière.

Tammy lui fit un gros câlin puis courut jusqu'au véhicule et prit place près d'une vitre du côté de Doreen.

Pour une raison ou pour une autre, Doreen ressentait le besoin de rester. Elle demeura là jusqu'à ce que le bus soit parti, les deux femmes s'étant fait signe tout ce temps. Il y avait quelque chose d'incroyablement gratifiant à aider quelqu'un d'autre.

Tandis qu'elle retournait lentement chez elle, son téléphone se mit à sonner.

— Nan ?

— Oui. Tammy est dans le bus ?

— Oui, et je rentre à la maison.

— Tant mieux. Tu devrais te dépêcher.

— Pourquoi cela ?

— Car l'homme qui est assis à côté de moi a une arme.

Il a dit qu'il attendrait ici jusqu'à ce que tu rentres. Alors, le plus tôt sera le mieux.

Puis Nan mit fin à l'appel.

Chapitre 20

— MACK, MACK, tu es là ?! s'écria-t-elle au téléphone.

— Ouais, qu'est-ce qu'il y a ?

— Tu es en route pour aller chez moi ? Tu aurais dû y arriver il y a une éternité !

— Je l'étais, puis j'ai été retenu au boulot. Tout va bien avec Tammy ? demanda-t-il.

Elle expliqua alors ce qui arrivait à Nan.

— Bon Dieu, marmonna-t-il. Tu es sûre qu'elle a dit qu'il avait une arme ?

— Oui, aucun doute là-dessus, et je ne pourrai pas y être assez vite.

— Je suis déjà en route, donc si tu viens de la gare routière, je devrais y être avant toi.

— Bon à savoir. Je n'aurais jamais dû la laisser seule à la maison.

— Mais tu l'as laissée avec les animaux, n'est-ce pas ?

— Oui, bien qu'ils ne soient pas d'un grand secours contre un flingue ! s'écria-t-elle. Oh, mon Dieu, je n'arrive pas à croire qu'un homme armé retient Nan dans ma maison !

— Je ne suis pas totalement surpris, étant donné que tu

as été victime d'une effraction. Cependant, je ne suis pas du tout étonné non plus qu'ils importunent Nan.

— Ouais, on est deux, commenta amèrement Doreen.

Elle négocia rapidement le virage, faisant crisser les pneus.

— Hé, hé, hé ! paniqua Mack. Arrive chez toi en un seul morceau. Ralentis. Je peux entendre tes pneus au téléphone !

— Oh, j'arriverai là-bas en un seul morceau ! marmonna-t-elle. En revanche, je ne peux pas garantir que je laisserai celui qui tient une arme contre ma Nan s'en sortir.

— Ouille… ça suffit maintenant. Nous ne pouvons pas te laisser agir comme une folle.

— Ouais, tu n'as pas encore vu la folie, mais ce sera le cas bientôt, grommela-t-elle. Qui sur cette Terre terrorise de vieilles femmes innocentes ?!

— C'est ce qui m'effraie. Je suis en route et je devrais y être avant toi.

— Peut-être pas. Je ne suis pas très loin.

— Je pense que tu es un peu plus loin que moi actuellement. Je me gare dans ton allée.

— Bien. Je suppose qu'ils sont dans le jardin, suggéra-t-elle. Tu peux peut-être entrer dans la maison et sortir par derrière.

— Tu as verrouillé ?

— Non, je ne crois pas, dit-elle, son cœur martelant sa poitrine. Je ne pense pas, vraiment.

— Vas-y mollo. Je vais jeter un coup d'œil. Je t'en prie, ne déboule pas sans prévenir, lança-t-il avant de raccrocher.

Elle s'efforça de rester suffisamment calme afin de continuer de conduire. Elle enchaînait les virages, pressée de voir les kilomètres prendre fin. Quand elle se gara brutalement dans son allée, elle avait à peine arrêté le véhicule qu'elle en sortit pour courir vers le jardin.

Quand elle arriva au patio, il n'y avait personne, donc elle déboula dans la maison et s'écria :

— Nan ? Nan, où es-tu ?

Mack descendit les escaliers. Il secoua la tête.

— Il ne sont pas là.

Son cœur se brisa.

— Comment ça, ils ne sont pas là ?

— Ils ne sont pas là. J'ai déjà contacté les renforts et la scientifique.

Doreen regarda Mack, bouleversée.

— Quelqu'un l'a emmenée ? Quelqu'un a emmené Nan ?

Mack opina du chef.

— C'est l'impression que ça donne. Toutefois, pas de conclusion hâtive pour le moment.

— Bien sûr que si, rétorqua-t-elle sèchement en le dévisageant furieusement. Quelqu'un a kidnappé Nan.

Mack grimaça.

— Et les animaux aussi, visiblement.

Doreen l'observa cette fois avec un air horrifié.

— Nan et les animaux ?! Tous les quatre ? demanda-t-elle.

Puis elle s'écria :

— Mugs, Mugs, où es-tu ?

Toutefois, aucune réponse ne vint.

— Thaddeus ! hurla-t-elle. Thaddeus, tu es là ?

Mais là encore, aucune réponse. Appeler Goliath était relativement inutile, cependant, elle devait essayer. Quand elle se retourna pour faire face à Mack, elle le regarda, désespérée, et dit tout bas :

— Ils ont emmené tous ceux qui comptaient pour moi.

Il fit un signe de tête, la mine sombre.

— Je sais et je suis presque certain que c'était délibéré.

Vu l'expression de Doreen, il était évident qu'elle était sur le point de s'effondrer. Il lui ouvrit les bras, et elle s'y précipita.

— Comment peut-on faire une chose pareille ?! s'écria-t-elle. Nan n'a jamais fait de mal à personne.

Mack ne dit rien à cela. Elle leva alors les yeux et fronça les sourcils.

— OK, elle a peut-être parié une ou deux fois, mais elle n'aurait fait de mal à personne.

— Je le sais bien, ma chérie. Répète-moi ce qu'elle a dit au téléphone.

Doreen luttait pour se souvenir exactement de la conversation et lui raconta l'essentiel.

— Simplement que quelqu'un était là avec une arme et que je devais me dépêcher de rentrer.

— Il n'a émis aucun bruit pendant tout ce temps ?

— Non.

— Ce qui signifie qu'elle a passé cet appel avec la permission du mec... En réalité, il l'a peut-être même forcée à dire ça.

Doreen opina du chef, hébétée, avant de le dévisager.

— Qu'est-ce que ça signifie ?

Mack secoua la tête.

— Nous ignorons si ça signifie quoi que ce soit, si ce n'est qu'il voulait que tu te pointes.

— S'il voulait que je me pointe, pourquoi n'est-il pas là alors ? demanda-t-elle tandis qu'elle tournait en rond.

Elle s'élança vers la clôture, tapa du poing dessus et cria :

— Richard ! Richard, vous êtes là ?

Cela prit un moment avant qu'elle ne finisse par entendre une chaise qu'on claque contre la clôture. Richard grimpa dessus et la fusilla du regard par-dessus la palissade.

— Maintenant, oui, rétorqua-t-il.

— Vous avez entendu quelqu'un ici au cours de la dernière heure ? lui demanda-t-elle.

Avant qu'il n'ait eu l'occasion de formuler un de ses commentaires désagréables, elle poursuivit :

— Quelqu'un a kidnappé ma grand-mère.

Il la regarda, sous le choc.

— Dans votre jardin ?

Elle acquiesça.

— Oui. Vous avez entendu quelqu'un ?

Il secoua lentement la tête.

— Non, rien, mais je sors tout juste.

— Vous n'avez entendu personne ?

Le regard de Richard passa de Mack à Doreen et inversement.

— Non, personne. Je le jure ! lâcha-t-il avant de prendre un air soucieux. Je n'ai rien entendu.

— Vous ne les avez pas entendus partir ? Ni Mugs aboyer ?

— Oh si, le chien a aboyé comme un fou, dit-il avant de retrouver son air assombri. J'ai entendu quelqu'un. Je suppose que ce devait être votre grand-mère qui demandait à Mugs de venir vers elle.

— Sa voix semblait provenir d'où ?

Sourcils toujours froncés, il regarda vers le cours d'eau et pointa le doigt.

— Je pense que c'était là, en bas.

Doreen le dévisagea, stupéfaite, jeta un coup d'œil vers la rivière et courut dans cette direction.

— Doreen, attends ! s'exclama Mack derrière elle.

Toutefois, il n'était pas question qu'elle attende, pas

maintenant, pas quand quelqu'un avait emmené Nan et ses animaux. Elle n'aurait absolument plus aucune raison de vivre si elle ne les ramenait pas tous. Courant vers l'eau, elle s'arrêta sur le chemin et l'observa. Elle ne savait pas suivre une piste – une compétence qui aurait été utile à cet instant –, mais, juste devant, sur la gauche, comme s'il était dans la direction de Rosemoor, se trouvait un monticule d'excréments de chien tout frais. Il était environ de la taille et de la forme de ceux de Mugs, même si elle ne pouvait garantir qu'il s'agissait du sien. Cependant, elle voulait désespérément le croire et, avec cette idée en tête, elle se rua vers Rosemoor en s'adressant à Mack derrière elle :

— Je dois les chercher !

Cavalant jusqu'à la maison de retraite, elle continuait de regarder d'un côté et de l'autre de la crique, se demandant où l'homme armé avait emmené Nan et pourquoi, ou si elle avait simplement été au mauvais endroit au mauvais moment. N'était-ce pas malveillant dans la mesure où sa grand-mère avait été là pour monter la garde, jusqu'à son retour ?

Elle avait le souffle coupé quand elle surgit au coin de Rosemoor. Elle remarqua qu'il n'y avait personne devant elle. Elle se précipita jusqu'au patio de Nan et pénétra dans son petit appartement ; il était vide. Tremblant désormais de la peur qui la déchirait de part en part, elle sortit rapidement dans le couloir, où elle aperçut Richie.

— Tu as vu Nan ?

Il fit signe que non.

— Elle se rendait chez toi. Elle n'est pas arrivée ?

— Si, cependant, un homme armé aussi apparemment. Elle m'a dit qu'il pointait un flingue sur elle et m'a sommée de vite rentrer à la maison. Ce que j'ai fait, mais elle n'était plus là.

Entretemps, une foule s'était formée autour d'eux, et tous se mirent à parler en même temps.

— Les renforts de Mack arrivent, mais nous recherchons Nan. On dirait qu'ils ont suivi le cours de la rivière.

— Ils ne sont pas venus jusqu'ici, déclara Richie avec un signe déterminé de la tête. Ne t'inquiète pas. Nous fouillerons cet endroit. Va dehors, toi, et cherche-la là-bas.

Doreen courut à l'extérieur, car, si l'intrus avait emmené Nan aussi loin, quelqu'un l'aurait sûrement vue. Par conséquent, cela ne pouvait signifiait qu'une chose : ils s'étaient rendus jusqu'à la rivière, mais n'avaient jamais atteint Rosemoor. Elle retourna donc vers le cours d'eau.

Chapitre 21

DOREEN ARPENTA DE nouveau la rivière, vérifiant des deux côtés, en quête d'autres indices. Impossible que Mugs ne lui ait pas laissé de trace s'il avait pu le faire d'une manière ou d'une autre. Bien entendu, elle ne savait même pas s'il était toujours en vie, car si cet homme avait un flingue et prenait des personnes âgées en otage, tirer sur un chien ne serait qu'une infraction mineure à ses yeux. S'il essayait de causer un maximum de tort à Doreen en s'en prenant à ceux qu'elle aimait, il avait toutes les cartes en main, sauf Mack. Elle grimaça.

La dernière chose qu'elle voulait, c'était que Mack aussi soit blessé. Elle n'avait pas envie de songer à la vitesse avec laquelle son esprit avait ajouté ce dernier à l'équation, car il faisait définitivement partie des gens qu'elle ne voulait pas perdre. Par conséquent, oui, si elle avait eu une minute pour y réfléchir, elle aurait admis assez facilement qu'elle l'aimait. Elle ignorait comment et quand, mais il s'était faufilé dans son cœur et s'y était implanté de façon inattendue.

À la première maison de la crique, elle s'arrêta, vérifia la clôture et ne trouva aucun signe montrant qu'une personne l'aurait enjambée. Elle pouvait difficilement imaginer Nan sauter, ni les animaux. Elle ne vit pas de barrière sur cette propriété. Au deuxième pavillon, elle stoppa également et contrôla minutieusement la clôture arrière, sans rien trouver de suspect.

À la troisième propriété, elle regarda de plus près et remarqua une petite zone de terre dans l'angle de la clôture. Comme elle s'y attendait, elle trouva un portail constitué de simples planches, sans fixations et donc bien dissimulé, qu'elle poussa pour l'ouvrir. Elle le franchit et observa le jardin. Un autre monticule de crottes se trouvait juste devant elle, lui indiquant – elle l'espérait – que Mugs était également passé par là. Il resterait près de Nan dans l'espoir que quelqu'un vienne les secourir. Concernant Goliath, il n'y avait aucun signe et donc aucun moyen de savoir.

Tandis qu'elle avançait encore de quelques pas, ignorant si cet homme avait traversé le jardin jusqu'à l'avant de la maison, elle entendit un miaulement. Elle s'immobilisa, se tourna lentement, et Goliath apparut. Il courut jusqu'à elle, elle le prit dans ses bras et le serra très fort contre elle. Maintenant qu'il était en sécurité, elle informa rapidement Mack par message de l'endroit où elle était. Au moins, il était désormais clair que Nan était venue jusque-là. Le portail derrière Doreen était fermé, et pourtant Goliath n'avait pas sauté par-dessus. Il était resté là tout ce temps.

— Où est Mugs et où est Thaddeus ? murmura-t-elle.

Goliath gigota dans ses bras, bondit par terre et ouvrit la voie jusqu'à la maison. Doreen s'approcha lentement, ne sachant pas s'il était prudent d'y entrer. Toutefois, elle ne laisserait pas sa grand-mère seule pour affronter un homme armé. Quand elle atteignit la porte de derrière, elle hésita, mais Goliath s'étira sur ses pattes arrière et posa celles de devant sur la porte afin qu'elle l'ouvre. C'était déconcertant de pénétrer dans la demeure de quelqu'un d'autre, pas suffisamment cependant pour avoir envie de crier. Si quelque chose se déroulait là-dedans, la dernière chose dont elle avait envie était de leur faire part de sa présence.

Comme elle entrait lentement, Goliath courut vers l'angle opposé. Elle le suivit et atteignit le coin d'un salon. Elle stoppa. Là, devant elle, Nan était assise, une tasse de thé dans la main. Elle leva les yeux et sourit.

— Coucou, ma chérie.

Chapitre 22

DOREEN HOQUETA ET courut vers l'avant.

— Est-ce que tu vas bien ?

— Je vais bien, répondit Nan, mais ce monsieur est assez bouleversé…

Doreen observa Nan puis se tourna lentement. Un gars la fixait des yeux, une arme à la main.

— Te voilà, dit-il d'une voix sévère.

— Ouais, me voilà. Alors, qu'est-ce que vous désiriez au point de kidnapper ma grand-mère en la menaçant avec un flingue ? demanda Doreen en se relevant pour le fusiller du regard tandis qu'il s'approchait.

Le regard de ce dernier était assez impressionnant, tordu par la colère.

— *Toi*, cracha-t-il. C'est toi qui es derrière tout ce merdier. C'était une ville agréable et paisible avant.

Elle le dévisagea.

— Vraiment ? Parce que tout ce que j'ai fait, c'est aider à résoudre des crimes classés sans suite. Uniquement. Cette ville comporte quelques brebis galeuses qui ont des choses à se reprocher. Ce n'est pas mon cas.

Il hocha la tête.

— Quand même, tu y as bien contribué.

— Je suis venue au bout d'un paquet d'affaires et envoyé beaucoup de criminels derrière les barreaux. Alors, vous croyez que vous pouvez venir dans mon jardin et kidnapper ma grand-mère ?

— Je veux que tu fasses machine arrière.

— Machine arrière concernant quoi ? répliqua-t-elle en le regardant avec stupéfaction.

— Tout ! beugla-t-il. Je veux que ça redevienne comme avant !

— Bien sûr. Dans ce cas, comment voulez-vous que je m'y prenne ? En construisant une machine à remonter le temps ?

Il l'observa sans la quitter des yeux un instant, puis haussa les épaules.

— Je ne sais pas. C'est pas mon problème. C'est ton bordel, alors à toi de le gérer, lâcha-t-il avant de lui montrer de nouveau l'arme.

— Vous avez conscience qu'agiter un flingue devant les gens est répréhensible, n'est-ce pas ? demanda-t-elle.

Comme il se contenta de la fixer du regard, elle hocha la tête.

— N'espérez pas vous en tirer. Rien que votre présence ici, pointant une arme sur ma grand-mère, vous apportera plus de problèmes que vous ne le pensez.

— Je n'ai pas d'ennuis, rétorqua-t-il. Je n'ai rien fait. Contrairement à toi.

Ses paroles n'avaient absolument aucun sens.

— Bon, que se passe-t-il vraiment ici ? Avez-vous été blessé par quelqu'un qui était concerné par l'une de ces affaires ?

Il rit tout bas.

— *Non, tu crois ?* Et que dis-tu d'un tas de gens ?

— Vous êtes simplement furieux à propos de tout en général, n'est-ce pas ? le provoqua-t-elle avant de se retourner pour s'adresser à sa grand-mère. Nan, as-tu appris quelque chose à son sujet ? Quoi que ce soit qui explique sa folie ?

Nan opina du chef.

— Oui, plus tôt, il l'a bien mieux expliqué qu'à l'instant, répondit-elle en levant les yeux vers lui. Jethro, allez. Tu m'as raconté combien tu aimais cette ville et combien tu désirais que le calme et la paix y reviennent.

— Oui ! mugit-il. Et elle doit rendre ça possible !

— Houla…, marmonna Doreen en le considérant.

Alors, un sentiment de soulagement la submergea en se rendant compte que, peut-être, ils sortiraient de là en vie.

— Où est Mugs ? le questionna-t-elle en pivotant pour regarder. Mugs, viens ici, Mugs !

Elle cessa et observa furieusement l'homme armé.

— Si vous avez fait du mal à mon chien, vous…

Il lui rendit son regard.

— Je n'ai fait de mal à personne, et je ne savais même pas que t'avais un chien.

Là, elle se tourna vers Nan.

— Nan, où est Mugs ?

— Il nous a suivis, ma chérie, mais j'ignore où il est parti ensuite. J'étais un peu occupée.

Tandis que Nan parlait, elle désigna l'homme qui brandissait toujours le flingue vers elle, ce qui ne cessait d'énerver Doreen encore plus.

Elle s'approcha de lui, les mains sur les hanches, et lui lança un regard noir. Presque nez à nez, elle lui demanda :

— Où est mon chien ?

Il avança la tête vers elle d'une façon pugnace et répéta :

— Je n'ai pas touché à ton chien.

Alors, elle comprit qu'il disait peut-être la vérité.

Quand la porte de la cuisine s'ouvrit et que Mugs arriva en courant vers elle, elle poussa un soupir soulagé et s'agenouilla pour l'enlacer.

— Je ne sais pas où tu étais, mais je suis vraiment contente que tu sois là maintenant.

Le type armé fronça les sourcils.

— D'où il sort ?

Nan sourit.

— Oh, il était avec nous pendant tout ce temps !

L'individu la regarda, stupéfait, et elle hocha la tête.

— Il est simplement très doué pour se cacher.

— Où se terrait-il ? demanda Jethro en se tournant et en regardant partout.

— C'est votre maison ? le questionna Doreen.

Il cessa de s'agiter pour la dévisager méchamment.

— Oui, et le voisinage était agréable et paisible… jusqu'à ce que vous emménagiez.

Doreen grimaça.

— Vous marquez sans doute un point là-dessus, marmonna-t-elle. Toutefois, ce n'est pas ma faute s'il y a eu tellement de crimes dans cet endroit que quelqu'un a dû venir pour le nettoyer un peu, rétorqua-t-elle. Comment pensez-vous vous en sortir sur ce coup-là ? Surtout après avoir kidnappé ma grand-mère armé d'un flingue ?

Il lui accorda un autre regard haineux, puis se tourna vers Nan.

— Attendez… C'est vous qui vous êtes introduit chez moi ?

Il eut la délicatesse de ne pas adopter un air fier.

— *Génial.* Donc j'ai dû payer des équipements de sécurité supplémentaires, car mon voisin n'a pu s'empêcher d'entrer dans ma propriété !

— J'en tiendrais aussi rigueur à Richard, ajouta Jethro. C'est un barge. Sans parler de son épouse fantôme.

— Fantôme ? répéta Doreen qui se posait des questions sur la santé mentale de Jethro.

Devrait-il même vivre seul dans son état ?

— Ouais, fantôme, comme dans *je suis quasi sûr qu'elle est morte et enterrée depuis des années.*

Doreen songea à toutes les fois où elle avait entendu des voix de l'autre côté de la clôture.

— Dans ce cas, d'où provenaient toutes ces voix ?

Jethro se moqua.

— Je suis quasi certain que Richard parle à sa femme décédée et se répond à lui-même.

Doreen le dévisagea.

— Ça, je n'en sais rien… J'ai distingué différentes voix là-bas.

— Ouais, bien sûr, la nargua-t-il.

— Quoi qu'il en soit, si Richard veut parler à feu son épouse, il en a le droit. Au moins, il n'est pas entré par effraction chez moi ni n'est revenu ensuite kidnapper ma grand-mère en lui pointant son arme dessus.

Jethro la regarda de nouveau d'un air mauvais.

— Arrête.

— Que j'arrête quoi ? demanda Doreen en levant les mains, frustrée.

Elle sentit la présence de Mack dans la cuisine, comprenant d'instinct que c'était ainsi que Mugs était entré. Elle ignorait où il était auparavant, mais elle était immensément soulagée de l'avoir à ses côtés à cet instant. En revanche, où était Thaddeus ? Elle se tourna vers sa grand-mère.

— Bon, nous avons Mugs et Goliath, mais où est Thaddeus ?

Nan bougea légèrement, et Doreen découvrit le perroquet, blotti sur son épaule et faisant une sieste. Doreen regarda l'oiseau, stupéfaite.

— Ouah… Il arrive à dormir malgré toute cette agitation ?

— J'ai pensé la même chose. Tu dois vraiment lui accorder plus de temps pour se reposer.

Elle rit devant sa grand-mère.

— Je peux toujours lui accorder du temps, mais suis-je responsable de tout le bazar qui le maintient éveillé ? Non ! rétorqua-t-elle. Je suis allée à la gare routière simplement pour faire une bonne action, je reviens et je trouve ça !

Elle fit demi-tour pour lancer un regard furieux à l'homme.

— Jethro, tu devrais vraiment poser cette arme, insista Nan tout en sirotant son thé.

— Oui, *Jethro*, réagit Doreen avec un ton sévère. Vous devriez vraiment la poser. Soit ça, soit me tirer dessus.

Il leva le flingue sur-le-champ, incitant Doreen à reculer d'un pas.

— Ou ne me tirez pas dessus et posez-la simplement.

Il lui afficha un sourire mauvais.

— Tout ce bruit et cette cacophonie constante, tu vois ? C'était un voisinage paisible avant !

Il avait beuglé comme un fou à la fin de sa phrase.

— Le temps est peut-être venu pour vous de déménager, le piqua Doreen.

Cela lui valut un regard furieux.

— Le temps est venu pour *toi* de déménager !

— J'ai une nouvelle pour vous : je ne partirai pas. J'ai la

maison de ma grand-mère et je l'adore. Je ne déménagerai pas.

— Je ne déménagerai pas non plus, grogna-t-il.

— Sauf si vous êtes obligé d'aller en prison, en tout cas pour un temps, à la suite de ce petit exploit d'aujourd'hui, déclara Doreen avec un sourire diabolique bien à elle. Alors, peut-être que la ville vendra votre maison.

Il la regarda, horrifié.

— Pourquoi tu dis ça ?

— Vous pointez un flingue sur ma grand-mère et moi ! s'écria Doreen. Personne ne croira que vous n'aviez pas de raison de faire ça.

— Évidemment que j'ai agi pour une raison ! rétorqua-t-il avant de s'adresser à Nan. En plus, nous n'avions pas pris le thé ensemble depuis très longtemps.

Doreen se moqua.

— Vraiment, Nan ?

— Nous avions l'habitude de boire le thé ensemble de temps en temps, confirma-t-elle sereinement.

— Et c'est tout ? demanda prudemment Doreen.

Nan ricana, amusée par la question.

— Oui, ma chérie, c'est tout.

Doreen soupira.

— C'est une *bonne* nouvelle.

Jethro la regarda d'un air mauvais.

— Arrête.

— Quoi ? Que j'arrête quoi, cinglé ?

C'était maintenant à son tour de pousser une gueulante.

Il hésita, puis Nan l'observa et lui adressa un signe de tête.

— Vas-y. Dis-lui. Elle ne peut pas régler ça sans une meilleure explication.

— Régler quoi ? rebondit Doreen, se sentant de plus en plus frustrée. Il se passe tellement de choses, là, que je ne sais plus qui fait quoi.

— C'est pour cela que tu dois t'en occuper, ma chérie.

— *Super.* Ne serait-ce pas mieux si je savais de quoi tu parlais ? insista Doreen.

Lorsque Jethro ricana, elle l'interrogea une fois encore :

— Quoi ? Ça devient vraiment déconcertant, et je n'aime pas ça.

— Je n'aime pas ça non plus, lui répondit-il, mais je ne souhaite vraiment pas que toute cette affluence descende jusqu'à la rivière.

Doreen le dévisagea, sourcils froncés.

— Quelle affluence ?

— Des gens.

— Sur la rivière ou le chemin ?

— Sur le chemin… la nuit.

— Ils coupent par votre jardin ?

Il la considéra et confirma.

— Parfois, ouais.

Elle y réfléchit.

— J'ignore à quoi tout cela est lié et, en ce moment, j'ai des dossiers par-dessus la tête. Toutefois, si vous êtes en train de me demander de l'aide de cette étrange façon, vous perdez les pédales !

— Oh, quel dommage ! rétorqua-t-il. Vous devez résoudre cette affaire-là et ensuite, vous devrez arrêter.

— Et pourquoi cela ?! s'écria-t-elle en lui dardant un regard frustré.

— Parce que c'est ce que vous faites, dit-il avant de poser lentement l'arme sur le buffet. Alors, maintenant, vous devez agir dans mon intérêt.

Il se déplaça de l'autre côté du buffet, se versa une tasse de thé puis se tourna vers Doreen pour la chasser.

— Allez… partez et mettez-vous au boulot.

— Ouah, quelle agréable manière… de *ne pas* solliciter mon aide, répliqua-t-elle sèchement.

Elle se tourna lentement pour regarder Mack qui se tenait sur le seuil de la porte, témoin de la scène, complètement consterné.

— Sérieusement ? s'offusqua ce dernier.

Le ton de sa voix serait considéré comme bas et meurtrier par quiconque ne le connaissait pas.

— Vous avez kidnappé une femme en la menaçant avec une arme parce que vous vouliez que Doreen résolve un problème ?

— C'est elle qui est responsable de la survenue de tous ces événements, donc c'est son foutoir, grogna Jethro. C'est complètement logique que je veuille qu'elle y mette fin.

— Et vous ne m'avez pas encore dit ce que c'est, excepté cette histoire de monde près de la rivière.

— Ouais, une affluence sur le chemin de la rivière, des gens à des heures bizarres, la nuit, qui montent, descendent et font beaucoup de bruit, tout le temps.

— Se rendent-ils quelque part ou s'intéressent-ils seulement au voisinage ?

— Je l'ignore… Ils vont quelque part, sans doute. Mais je crois qu'ils passent par le jardin du voisin.

Elle se tourna et regarda le voisin le plus proche de Rosemoor. Il secoua la tête.

— Non, l'autre.

Là, elle visualisa l'endroit qu'elle n'avait pas eu l'occasion de vérifier et où elle n'avait vu personne depuis un moment.

— Qui vit là ? se renseigna-t-elle prudemment.

— Une femme, et elle ramène des hommes constamment.

Une telle note de dégoût avait teinté sa voix que Doreen le dévisagea, contrariée.

— C'est la jalousie qui parle ou bien ? le questionna-t-elle, ce qui lui valut un regard noir de Jethro. Bon. Y avez-vous vu d'autres femmes ?

— Non, uniquement celle-là.

Doreen réfléchit puis s'adressa à Nan.

— Tu sais quelque chose à ce sujet ?

— Non, je n'en ai jamais entendu parler. Tu n'as rien remarqué de particulier à la rivière ?

Doreen fit non de la tête.

— Non, je n'ai jamais vu de telles activités en haut comme en bas de la rivière. Bien sûr, il y a toujours eu quelques personnes qui marchaient dans les environs, mais je me situe plus haut.

— Exactement, lança Jethro.

— Alors, pourquoi fait-elle passer les gens par l'arrière ? marmonna Doreen.

Et puis elle comprit. Elle sortit son téléphone et envoya rapidement un message à Tammy. Elle ne savait pas si elle le recevrait, si elle avait Internet ou si ça devrait attendre qu'elle arrive à une gare routière. Cependant, lorsqu'elle reçut une réponse quelques minutes plus tard, elle posa rapidement ses autres questions. Elle se tourna ensuite vers Mack.

— Ça pourrait être lié à Jed Barry et à son business, lui suggéra-t-elle en lui montrant son téléphone pour qu'il puisse lire les messages. C'est Tammy, elle est dans le bus en ce moment. Ils se sont arrêtés pour prendre d'autres passagers.

Mack hocha la tête.

— Lors de ces voyages en bus à travers le pays, ils s'arrêtent pour embarquer des gens ici et là sur la route. Son trajet va être très long si tu l'as renvoyée dans l'Est.

— En effet, confirma Doreen. Elle voulait partir.

— Bien. Tant qu'elle le désire vraiment.

— Je l'espère, bien que je n'aie aucun moyen d'en être sûre. Elle m'a dit qu'il y a une autre femme impliquée dans le business de Jed et qu'elle dispose d'un endroit près de la rivière.

— Dans ce cas, pourquoi fait-elle des passes ? demanda Nan avant de rire aux éclats. À moins qu'elle ne gagne beaucoup d'argent.

— Ou qu'elle n'ait conclu un marché avec un autre réseau local, suggéra Mack. Ce n'est pas parce que Tammy restait dans le centre que cette autre femme appartient au harem de Jed.

— Non, en effet, ou bien elle…, commença Doreen avant de s'interrompre et de grimacer. Ou peut-être que c'est elle qui se cache derrière tout ça.

Mack la regarda avec perplexité, alors elle haussa les épaules.

— Il y a aussi des femmes à la tête de réseaux de prostitution. Jusqu'à présent, nous ignorons si Jed n'est pas qu'un homme de main. Je ne suis pas certaine qu'il ait l'intelligence requise pour gérer ce qui se trame ici.

Mack médita là-dessus.

— Comment relies-tu tous ces événements fortuits à celui qui a conduit à un décès ? Tammy a-t-elle mentionné une autre femme ? T'a-t-elle déjà dit que celle-ci était la patronne ?

Doreen haussa les épaules.

— Non, mais Tammy n'a pas parlé de grand-chose qui

concernait les affaires.

Elle contacta Tammy, mais cet appel n'aboutit pas. Elle lui envoya un nouveau message pour lui demander le nom de l'autre femme liée à Jed. Elle reçut une réponse avec un seul nom.

Julie.

Doreen reprit immédiatement. **Vous avez une photo ? Où vit-elle ?**

Tammy répondit. **Pas de photo. Elle ne donnait jamais son accord.**

Les échanges de SMS continuèrent, Doreen posant des questions et Tammy y répondant. Apparemment, cette Julie ne vivait plus avec eux actuellement. Parfois, elle était présente aux réunions avec Jed.

Il semblait qu'elle n'avait pas les mêmes arrangements que Tammy. Pendant que Doreen y réfléchissait, cette dernière lui adressa un autre texto.

Je pense qu'elle était plus impliquée que Jed.

Doreen s'interrogea et demanda alors : **De quelle façon ?**

De toutes les façons.

Doreen grimaça et marmonna :

— Ça ne le confirme pas vraiment…

Même si, d'une certaine manière, si.

— Pourquoi Tammy ne nous a-t-elle pas révélé ça avant ? demanda Mack.

— Parce que je pense que son credo jusqu'à maintenant était *ne rien dire, ne rien faire*. Parle à Jed. Nous devons découvrir si cette femme a quelque chose à voir avec lui et l'homme assassiné.

— Quel homme assassiné ? rebondit Nan, intéressée.

Doreen se tourna vers elle.

— Le mec tué avec le *taser*, celui dont je ne sais encore rien, expliqua-t-elle.

Mack lui lança un regard noir auquel elle réagit avec un haussement d'épaules.

— À ce rythme, nous allons résoudre cette affaire avant même que je n'obtienne son nom. Je dois encore descendre au parc pour voir la scène de crime, marmonna-t-elle, frustrée.

— Ouais, tu peux y aller maintenant. La scientifique et tous les autres ont terminé là-bas.

— Je présume qu'ils sont partis il y a des jours et que tu ne m'as rien dit pour tenter de me protéger, grommela-t-elle en le fusillant du regard.

Il lui afficha un sourire satisfait.

— Ils avaient sans doute fini encore avant ça.

— Ce n'est pas drôle.

— Tu étais occupée de toute manière, lui rappela-t-il. Ce n'est pas comme si tu avais eu besoin de t'y rendre.

— C'est un jardin, et c'est dans le centre, donc à proximité de chez Tammy. Cependant, j'ignore si ça a vraiment un lien avec ce qu'il se passe ici, à la rivière.

— Cela pourrait n'avoir aucun lien, lui indiqua Mack. Ce n'est pas parce que ce gars a une dent contre le bruit que ça signifie que la voisine est impliquée.

— Non, en effet, concéda Doreen, pensive. Je n'ai rien vu ni entendu. Cependant, je me trouve à l'opposé et en contrebas, tempéra-t-elle avant de ruminer. Je devrais interroger Richard quand je rentrerai à la maison.

— Mais il se trouve de l'autre côté aussi, souligna Mack. J'irai parler avec les voisins de ce côté-ci.

Il s'approcha du buffet et prit l'arme du vieil homme avant de faire signe à Chester qui l'avait accompagné.

Une fois Mack sorti, Chester s'avança vers l'individu et dit :

— Allez, mon grand. On doit vous emmener au poste.

— Je n'ai rien fait, protesta-t-il.

— Je t'avais dit que tu aurais des ennuis, Jethro, lança Nan. Tu ne devrais vraiment pas pointer ces trucs-là sur les gens.

Il lui lança un regard noir puis enchaîna avec un sourire lumineux.

— Alors, un thé la semaine prochaine ?

— J'adorerais, lui répondit-elle chaleureusement.

Sur ce, Jethro sortit et marcha assez volontiers jusqu'à la voiture de police avec Chester.

Doreen regardait sa grand-mère, stupéfaite, avec l'impression d'être tout juste tombée dans le terrier d'*Alice au pays des merveilles*.

— Sérieux, Nan, c'était quoi, ça ?

— Oh, ma chère enfant ! Il était seulement très frustré et en colère parce qu'il n'a pas pu fermer l'œil, à force de penser aux gens qui viennent dans son jardin.

— Mais c'était une personne ou deux ?

— Je pense que c'est un flot constant, et ils apportent des trucs. Parfois, il entend des choses cliqueter toute la nuit.

— Oh, doux Jésus ! marmonna Doreen en regardant sa grand-mère avec des yeux ronds. Je pense qu'il a besoin d'intégrer un foyer, où quelqu'un s'occupera de lui.

Nan était de son avis.

— Probablement, oui.

Doreen secoua la tête, pensant encore à ces nouveaux événements.

— Dans ce cas, peut-être que l'activité au niveau de la crique n'a rien à voir avec la prostitution. Elle fait peut-être du recel, du blanchiment d'argent ou autre.

Les yeux de Nan s'agrandirent alors d'intérêt.

— Une fautrice de troubles, lança-t-elle malicieusement, un grand sourire aux lèvres.

Doreen ferma les paupières.

— Ça ressemble à un truc que j'aurais pu dire, grommela-t-elle.

Nan éclata de rire.

— Oui, effectivement, confirma-t-elle avant de se lever prudemment, Thaddeus encore sur son épaule. Jethro prépare toujours un bon thé.

— C'est important, plaisanta Doreen avant d'enlacer doucement sa grand-mère. Je suis vraiment contente que tu n'aies pas été blessée, mais j'aurais aimé savoir que Jethro était plus inoffensif qu'il n'en avait l'air de prime abord.

— On ne sait jamais vraiment qui est inoffensif ou pas. Je n'en étais moi-même pas tout à fait sûre, même quand tu étais là. Je ne savais pas quelle voie il prendrait. Quand les gens ne dorment pas assez, ça peut les rendre dingues.

— J'entends bien, marmotta Doreen. Viens. Je vais te raccompagner à Rosemoor et tenter de calmer tout le monde. Ils sont tous à ta recherche également.

— Oh, c'est adorable ! s'exclama Nan, avec un rire joyeux. J'aurai des choses à leur raconter, ça, c'est certain.

Alors, Doreen escorta sa grand-mère jusqu'à Rosemoor. Si Mack voulait discuter avec Nan, il saurait exactement où la trouver.

Chapitre 23

Vendredi, fin d'après-midi…

PLUS D'UNE HEURE plus tard, Doreen revint chez elle. Elle se laissa tomber sur sa terrasse, tous les animaux de nouveau avec elle, sains et saufs. Elle se baissa et étreignit Mugs.

— Merci, mon pote. Je suppose que tu les as suivis tout seul, hein ?

Elle avait conscience qu'elle n'aurait aucune réponse de sa part. Thaddeus était de nouveau lové sur son épaule, comme s'il avait l'intention de ne jamais en partir – justement, elle n'avait aucune intention de le laisser partir non plus. Elle sentit qu'il lui avait pardonné, quoi qu'elle ait fait pour le fâcher.

Elle continuait de le caresser, de lisser ses plumes, tâchant également de se calmer elle-même. Ça avait été une sacrée journée, et elle n'avait pas encore fait le point avec Mack. Quand elle entendit des bruits de pas traverser le sol de la cuisine, elle se tendit, mais se força ensuite à se relaxer.

— Il n'y a pas de café ! s'exclama-t-elle.

— On peut résoudre ce problème, répondit Mack sur une note d'humour.

Elle lui sourit, au-delà de la porte ouverte.

— Je ne sais pas pour toi, mais je suis assez fatiguée.

Il acquiesça.

— Rien de tel que de découvrir que sa grand-mère a été escortée sous la menace d'une arme, hein ?

— Oui. Je ne comprends toujours pas…

— Moi non plus, mais je suppose que Jethro avait une bonne raison. Selon Nan, il était vraiment grincheux et n'avait pas dormi depuis des jours à cause des allées et venues nocturnes. Pourquoi t'en voulait-il, au fait ?

— Je ne sais pas s'il m'en voulait vraiment, puisqu'il avait en tête que j'étais à même de régler ça, marmonna-t-elle. Je pense qu'il me reprochait d'avoir autant attiré l'attention sur Kelowna avec toutes ces histoires et qu'il a cru que la présence de la foule en résultait. Nan m'a confié quelques infos quand je l'ai ramenée chez elle. Alors, si tu dois lui parler, tu peux te rendre à Rosemoor. Toutefois, elle est assez fatiguée elle aussi.

— Non, c'est bon pour le moment. Je devrai lui poser des questions, cependant, Darren est déjà en route pour la voir. Il s'occupera du premier interrogatoire. Je me suis dit que tu avais autant d'informations que quiconque.

— J'aimerais que ce soit le cas, grommela-t-elle, même si, quelquefois, je ne sais plus grand-chose.

Mack émit un gros rire.

— C'est ça. C'est exactement l'impression que j'ai quand je suis avec toi parfois. Tu déchiffres les choses tellement vite, avant que les autres ne comprennent vraiment. Puis tu nous laisses dans l'ignorance, alors que nous sommes ébahis par la vitesse à laquelle tu fais bouger les choses.

— Pas cette fois, le corrigea-t-elle. Mais la bonne nouvelle, c'est que Mugs a suivi de près Nan durant tout le chemin. Même si Thaddeus était sur son épaule dès l'instant où j'ai quitté la maison, Mugs n'allait pas les laisser seuls, et Goliath est resté à la barrière de Jethro pour que je sache quelle maison chercher.

— Ce qui est absolument fabuleux, fit-il remarquer avant de se baisser pour caresser les deux animaux. Tu les as vraiment bien entraînés.

— Je ne les ai pas entraînés du tout, le contredit-elle. C'est ça qui m'effraie. Je ne les ai pas entraînés, et ils sont capables d'accomplir tout un tas de choses, peut-être même encore plus que ça, sans que je le sache. Ou peut-être qu'ils essaient d'en faire plus et que je n'ai aucun moyen de m'en rendre compte.

— Je ne m'en inquiéterais pas pour le moment, tempéra Mack en écartant les cheveux du visage de Doreen. Tu as eu une sacrée journée.

— Oui, confirma-t-elle en bâillant. Et toi ? Il y avait quelqu'un dans la maison voisine de celle de Jethro ?

Il fit non de la tête.

— Non, personne. En revanche, nous avons posté un garde qui va ouvrir l'œil. Si Julie est en activité ce soir, nous en serons informés.

— Bien. Dans ce cas, quand tu rentreras chez toi, je m'effondrerai. Avec de la chance, sans me réveiller avant la mi-journée demain.

Il sourit.

— Je l'espère pour ton bien. Franchement, je pourrais espérer ça pour moi également.

— Merci d'être venu.

Il lui adressa un regard horrifié.

— Comme si j'avais eu le choix.

Cela fit rire Doreen.

— Non, tu n'avais pas vraiment le choix, de bien des façons, mais j'apprécie quand même ta présence.

Mack lui pressa la main.

— Tu as envoyé Tammy chez elle en bus, hein ?

— Ouais. Ça ne m'est même pas venu à l'esprit qu'elle aurait pu rester en ville jusqu'à ce que nous réglions ce foutoir pour de bon.

— J'y songeais également, confia-t-il, d'un ton étrangement neutre. Au moins, on sait où elle est maintenant.

— J'espère vraiment qu'elle n'est pas impliquée dans tout ça, murmura Doreen. Je me sens mal à l'idée de l'avoir laissée partir. Non seulement ça, mais aussi de l'avoir aidée.

— Je n'en ai pas la certitude, mais ça aurait été bien de nous filer le tuyau.

— Mais tu m'as dit qu'elle était hors de cause et qu'elle n'était interrogée qu'à cause de son lien avec Jed.

— C'était vrai, à ce moment-là. Cependant, comme nous l'avons découvert plus tard, elle est au courant de pas mal d'autres choses.

Doreen soupira.

— Avec de la chance, elle continuera de répondre aux questions en traversant le Canada, ajouta-t-elle en souriant.

— Étant donné que tu lui as payé son ticket, espérons qu'elle reste dans le bus.

— J'ai acheté le billet, et Nan lui a offert quelques tenues de la friperie. Elle lui a aussi filé un peu d'argent. Assez pour payer quelques repas et retourner auprès de sa mère et de sa famille.

— C'est une bonne action que tu as faite. J'ai conscience que les temps n'ont pas été faciles pour toi, toutefois, tu penses toujours aux autres.

Elle lui sourit.

— J'espère que tu penseras encore ça à la fin de tout ça, marmotta-t-elle, car si Tammy se révèle être impliquée…

Il fit un signe de tête.

— Si c'est le cas, personne ne sera ravi que tu aies aidé une complice de meurtre à s'échapper.

Chapitre 24

Samedi, début de matinée…

LE MATIN SUIVANT, Doreen se réveilla avec plusieurs messages de Tammy. Un sourire se forma en songeant à cette femme qui continuait de la mettre au courant de sa progression. Sa décision de prendre un bus plutôt qu'un avion était intéressante. Certes, c'était moins cher pour Doreen bien que le raisonnement de Tammy fût aussi instructif ; lorsque le sujet des options de voyage avait été abordé, Tammy avait dit qu'elle préférait prendre le temps de réfléchir, utiliser ce temps pour s'ajuster et devenir la personne que souhaitait voir sa famille, et laisser tout le reste derrière elle. Elle ne pouvait pas faire ça durant un vol, mais elle espérait que, avec tous ces jours de trajet, elle pourrait lentement redevenir la personne qu'elle était autrefois.

Doreen s'était donc accommodée du mode de transport que Tammy avait choisi.

En lisant attentivement les messages de Tammy, Doreen se rendit compte qu'elle faisait de nouveau la grasse matinée. Elle secoua la tête. Elle n'en avait jamais eu l'habitude et, le peu de fois où c'était arrivé, cela avait été un choc. Désormais, c'était plutôt agréable, et elle savourait la liberté de simplement rester dans son lit un moment. Elle sourit puis bâilla. Elle n'avait pas de raison particulière de se lever. Elle n'avait pas vraiment de raison de faire quoi que ce soit.

Apparemment, sa bonne fortune lui apporterait assez d'argent pour qu'elle se porte bien à l'avenir. Tout ce qu'elle avait à faire, c'était trouver une façon d'occuper son temps à mesure qu'elle prendrait de l'âge.

Elle éclata de rire en y songeant. Tu parles d'une aubaine ! Nan avait offert à sa petite-fille un cadeau que celle-ci ne serait jamais en mesure de rembourser. Nan n'en avait pas envie, mais c'était dingue de penser qu'elle avait effectué un tel geste et qu'elle l'avait planifié des décennies auparavant. Bien sûr, elle ignorait que la vie laisserait Doreen dans cet état. Cependant, le simple fait d'avoir anticipé ce qui pourrait arriver, et tant d'années en amont, c'était vraiment hallucinant.

Doreen se leva, s'habilla et se rendit au rez-de-chaussée, avec le désir d'une première tasse de café. En jetant un œil dans la cuisine, elle se dit qu'elle pourrait acheter plus de nourriture pour les animaux et elle. Cela les rendrait heureux, elle en était sûre.

Elle leur ouvrit la porte arrière et procéda au remplissage de leurs bols, leur donnant le choix entre manger d'abord ou sortir. Mugs opta immédiatement pour sa gamelle. Dès qu'il fut rassasié, il se précipita dehors et se rendit au jardin. Cela fit sourire Doreen.

— C'est une belle maison et un beau jardin, hein, Mugs ?

Une fois le café prêt, elle prépara son petit-déjeuner en vitesse et l'apporta à l'extérieur. Les animaux étant désormais intéressés par son repas, elle grommela.

— Je viens de vous nourrir, les gars.

Mugs adopta son air abattu, comme souvent. Après tout, ses croquettes n'étaient qu'une option parmi d'autres qu'elle était supposée lui donner. Elle avait conscience qu'il pouvait rapidement prendre du poids si elle le nourrissait trop. Elle avait été confrontée à une situation étrange quelque temps auparavant, quand il avait commencé à grossir de façon anormale ; heureusement, elle avait découvert assez tôt que Thaddeus lui filait des friandises dans son dos. Avec plusieurs promenades supplémentaires, Mugs s'était senti bien mieux. Il s'arrêtait même souvent de manger quand il était rassasié, mais peut-être était-ce imputable à son type de cuisine préféré. Elle réfléchirait à d'autres solutions plus tard.

Assise à l'air frais, paupières fermées, elle sentait la brise lui soulever les cheveux et les souffler doucement vers l'arrière. C'était vraiment une belle journée. Elle savait que ce n'était que le calme avant la tempête, littéralement, avant que tout ne se déchaîne. En tout cas, d'après son expérience. Elle sourit, mais presque aussitôt, son téléphone se mit à sonner. Réprimant un grognement, elle baissa les yeux et vit que c'était Nan. Elle répondit rapidement.

— Bonjour. Comment vas-tu ?

— Je vais bien, répondit Nan d'un ton brusque. Mais pas Jethro.

— Que veux-tu dire ?

— Ils pensent l'inculper, gémit-elle d'une voix assez furieuse.

Doreen soupira.

— Il t'a menacée avec un flingue, Nan. Il t'a retenue contre ton gré et t'a même emmenée sous la contrainte de cette arme.

— Mais elle était factice, rétorqua Nan.

Doreen regarda son téléphone avec stupéfaction.

— Quoi ? L'arme n'était pas vraie ?

— Non. Il voulait seulement exprimer son point de vue, pour s'assurer que quelqu'un enquête sur toutes les allées et venues dans la zone, et il s'est dit que tu étais la mieux placée pour ce job.

— Tu me fais marcher… Alors, il t'a emmenée à marche forcée avec une arme jusqu'à sa maison au lieu de simplement solliciter mon aide ?

— J'ai décliné plusieurs fois son invitation à boire le thé récemment… Je suppose qu'il était las d'essuyer des refus.

Doreen ne savait pas quoi répondre à cela. Sa mâchoire s'ouvrit puis se referma lentement.

— Je ne sais pas bien pour quelle raison ils vont l'inculper. Toutefois, je n'imagine pas qu'il s'en sorte sans rien.

— Mais il devrait ! soutint Nan.

— Nan, il a pas mal fait sensation quand tu as été portée disparue avec les animaux, et la police n'apprécie pas les gens qui exploitent leurs ressources. Je ne pense pas que tu puisses aller contre ça.

— Je descends au poste maintenant, déclara Nan. Je veux lui parler.

— Ils l'ont gardé toute la nuit ?

— Oui ! Je suppose que quelqu'un… quelqu'un a été très contrarié par ma disparition.

— *Tout le monde* l'était, naturellement. Nan, on ne joue pas avec ça. Nous avons une quantité affreuse d'affaires sérieuses en ce moment qui sont potentiellement connectées, ce qui cause encore plus de troubles. Est-ce que Jethro est impliqué ou pas, je l'ignore, mais c'est à la police de le découvrir.

Nan hoqueta.

— Depuis quand laisses-tu ce genre de choses aux mains de la police ?

Doreen grimaça.

— Depuis que j'ai découvert que ma grand-mère avait été kidnappée par un homme fou et armé, rétorqua-t-elle. Pire encore, enlevée pour du thé.

— Il ne voulait blesser personne et ne m'a fait aucun mal.

Doreen comprenait plus ou moins où Nan voulait en venir. Elle secoua la tête, ne sachant pas du tout comment rendre cela plus facile pour sa grand-mère.

— Peu importe ce qu'il a fait puisque je vais bien et que je suis rentrée désormais. Alors, je vais me rendre là-bas et parler aux flics maintenant.

Et Nan mit fin à l'appel de façon abrupte.

Doreen restait assise, les yeux rivés sur son téléphone, puis décida de contacter Mack à ce sujet.

Quand il répondit, il était clairement distrait.

— Doreen, c'est important ? Je suis vraiment occupé.

— Nan est en route pour le commissariat. Elle refuse que Jethro soit inculpé.

Un moment de silence choqué surgit.

— Quoi ?

Doreen expliqua rapidement le peu que Nan lui avait dit.

— Oui, nous avons découvert que l'arme était factice la nuit dernière, quand nous l'avons arrêté, confirma Mack. Cependant, tout ce temps *avant* que nous ne la trouvions, nous l'ignorions. Il a eu de la chance qu'on ne lui ait pas tiré dessus. Un coup comme ça peut blesser quelqu'un.

— Tout à fait, et est-ce que Nan était au courant avant le dénouement, ça, je l'ignore.

— C'est en train de déraper, rouspéta Mack. On ne peut pas kidnapper des gens afin d'attirer l'attention sur un problème de voisinage !

— Surtout que j'ignorais l'existence de Jethro, et personne ne m'a jamais parlé de ce problème à la crique la nuit, souligna-t-elle.

Mack jurait dans sa barbe.

— Écoute. Je parlerai à Nan quand elle sera là, mais je ne suis pas certain qu'on puisse faire quoi que ce soit. Ça enverrait un mauvais message à la communauté de laisser un homme qui a agité un flingue être considéré comme la norme à Kelowna.

— Je sais. Je voulais simplement te filer le tuyau.

— Merci bien, marmonna Mack. Comment se porte ta passagère de bus ?

— Bien mieux. Je me suis réveillée avec plusieurs messages de sa part. Dans l'un d'eux, elle me raconte qu'elle a pris un journal et qu'elle réfléchit à certains de ses problèmes.

— Bien… Désolé, je dois y aller.

Puis il raccrocha.

Doreen ne savait pas si cela signifiait que Nan était déjà à son bureau, sur le point de le réprimander pour ce qu'il avait fait, ou si autre chose était arrivé. Toutefois, elle imaginait que ce ne serait pas un moment facile pour Mack. Peut-être que ce Jethro s'en tirerait avec un avertissement. S'il n'avait aucun antécédent judiciaire, peut-être mettraient-ils son mauvais jugement sur le compte de circonstances difficiles et d'un manque de sommeil.

Doreen ne connaissait pas son histoire, et il pouvait avoir reçu des millions de contraventions et avoir refusé de soigner ses problèmes avec l'autorité. Qui pouvait savoir ? Elle ignorait totalement ce que l'implication de Nan engendrerait pour elle ni si ça impliquerait quoi que ce soit. Toutefois, ça serait le cas, bien entendu, car à la minute où Nan était concernée, tout le monde l'était.

Doreen se frotta le visage puis prit sa tasse et jeta le restant de café. Elle avait clairement besoin d'en prendre un deuxième à ce stade. Elle rentra, se versa une autre tasse et retourna dehors, tout en se demandant qui l'appellerait en premier entre Mack et Nan.

Quand son téléphone sonna, c'était quelqu'un à qui elle ne s'attendait pas du tout. Elle regarda l'appareil, agréablement surprise.

— Salut, Bernard ! Quoi de neuf ?

— J'ai appris que tu avais de nouveau des ennuis.

Doreen rit.

— Ouah, les bonnes nouvelles vont vite, n'est-ce pas ?

Bernard éclata de rire, posant un sourire sur le visage de Doreen.

— De plus, je n'ai pas vraiment d'ennuis. C'est seulement la vie, tu vois ?

— Si tu sors pour sauver des prostituées et que tu te positionnes contre la maquerelle locale, c'est une tout autre histoire !

Comme il avait utilisé l'expression « maquerelle locale », les sourcils de Doreen se levèrent.

— Comment connais-tu l'existence de la *maquerelle locale* ? demanda-t-elle avec hésitation.

Il parut amusé.

— Pas comme tu l'imagines, clarifia-t-il. Je n'ai jamais eu besoin de recourir à l'argent pour du sexe.

— Aucune offense intentionnelle, mais je suis ravie de l'apprendre. C'est merveilleux que tu ne souffres pas dans ce domaine, répondit-elle, hilare. Alors, que sais-tu d'autre sur elle ?

— J'ai appris qu'elle avait emménagé récemment, un truc à propos de l'augmentation du prix des loyers.

Là, Doreen ferma les yeux et souffla :

— Oh ! ça expliquerait…

— Expliquerait quoi ?

Doreen ignora sa question et en posa une autre à la place :

— Tu as une idée de l'endroit où elle a emménagé ?

— Non, je sais seulement qu'elle n'est pas en ville, pas aux dernières nouvelles.

— Tu sais depuis quand ?

— *Hmmm…*, fit-il en y réfléchissant. Je dirais bien un mois ou deux.

— OK, marmonna-t-elle, exaspérée, mais tout de même compréhensive. Ça expliquerait potentiellement l'un de nos problèmes actuels.

— Il y a toujours tellement d'action dans ta vie, dit-il d'une voix presque teintée d'envie.

Elle rit aux éclats.

— C'est vrai, mais ce n'est pas nécessairement une bonne chose.

Ce fut au tour de Bernard de s'esclaffer.

— Non, je suppose que tu marques un point. Il est simplement facile de penser à ta vie et de se rendre compte qu'elle est bien plus excitante que la mienne.

— Bernard, ta vie est très excitante ! s'exclama Doreen, stupéfaite. Je ne t'imagine pas manquer de quoi que ce soit, étant donné la façon dont tu vis.

— Peut-être, cependant, c'est étrange de constater que je suis hors course, un peu. C'est sans doute pour cela que j'appelle, rien que pour voir si je peux aider en quoi que ce soit.

— Tu pourrais me confirmer la localisation de la maquerelle.

Il éclata de rire.

— Il suffit d'un coup de fil.

— Fais-le alors. Je n'ai clairement pas envie que mon numéro apparaisse sur la liste d'appels d'une maquerelle ! ajouta-t-elle pour plaisanter.

— OK, donne-moi cinq minutes, lança-t-il avant de raccrocher dans la foulée.

Doreen fixait le téléphone des yeux, ébahie.

— C'est vraiment si simple ?

Alors, elle se rendit compte que Tammy était probablement sa meilleure source d'infos dans ce domaine en particulier. Par conséquent, elle lui envoya rapidement une série de messages, sachant qu'elle y répondrait quand elle aurait une connexion Internet fonctionnelle. Durant un trajet en bus, celle-ci devait être peu fiable parfois, notamment en montagne. Doreen ignorait aussi ce qu'il restait du forfait mobile de Tammy.

Elle ne voulait pas vraiment que Tammy disparaisse totalement, mais elle ne pourrait pas vraiment l'en blâmer dans le cas contraire. Doreen représentait une partie de l'ancienne vie de Tammy, et cette dernière pourrait préférer couper tout contact avec elle. Doreen avait encore quelques inquiétudes concernant le lien de Tammy avec cette affaire… elle ne voulait simplement pas que ce soit quelque chose d'affreux, par exemple des *crimes*. D'autant plus qu'elle s'était battue pour elle.

Quand elle eut fini de poser toutes les questions auxquelles elle souhaitait des réponses, elle s'excusa ensuite de ne pas avoir eu l'idée de le faire avant, lorsqu'elles pouvaient se parler en personne. Doreen se réprimanda de totalement ignorer où cela mènerait. Toutefois, comment le devinerait-elle ? Tout avait été tellement incertain, et il avait semblé plus important de mettre Tammy hors de portée de Jed et sur ses propres rails avant que ça ne devienne un problème plus important encore.

De plus, même Mack ne pensait pas que tous ces incidents – l'homme mort dans le jardin communautaire, le réseau de prostitution dans le centre de Kelowna et la plainte de Jethro à propos de l'activité nocturne bruyante à la crique – soient liés. Pourtant, l'instinct de Doreen continuait de lui indiquer le contraire. Alors, elle le rappelait souvent à Mack.

Toutefois, les autorités locales enquêtaient dessus, et, tant qu'il y aurait quelqu'un prêt à se battre pour les gens, comme l'avaient fait Doreen et Nan, la vie demeurerait passionnante. En songeant à Nan, Doreen l'imagina au poste de police en train de leur causer des soucis à cause de Jethro. Elle devrait probablement demander à Bernard de s'intéresser à certains de ces problèmes puisqu'il s'ennuyait, qu'il avait le temps et l'argent, et qu'il était par conséquent certainement en mesure de constituer un véritable atout, si quiconque souhaitait qu'il s'en mêle.

C'était peut-être ça, le problème : personne ne voulait qu'il s'implique, car sinon, il prendrait sans doute le contrôle. Cela l'amusa, parce qu'il était définitivement ce qu'il était, c'est-à-dire une personne susceptible de lui être utile pour ses vieux *cold cases*.

Tandis qu'elle finissait tout juste son café, celui-ci la rappela.

— Elle n'est pas loin de toi, lui annonça-t-il en guise de salutation.

— Elle vient de te le dire ?

— Non, j'ai d'autres sources à ma disposition évidemment. Je ne lui ai clairement pas téléphoné pour lui poser la question ni lui proposer de rendez-vous afin d'obtenir son adresse au milieu d'une transaction hypothétique. Cependant, j'ai un ami qui utilise quelques-uns de ses services exclusifs.

— Utilise-t-il d'autres services d'autres femmes ?

— Non, il fait appel à elle, uniquement elle.

— Alors, il paie un peu plus, je présume ?

— Exactement, mais elle a déménagé récemment et loue une maison pas très loin de chez toi.

— Tu sais si elle est mêlée à autre chose ?

— Comme quoi ? demanda-t-il, curieux.

— Le recel de biens volés a été évoqué…

Il hésita.

— Kelowna n'abrite pas un nombre énorme de clients haut de gamme, et elle prend de l'âge, donc il est fort probable qu'elle cherche d'autres pistes pour pérenniser ses affaires.

— D'accord. Alors, il y a eu des plaintes concernant une augmentation des activités dans une propriété non loin de la mienne, des bruits la nuit, murmura-t-elle, et nous nous demandions s'il s'agissait d'elle.

— Ça paraît bien possible, dit-il. Je sais que mon ami serait très fâché si elle se retirait du marché.

— S'il tient tant à elle, il devrait peut-être la convaincre de quitter ce milieu et de s'adonner à une autre activité, suggéra Doreen avec une note d'amusement dans la voix.

— Il a essayé, plusieurs fois même, mais je pense qu'elle fait partie de celles qui aiment vraiment ça.

— Ce qui ne peut que signifier qu'elle n'est ni battue ni maltraitée.

— Tout à fait. Cependant, elle a le contrôle des choses depuis un moment maintenant.

— Tu sais quelque chose sur Jed ? le questionna-t-elle, avant de prendre un moment pour lui expliquer qui il était.

— Non. Je ne sais vraiment rien de plus à ce sujet hormis les étranges bribes ici et là que j'ai apprises par mon ami. Franchement, ce n'est pas vraiment le cercle de gens que j'ai l'habitude de fréquenter…

Cela fit rire Doreen.

— À l'exception de cet ami qui aime utiliser les services d'une escort-girl.

— Elles ne sont pas données non plus, précisa-t-il.

— Oui, simplement par curiosité, ça coûte combien, une nuit avec elle ?

— Quand elle imposait ses meilleurs prix à Vancouver il y a quelques années, j'ai compris qu'elle gagnait facilement cinq mille dollars par nuit.

La mâchoire de Doreen s'ouvrit.

— Sérieux ?! couina-t-elle, abasourdie.

— Ouais, certaines des meilleures filles se font un incroyable paquet de fric. Elle a emménagé ici – il y a dix ans peut-être, je n'en suis pas sûr –, car elle commençait à vieillir et devait affronter beaucoup de concurrence sans être capable de proposer les mêmes tarifs. Par ici, le choix d'escortes est limité, dirons-nous, donc elle a trouvé sa voie. Elle reste relativement privée, et elle a gardé le contact avec ses plus anciens clients.

— J'essaie simplement de déterminer si elle a quelque chose à voir avec le réseau de prostitution de Jed, confia Doreen.

— De ce que j'ai compris, il essaie de faire croître l'activité et de recruter plus de filles, mais je ne pense pas qu'elle aime particulièrement bosser avec Jed.

— Il est violent et plutôt tyrannique, alors je ne vois pas pourquoi elle aimerait. Je ne sais même pas pourquoi elle aurait besoin de lui.

— Parce qu'il a des filles. Je crois que c'est ainsi qu'elle le justifierait.

— Je suppose qu'elle ne serait pas ouverte à l'idée de discuter avec moi, si ?

— Non, surtout si tu veux lui mettre quelque chose sur le dos.

— Ce qui pourrait être le cas, je ne sais pas, admit-elle dans un grognement.

— Qu'est-ce que ça a à voir avec tout ça, d'ailleurs ?

Doreen expliqua l'histoire du *taser* disparu ayant servi dans un meurtre récent.

— Ce *taser* a été volé il y a environ dix ans ?

— Oui, confirma-t-elle.

Puis elle s'exclama :

— Oh non ! Voilà une coïncidence intéressante !

— Quoi ?

— Elle a emménagé ici à peu près au même moment et est potentiellement mêlée au déplacement de biens volés.

— Je ne sais pas si c'était dans ses pratiques de l'époque ni si elle baigne là-dedans tout court, d'ailleurs.

— Elle a pu prendre cette activité secondaire en passant par Jed, murmura Doreen. Après tout, Jed commettait déjà des cambriolages à cette période, apparemment.

— Peut-être, je ne sais pas, dit Bernard.

Juste à ce moment-là, son téléphone vibra.

— Dis, je reçois un autre appel. Je dois filer.

Et il raccrocha rapidement.

Elle se demanda si l'une de ces informations était utile

ou si, encore une fois, ce n'étaient que des spéculations sans aucune preuve. Et sans Nan ou Mack pour lui donner des nouvelles, elle ignorait complètement quel était le déroulement de ce scénario. Toutefois, ce ne fut pas long avant que Nan la recontacte.

— Jethro est sorti ! annonça-t-elle, croassant presque de victoire.

— Oh ? répondit Doreen en regardant son téléphone, abasourdie.

— Oui, j'ai payé sa caution.

Doreen grimaça.

— Oh, mon Dieu, tu crois que c'était une sage décision ?

Nan hésita.

— J'ignore si c'était sage ou pas, mais je me sentais vraiment un peu responsable de la situation.

Doreen rouspéta.

— Pourquoi ? Tout ça parce que tu as décliné son invitation à boire le thé ?

— Oui. C'est vraiment un homme gentil. Il est simplement seul.

— *Très bien*, marmonna Doreen avant de soupirer. Bon, où te trouves-tu maintenant, Nan ?

— À la maison, et il va venir pour le thé. Je ne pense pas que ce soit bon pour lui de rester tout seul là-haut. Il devrait vraiment venir dans un endroit comme celui-là, avec nous tous. S'il était ici, il ne serait pas si isolé.

— Peut-être. Toutefois, je n'ai pas envie d'imaginer tous les ennuis que vous auriez tous les deux s'il était là-bas avec toi.

Nan s'esclaffa alors joyeusement.

— Pourquoi tu ne descendrais pas ? Ce serait bien pour

toi que tu le rencontres en de meilleures circonstances.

— Vraiment ? Je n'en suis pas vraiment sûre… Et que va penser Richie ?

— Allez, viens, répéta Nan, bien que son invitation tienne plus de l'ordre.

Doreen n'était pas du tout certaine de vouloir s'y rendre, mais elle finit par céder.

— Très bien, je vais vous rendre une courte visite. Ce sera probablement bien pour mes cauchemars de le voir sous un tout autre jour.

— Tout à fait ! C'est un homme très gentil.

— *Nan…*

— Oh, arrête ! Je sais exactement ce qui est arrivé et pourquoi. Que tu choisisses d'y croire ou non, il n'a jamais eu l'intention de me faire du mal.

Doreen soupira.

— D'accord, mais je ne suis toujours pas convaincue.

Et là-dessus, elle raccrocha.

Chapitre 25

Samedi, milieu de matinée…

DOREEN RÉUNIT SES animaux, se préparant à se rendre chez Nan, quand Mack lui téléphona.

— Salut, lui lança-t-elle. Je présume que tu as passé une bonne matinée, avec une Nan déchaînée ?

— *Pas du tout*, répondit-il brutalement. Après avoir échoué à convaincre quelqu'un de le relâcher, ta grand-mère a payé la caution de ce mec.

— Je sais. Elle vient de me raconter. Je suis sur le point d'aller à Rosemoor pour la voir. Apparemment, elle l'a invité pour le thé.

— Tu quoi ?

— Je sais. Je sais. Et tu ne veux pas que j'y aille, j'en suis sûre…

— Non, je ne veux pas ! rugit-il avant de soupirer. Ça ne sert strictement à rien d'essayer de vous parler de ça aussi, exact ? Que ce soit à toi ou à Nan.

Elle grimaça.

— Nous n'aurons pas d'ennuis.

— Si, vous en aurez.

Elle maugréa.

— Non, nous ne causerons pas de soucis. Nous sommes simplement plus compliquées. Mais tu aimes ce qui est compliqué, non ?

Ce fut au tour de Mack de râler.

— Apparemment, donc je devrais me faire examiner la tête. Je n'arrive pas à croire que tu vas délibérément rendre visite à ce type.

— Je voulais avoir la confirmation que Nan va bien, car je n'ai pas confiance en Jethro. Cependant, elle veut que je le rencontre « en d'autres circonstances », alors je sais qu'il n'est pas dangereux... Je suppose que ça n'a pas beaucoup de sens...

— Non, ça n'en a pas. Rien de tout ça n'a de sens, rétorqua-t-il. Appelle-moi au moins quand tu es là-bas et fais-moi savoir que tout va bien. Et je t'en prie, reste en contact. Je ne veux pas d'un autre scénario comme celui d'hier.

— S'il kidnappe de nouveau Nan, tu pourras l'enfermer et jeter la clé.

— *Super*. C'est comme fermer l'écurie une fois que les chevaux se sont enfuis.

Et dans un profond soupir, il mit fin à la communication.

Accompagnée de ses animaux, elle pénétra dans son jardin, ne cessant de penser à la maquerelle vivant non loin. Recevait-elle des clients chez elle ? Pourquoi ne le ferait-elle pas étant donné qu'elle y habitait ?

— C'est logique... Pourquoi payer un hôtel ou une autre location ? se demanda-t-elle tandis qu'elle marchait jusqu'à la crique.

Richard était peut-être au courant de quelque chose... Elle s'arrêta au coin de la clôture de ce dernier et le héla.

— Richard, vous êtes là ?

Elle regarda sur le côté, pile à temps pour voir sa tête surgir. Elle l'appela de nouveau et s'approcha.

— Dites, vous savez quelque chose à propos de nos voisins là en bas ?

Il la considéra, sourcils froncés.

— Quels voisins ?

Elle soupira.

— Ouais, ça aiderait, hein ? se marmonna-t-elle à elle-même en opinant du chef. Oui, ça aiderait.

— Mais que vous arrive-t-il ? lui demanda Richard, perplexe.

— Vous avez tout raté de la fête hier.

Elle le mit rapidement au courant, et il soupira en secouant la tête.

— Ouais, Jethro a perdu sa femme il y a quelques années. J'ai su à un moment qu'il courait après une autre, avec insistance.

— Ouais, visiblement, ça devait être ma grand-mère.

Richard la dévisagea et se mit à rire.

— Ne serait-ce pas que justice ?

— Qu'est-ce qui serait *juste* là-dedans ?

Richard afficha un sourire en coin.

— Tout finit par revenir vers vous, on dirait.

— Hé ! Pas intentionnellement cependant. Ce n'est pas ma faute.

Il l'observa désormais d'un air mauvais.

— À vous entendre, vous n'êtes pas en tort et vous ne vous immiscez pas dans la vie des autres… jamais.

— Ce n'est pas juste. Jusque-là, rien n'était lié à la vie privée de Nan.

Il haussa les épaules face à cet argument.

— Je ne suis pas sûr qu'on puisse vraiment affirmer ça,

souligna-t-il.

— Peu importe. Toutefois, quoi qu'il en soit, est-ce que Jethro est dangereux ou pas ?

Richard secoua la tête.

— Non, je dirais que non. Il est relativement inoffensif. Il s'est simplement senti très seul. Cependant, ça paraît exagéré, même pour lui, déclara-t-il en haussant les épaules. Ou peut-être pas… J'ai moi-même remarqué un peu plus de bruit plus bas, mais je l'ai simplement ignoré. Après tout, vivre à côté de vous m'a immunisé contre les choses dingues qui arrivent à toute heure.

— Je n'ai rien entendu, marmonna-t-elle en regardant en direction des maisons concernées.

Elle discuta encore un peu avec Richard, n'apprenant rien d'autre de valeur, puis lui fit signe en partant. Elle accéléra immédiatement le rythme de sa marche et descendit la voie verte. Les animaux se remirent dans l'ambiance et coururent jusque chez Nan.

Comme Doreen se rapprochait de nouveau de la potentielle maquerelle, elle s'interrogea sur un mode de vie de ce genre. Ce n'était pas pour elle, mais si Julie y avait trouvé une sensation de contrôle, qui était-elle pour en débattre ? Ce n'était pas légal au Canada, cependant, il y avait un tas d'endroits dans le monde où ça l'était. Elle se questionna sur la décision de cette femme de continuer de travailler, toujours du mauvais côté de la loi, là où on devait constamment regarder par-dessus son épaule. Ça ne devait vraiment pas être commode, pour personne. La plupart des gens ne considéraient pas la réglementation comme une source d'inquiétude. Toutefois, comme Doreen l'avait découvert, beaucoup d'entre eux surveillaient leurs arrières très régulièrement.

Elle n'avait jamais essayé de ridiculiser les représentants de la loi, et elle avait vraiment fait de son mieux pour les respecter quand elle le pouvait, mais cela lui avait également ouvert les yeux sur le fait qu'énormément de crimes survenaient à Kelowna et que la police parvenait à peine à en garder le contrôle.

Le premier problème, c'était le manque d'effectif. Le second, simplement le manque de temps disponible pour s'occuper convenablement de chaque cas. Elle avait aussi appris de Mack que c'était également frustrant pour le département.

Elle était parfois désolée pour eux parce qu'ils s'impliquaient beaucoup ! Puis, tout à coup, quelque chose se passait mal et quelqu'un devait travailler tard, même après avoir déjà bossé toute la journée. Elle avait songé à devenir flic, peut-être, ou détective, mais elle avait un meilleur recul sur les choses maintenant. De temps en temps, elle réfléchissait même à devenir avocate. Cependant, elle n'était pas vraiment partante pour cela non plus. Elle soupira.

— Franchement, Doreen, on dirait que tu es simplement paresseuse, marmonna-t-elle.

Et pourtant, ce n'était pas correct, car elle ne l'était pas, même si elle devait effectivement être motivée pour agir. Par conséquent, peu importait son but, il devait être suffisamment important pour vraiment compter, et, dans sa vie, la résolution de ces crimes comptait vraiment. Le fait qu'elle ne se révélait pas mauvaise dans ce domaine n'était qu'un bonus.

Mack avait indiqué de nombreuses fois que sa façon de penser et de traiter les informations était unique. Bien qu'elle n'en soit pas vraiment certaine, jusqu'à présent, ça avait fonctionné à l'avantage de tous, donc ça lui convenait. De plus, c'était agréable – après des années à se sentir complètement incompétente et inutile – de se rendre compte qu'elle avait une valeur rédemptrice et quelque chose à offrir à la société. Non conventionnelle de bien des manières, pourtant, avec toutes les familles qu'elle avait aidées, elle avait sûrement gagné un joker pour tout ce qu'elle avait fait de mal. Et si elle en gagnait un, peut-être que d'autres comme Jethro devraient en recevoir un. Cela la contraria.

— Très bien, grommela-t-elle en approchant de chez Nan à Rosemoor. Peut-être qu'il aura un joker, mais je ne suis pas encore vraiment prête pour ça.

En arrivant au patio, elle vit sa place habituelle déjà prise par Jethro. Quant à Nan ? Qu'on la pince si elle n'était pas en train de se pomponner devant lui ! Doreen soupirait tout en continuant d'avancer. Quand sa grand-mère la repéra, elle se mit immédiatement debout et l'accueillit avec un grand sourire.

— Tu es venue ! s'exclama-t-elle. Comme tu mettais du temps, j'avais peur que tu aies changé d'avis.

Doreen haussa les épaules.

— Ce n'est pas que j'ai changé d'avis, mais on m'a tenu la jambe en chemin.

Nan lui lança un regard inquisiteur, mais Doreen secoua simplement la tête.

— Pas de quoi s'inquiéter.

— Oh ! tant mieux, dit Nan, nous avons suffisamment de soucis comme ça.

Doreen leva les yeux au ciel.

— Non, *tu crois* ?

Puis elle se tourna vers Jethro et le regarda d'un air contrarié.

Il se leva, trébucha, faillit tomber, tâcha de se rattraper. Il tendit la main pour serrer la sienne bien qu'elle ne la lui ait pas offerte.

— Merci, merci, merci !

Elle le dévisagea méchamment.

— Merci pour quoi ? J'ai encore envie de vous donner un petit coup pour ce que vous avez fait à Nan. Vous avez kidnappé la seule famille que j'ai et vous avez pointé une arme sur elle. Savez-vous à quel point j'étais paniquée tout ce temps ? Et mes animaux manquaient à l'appel également !

Les yeux de Jethro passèrent de Doreen à Nan, puis il haussa les épaules.

— Elle savait que je ne lui ferais jamais de mal.

— Peut-être. Savait-elle que votre arme était factice ? Je ne crois pas. Pas pendant un moment. Moi non, c'est sûr. Je l'ignorais totalement.

L'incompréhension se lut sur son visage.

— Vous vous inquiétiez pour elle, n'est-ce pas ?

— Évidemment que je m'inquiétais pour elle ! Nan est vraiment spéciale pour moi. Je n'aime pas quand les gens débarquent et l'emmènent, même avec de fausses armes. Vous prétendez que vous n'aviez pas prévu de lui faire du mal, toutefois, je n'avais aucun moyen d'en être sûre. Je ne vous connais même pas.

— Non, bien sûr que non, admit-il avant de sourire ti-midement. Elle a toujours été une très bonne amie à moi.

— Si c'était vraiment le cas, vous n'auriez pas agi de la sorte.

Il prit un air penaud, se rassit et opina du chef.

— C'était hier, et, à nos âges, hier est loin, et nous pen-sons déjà au jour suivant.

— Est-ce que c'est parce que vous avez déjà perdu la mémoire ou parce que vous vous êtes rendu compte que la vie est trop courte, et que vous voulez aller de l'avant et essayer de nouvelles choses ?

— Les deux, répondit-il en regardant Doreen et en hochant la tête avec compréhension. Je vois que vous saisissez bien.

— Ça ne me ravit pas du tout, mais je comprends, oui.

Nan éclata alors de rire.

— Doreen est très, très douée, déclara-t-elle en tapotant la main de Jethro. Elle réglera ton problème, alors ne t'inquiète pas trop.

Doreen lança un regard noir à Nan.

— Peut-être que je réglerai son problème, peut-être pas.

Nan lui adressa seulement un signe de la main, comme pour rejeter les angoisses de sa petite-fille. Toutefois, la conversation était tellement banale pour les deux que Doreen fut emportée dans un étrange sens de normalité très rapidement. Elle finit par pousser un soupir, siroter son thé et déclarer :

— Si vous voulez que je résolve ça, vous allez devoir m'en dire plus.

Nan s'extasia alors.

— Tu vois ? Je te l'avais dit, Jethro !

Doreen lança un autre regard mauvais à sa grand-mère.

— *Pas de promesses* !

Jethro la regarda avec tellement de gratitude qu'elle avait l'impression d'avoir donné un coup de pied à un chiot. Elle souffla lourdement.

— Quels bruits avez-vous entendus ? À quelle heure cela arrive-t-il la nuit, et avez-vous vu quelque chose ?

Il secoua la tête.

— Je ne suis pas du genre à rester pour observer, rétorqua-t-il sévèrement.

Doreen opina du chef.

— C'est bien dommage, car si nous avions une idée de ses activités, peut-être que nous aurions un moyen d'arrêter ce qui vous ennuie. Car le simple fait d'être bruyant ne suffira pas.

Jethro observa Doreen avec contrariété, et elle lui rendit son regard. Il finit par pousser un soupir au bout d'un moment.

— Votre grand-mère m'a déjà parlé de ça.

— Bien, je suis contente de constater qu'elle essaie de vous raisonner, marmonna-t-elle.

Son regard passa de Nan à Jethro.

— Ce n'est pas simplement parce que la personne qui vit actuellement dans cette maison fait du bruit – et que le voisinage est parti à vau-l'eau ou je ne sais quoi, selon vous – que ça doit prendre fin uniquement parce que vous le voulez.

Il afficha sa compréhension.

— Je le conçois. Vraiment. Mais les bruits que j'entends ne sont pas toujours les mêmes.

— Dans ce cas, vous devez m'en parler.

Il hésita.

— Des voix étouffées, des cognements et des bruits de gens qui grognent, comme s'ils bougeaient des trucs lourds.

Doreen hocha la tête.

— Quoi d'autre ?

— Des sonneries de téléphone, toute la nuit.

— Mais la crique est un chemin, souligna Doreen, donc les gens peuvent aller et venir, l'emprunter pour se rendre là où ils le souhaitent.

Jethro la dévisagea.

— Cependant, comme vous le savez bien, il n'y a pas beaucoup de place pour longer ma portion de crique.

Uniquement des maisons, pas de commerces.

— C'est vrai, marmonna Doreen. Je longe la crique tout le temps, pourtant je ne peux pas dire que j'ai vu ou entendu le moindre brouhaha. Toutefois, j'y marche le jour.

— Les troubles sont relativement récents, ajouta Jethro.

— Du genre ces derniers quoi ? Jours ? Semaines ? Mois ? Années ?

Il y réfléchit un moment.

— Ce dernier mois, peut-être ? Ça a commencé à vraiment empirer il y a peu.

— Cette période correspond parfaitement à l'emménagement de la femme il y a environ un mois, mais ça ne veut pas dire que *cette* femme a quelque chose à voir avec la fréquentation ou les bruits, ni même qu'elle fait quelque chose de mal.

Doreen commença à se rendre compte, rien qu'avec sa proximité avec Mack, que les gens pouvaient accomplir toute sorte de choses que d'autres n'aimaient pas, bien qu'elles soient légales. Ils n'avaient pas de problèmes avec ça uniquement parce que quelqu'un n'appréciait pas. Cela ne leur donnait pas le droit d'essayer de mettre fin aux libertés de chacun. Se plaindre était une chose, mais faire activement quelque chose de constructif pour changer une situation et de façon illégale était une tout autre histoire. Comme dégainer une arme devant Nan.

Assise là à boire son thé, Doreen réfléchissait à une autre question qu'elle pourrait poser.

— Vous l'avez vue ?

— Non… c'est un autre truc que j'ai trouvé étrange. Se cache-t-elle dans un but ?

— Et l'avant de la maison ?

Il haussa les épaules.

— Ce n'est pas vraiment ma rue.

Doreen l'étudia, puis elle comprit.

— D'accord, c'est une autre impasse, comme la mienne. Vous êtes seulement plus loin en bas. Dans ce cas, je conçois que votre vue n'est pas la même que la sienne, marmonna-t-elle.

Alors qu'elle était de nouveau silencieuse, les autres la laissèrent simplement s'embarquer dans ses propres pensées pendant quelques minutes.

Nan finit par lui demander :

— Quel est le verdict ?

Doreen la toisa.

— Le verdict, c'est que toute cette histoire est ridicule.

Nan en rit.

— Ça ne veut pas dire qu'il n'y a rien.

— Certes, il y a probablement quelque chose, mais résoudre le mystère n'est pas si simple.

— Pourquoi pas ?

— Parce que, jusqu'à présent, nous ne savons pas si cette Julie fait quelque chose de mal. Vous pourriez aimer danser toute la nuit, cependant, ce n'est pas parce que quelqu'un d'autre n'aime pas ça que vous devez vous arrêter de danser ou que c'est illégal.

— Bien sûr que non, reconnut Nan en la dévisageant, stupéfaite. Pourquoi quelqu'un ne voudrait-il pas que je danse ?

— Là n'est pas la question… C'est ça, le truc, lui rappela Doreen. C'est le fait que d'autres gens pourraient en être offusqués. Nous ne savons pas avec certitude si cette Julie s'adonne à des activités répréhensibles ni si c'est elle qui est responsable de tout ce tapage nocturne autour de la crique, ou l'encourage, non plus. De plus, ce n'est pas parce que

Jethro n'aime pas ce qu'elle ou *quelqu'un* fait que ça justifie que nous débarquions pour tenter de l'arrêter.

Jethro la regarda puis acquiesça.

— C'est bon, je comprends votre point de vue. Toutefois, peut-être pourrait-elle cesser toutes ces allées et venues la nuit et baisser un peu le volume sonore.

— C'est là la partie intéressante, murmura Doreen. Celle sur laquelle je veux en apprendre le plus.

Il la considéra avec espoir.

— Est-ce que ça signifie que vous allez vous en occuper ?

Elle l'observa, sourcils froncés.

— Je ne me trouve pas vraiment dans une position légitime pour gérer ce type d'affaire de toute façon.

— Nan dit que vous en êtes capable, rétorqua innocemment Jethro.

— Évidemment qu'elle dit ça, grommela Doreen en soupirant et en regardant sa grand-mère avec affection. Elle pense que je peux parfois soulever des montagnes.

— Tu le peux ! renchérit Nan. Tu es la seule personne que je connaisse qui a fait autant pour cette ville.

Doreen sourit.

— C'est possible, mais ça ne signifie toujours pas que tout fonctionnera comme vous le souhaitez, lui rappela-t-elle.

Nan eut l'amabilité de reculer légèrement et d'admettre :

— C'est vrai. Nous n'obtenons pas toujours ce que nous voulons, n'est-ce pas ?

— Non, assurément, confirma Doreen avant de faire face à Jethro. Cependant, si vous n'avez rien vu de ce qu'il se passe, que vous n'êtes pas en mesure d'identifier les gens ou la raison du bruit, et que vous n'avez pas vu cette Julie en question, qu'attendez-vous de moi ?

Il la considéra comme si elle venait de soulever une question à laquelle il n'avait pas songé. Il lâcha un lent et profond soupir.

— Je suppose que ça rend les choses un peu plus difficiles, non ?

— Oui, absolument, acquiesça-t-elle avec un signe de tête. Ça ne les rend pas impossibles, mais nous avons vraiment besoin de plus d'infos afin de découvrir ce qu'il se passe vraiment.

Elle tendit la main vers son téléphone et tapa quelque chose pendant un moment.

— Maintenant, Jethro, reconnaissez-vous ces gens ? Les avez-vous vus dans les parages ?

Elle lui tendit son portable avec les photos de Jed et de Tammy qu'elle avait obtenues.

— Avez-vous vu l'une de ces personnes ? l'interrogea-t-elle avant d'en montrer une de Frankie.

Jethro les regardait fixement et secoua lentement la tête.

— Vous pensez qu'ils ont un lien avec tout ça ? la questionna-t-il d'un ton monotone.

— Je n'en suis pas sûre, confia Doreen. Cependant, c'est une chose que je devais vous demander, déclara-t-elle avant d'observer longuement la photo de Frankie. Je m'interroge en particulier sur celui-ci…

Jethro observa de nouveau le cliché et remua les épaules.

— Enfin, c'est possible. Je ne peux pas affirmer que je ne l'ai *jamais* vu, mais je n'ai pas ce sentiment qui me dit qu'en effet je connais ce gars.

— Bien, et ça, c'est important.

Nan regarda aussi les photos et agita également les épaules.

— Ce ne sont pas les meilleures photos non plus, mon enfant.

— Bien sûr que non, concéda Doreen. Il n'est pas facile d'obtenir des clichés nets parfois, surtout quand ils sont pris en catimini, expliqua-t-elle en étudiant les images, avant de ranger son téléphone. Je me demandais simplement s'ils étaient liés à Julie d'une quelconque manière.

— Oh, c'est fort possible, j'en suis sûr ! lâcha Jethro. Quelqu'un vient et repart à toute heure. Elle n'est pas là depuis longtemps non plus. Juste assez pour semer le chaos, grommela-t-il.

— Cette maison, à qui appartient-elle en réalité ?

— Aux Griffin, répondit-il. Ils vivent dans un établissement pour séniors non loin de leur fils. Ils y sont depuis des années maintenant, alors j'imagine qu'ils la vendront sans doute bientôt.

— Donc ils l'ont simplement mise en location ?

— Je ne suis pas sûr qu'ils aient encore leur mot à dire. Il est fort possible que ce soit le fils qui s'occupe de tout ça pour eux.

— Dans ce cas, il aurait endossé le rôle de gestionnaire immobilier pour eux ?

— C'est possible, cependant, je ne sais vraiment pas.

— Vous connaissez son nom par hasard ? demanda-t-elle en sortant son téléphone pour saisir le nom afin de ne pas l'oublier. D'accord, au moins maintenant, j'ai un nom pour me lancer.

— Oh, c'est bien ! s'extasia Jethro.

Il considéra Nan, puis se frotta les mains et ajouta :

— Peut-être arriverons-nous à résoudre ça après tout !

Doreen soupira.

— N'y comptez pas trop.

En regardant les animaux, elle découvrit Goliath à sa place habituelle dans le parterre de fleurs, mais ne vit aucun signe de Mugs. Elle hésita et observa autour d'elle.

— Nan, tu sais où est parti Mugs ?

Nan désigna le dessous de sa chaise. Et en effet, Mugs y était endormi. Doreen grommela.

— Ces animaux…, marmonna-t-elle. C'est comme leur deuxième maison ici.

Et bien entendu, ça l'était, tout comme c'était la sienne.

Chapitre 26

Samedi midi…

EN RETOURNANT CHEZ elle, Doreen passa très lentement devant la maison en question, sans aucune nouvelle révélation. Enfin, une, peut-être. Elle devait examiner les alentours de la propriété et jeter un œil à l'avant, afin de tâter le terrain. Cette idée en amena une autre, lui rappelant qu'elle ne s'était toujours pas rendue sur la scène du crime par *taser*. Ça la turlupinait. Elle se doutait qu'il n'y avait vraiment rien à voir, mais elle se rendait toujours sur les lieux, car elle avait vraiment besoin d'aller au bout des choses et de vérifier par elle-même.

Les animaux la suivant de près, elle traversa sa maison, fit boire rapidement un peu d'eau à tout le monde, puis ils se dirigèrent tous vers la porte d'entrée et retournèrent dans le voisinage, par la rue cette fois. Quand elle arriva à celle qui menait au domicile de Jethro, elle tourna et marcha encore un peu. Elle s'arrêta devant le pavillon, pivota et jeta un œil à celui juste à côté. Comme elle l'avait compris, c'était le début de l'incurvation de l'impasse, il n'y avait donc pas de vue directe.

Toutefois, cette maison était proche, alors tout bruit un

peu fort dérangerait forcément Jethro. Vu son âge et le fait que certaines choses dans la vie le perturbaient et le mettaient en colère, peut-être que le chahut était un phénomène qui l'incommodait plus rapidement. Tout comme Millicent était embarrassée par les mauvaises herbes, et de plus en plus chaque jour, il était possible que le bruit ait eu un effet déclencheur similaire sur Jethro.

Doreen fit le tour du pâté de maisons, observant à sa guise la demeure en revenant sur ses pas. Quand elle retourna à l'avant de celle-ci, après avoir décidé qu'il était temps de rentrer, la porte s'ouvrit, et une femme sortit. Elle était habillée normalement, avec un jean et un tee-shirt. Doreen l'étudia attentivement, mettant sa vision périphérique en pratique tandis qu'elle longeait lentement la propriété, et laissant volontairement Mugs prendre quelques minutes pour renifler les herbes et le gazon. Elle remarqua que la femme, qu'elle présumait être Julie, était très maquillée, sans que ce soit ostentatoire.

À cet instant, un homme sortit à son tour, lui donna un baiser et se dirigea vers la voiture garée dans l'allée. La femme lui fit signe, puis rentra rapidement en claquant la porte. Ce dernier détail était intéressant, et le fait qu'elle l'ait embrassé racontait quelque chose également. Doreen ignorait simplement comment regrouper ces infos, mais quelque chose clochait.

Elle regarda l'homme grimper dans son véhicule et reculer dans l'allée. Elle prit rapidement une photo de la plaque d'immatriculation, un acte qui, elle l'espérait, passerait pour quelque chose d'autre, bien qu'elle ne soit pas encore très douée pour ce subterfuge en particulier. Quand il s'en alla, elle lui adressa banalement un signe, et il klaxonna en souriant d'un air content, avant de poursuivre sa route.

Doreen sourit pour elle-même.

— Bon, c'était soit un client ravi, marmonna-t-elle, soit quelqu'un qui a plus qu'une simple relation avec cette femme, contrairement à toute attente.

Bien entendu, cela amena plein d'autres possibilités. Alors qu'elle fixait la maison des yeux, toujours perdue dans ses pensées, la femme en ressortit pour s'adresser à elle de façon caustique.

— C'est quoi votre problème ?

Doreen cligna des paupières plusieurs fois, se sentant un peu gênée et confuse.

— Pardon, je rêvassais seulement, je crois.

— Eh bien, allez rêvasser ailleurs, lâcha-t-elle brutalement.

Puis elle retourna dans la maison et claqua de nouveau la porte, plus fort cette fois, si c'était possible.

Doreen revint tranquillement chez elle, en se rendant compte qu'elle avait dû passer pour une idiote à rester debout, le regard perdu vers la bâtisse, pour essayer de comprendre ce qui se tramait. Elle secoua la tête.

— Bien joué, Doreen, vraiment bien joué…

Mais bon, c'était comme ça, et maintenant qu'elle retournait chez elle, elle pourrait coucher ça sur papier et peut-être faire un peu le tri dans sa tête ou découvrir ce qu'il se passait actuellement. Ça ne paraissait pas si simple, car certaines choses n'avaient aucun sens.

Une fois arrivée, elle emmena les animaux directement au garage sans vraiment s'accorder l'occasion de s'arrêter et de penser et, lorsque ceux-ci furent chargés dans la voiture, elle conduisit directement jusqu'au jardin public. Elle alla vers le fond, là où elle s'était déjà rendue deux fois. Cependant, elle n'avait jamais poussé jusqu'à ce petit jardin communautaire, où le *taser* avait causé la mort.

C'était un petit jardin partagé, et quelques personnes s'affairaient, ce qui signifiait que la scène de crime avait fini par être libérée et que le site était désormais rouvert au public. Elle s'approcha tranquillement. L'une des femmes la regarda avec un air suspicieux. Doreen lui sourit simplement et continua de marcher. Évidemment, ce n'était pas son jardin, et elle était quelque peu ignorante. Sa présence à cause d'un meurtre ne rendrait pas cette dame plus heureuse.

Doreen flânait dans les allées en admirant les plantes déjà prêtes à fleurir, quand une autre femme vint à elle et lui demanda :

— Vous avez le droit d'être ici ?

— J'admirais simplement les beaux jardins.

L'inconnue lui jeta un coup d'œil prudent, et Doreen ignorait pourquoi.

— De toute évidence, ça vous pose un problème. Ça n'appartient pas à la ville ? demanda Doreen.

L'autre femme hésita puis agita les épaules.

— Des choses étranges se sont produites ici dernièrement.

— D'accord, mais je suppose que les jardins communautaires sont fondés sur la confiance, n'est-ce pas ?

— Tout à fait, acquiesça la femme. Mais un corps a été retrouvé ici.

— Oui, j'ai entendu un truc à ce sujet, répondit Doreen d'un hochement de tête.

Mugs s'approcha de l'un des jardins et leva une patte sur le panneau en bois. La femme semblait s'en moquer, alors Doreen le laissa faire. Quand il eut fini, il trottina plus près encore et s'assit avant de lever les yeux vers elle.

— C'est bon, mon grand. Nous voulions seulement

nous arrêter ici et regarder le jardin, répéta Doreen. Je n'ai plus vraiment de potager chez moi.

— Curieux… Il y a une communauté de jardiniers assez fervents en ville, donc je suis sûre que vous pourriez rejoindre des clubs et des événements, si vous vouliez en faire plus.

— Je suppose que je pourrais simplement planter des trucs et voir ce qu'il advient, ajouta Doreen en faisant mine de prendre cela à la légère.

Toutefois, elle reçut, en guise de réponse, quelques moments de silence.

— La victime, reprit-elle, on sait qui c'est ?

L'autre femme feignit l'ignorance.

— Non, je ne sais rien là-dessus. Ce n'était pas quelqu'un qui possédait un espace ici, rien.

— Quel endroit étrange pour l'abandonner…

— L'abandonner ? répéta la femme, sourcils froncés.

— J'ai compris qu'il avait été jeté ici.

— Oui, mais j'ignore pourquoi.

— Oui, et c'est là le cœur du problème, n'est-ce pas ? La raison pour laquelle les gens font de telles choses sera toujours un mystère…

— Surtout quand il s'agit de cadavres, commenta la femme en tremblant sensiblement.

Doreen lui sourit.

— C'est bien vrai. Bref, je voulais simplement jeter un œil. Alors, merci pour votre patience.

Chapitre 27

DOREEN FLÂNA ALORS sans se presser pour retourner à sa voiture, sachant que la seconde femme ne l'avait pas quittée des yeux. De plus, la première se déplaça pour aller parler à l'autre.

Prenant note de cela, Doreen comprit qu'elle n'était de nouveau pas vraiment la bienvenue, probablement parce qu'ils avaient été victimes de vols de légumes, ce qui l'attristait. Il y avait suffisamment de raisons de se soucier dans la vie sans avoir besoin de gens qui dérobaient des vivres auxquelles vous aviez accordé tout votre temps et toute votre énergie à regarder pousser.

De retour dans sa voiture, elle resta assise un long moment à étudier ses options avant de se souvenir qu'elle n'avait pas pris de nouvelles de Mack. Elle l'appela sur-le-champ. Une fois les informations transmises, il ne s'en trouva pas fâché, mais plus résigné.

— Et bien évidemment, tu vas enquêter sur la plainte de Jethro.

— Je pense que tout est lié. Je le sens dans mes tripes.

— Bien, oui, fie-toi à tes tripes, Doreen. Cependant, n'oublie pas non plus les preuves… Alors, tu penses vraiment avoir vu la maquerelle ?

— Oui, en effet, confirma-t-elle, avant de lui en apprendre davantage sur le coup de fil de Bernard.

— Bernard et toi êtes horriblement proches, non ?

Elle se moqua.

— Je ne dirais pas *proches*. Toutefois, il a entendu parler du remue-ménage et de mon implication avec Tammy et Jed, et… eh bien, il voulait des infos en interne.

— Évidemment qu'il en voulait, lâcha Mack d'un ton révélant que cela l'embêtait.

— Ce n'est pas si grave. Je me fiche qu'il me contacte pour des trucs comme ça. Parfois, je l'appelle et lui titille les neurones également.

— Bien, mais je me sentirais bien mieux si tu t'occupais moins de ce genre de choses.

— Bernard est là parce que je l'ai aidé, expliqua-t-elle, alors, me débarrasser de lui ne sera pas si facile, même si j'en avais envie, ce qui n'est pas le cas. J'ai du mal à me faire des amis en ville, donc quand je trouve quelqu'un qui est stable, honnête et qui n'est pas un meurtrier, j'aimerais le garder.

Mack rit.

— Je ne suis pas contre le fait que tu le gardes, mais maintiens-le simplement à distance.

Et là-dessus, il s'en alla.

Doreen fixa son téléphone des yeux en souriant puis lui envoya un message. **Tu n'as pas à être jaloux de Bernard.**

Il répondit par un pouce levé.

Leur relation n'était pas encore complètement installée, et Mack ne savait pas encore bien où était sa place. Cela la fit soupirer, car, bien entendu, ce n'était pas nécessaire.

Mack faisait partie de sa vie, et il n'y avait que lui. Bien qu'elle n'ait pas eu l'occasion de vraiment lui dire ce qu'elle ressentait, elle avait cru que c'était évident. Nan rétorquerait tout de suite que rien n'était moins évident que l'amour caché et que sa petite-fille ne devait pas se contenter de seulement *laisser penser* à Mack qu'il était la personne la plus importante dans sa vie. Elle devait clarifier ce point. Ce ne serait pas simple du tout, toutefois, elle rendait tout cela probablement plus compliqué que ça ne méritait de l'être.

Elle lui envoya rapidement une photo de la voiture et de la plaque d'immatriculation.

Quand il lui téléphona, il lui demanda :

— C'est quoi, ça ?

— Un visiteur chez Julie, révéla-t-elle avec une pointe d'ironie. Peut-être un visiteur normal, je ne sais pas, mais dans la maison en question. Par conséquent, peut-être que nous devrions vérifier son identité.

— OK. Et pourquoi ça nous intéresse ?

— Parce que nous pensons que c'est probablement le domicile de la maquerelle. J'effectuais également des recherches sur le fils des propriétaires. Il est censé s'occuper de la maison de ses parents qui sont apparemment partis vivre dans une résidence pour personnes âgées plus près de chez lui.

— Et tu veux que je me renseigne sur cette plaque d'immatriculation ?

— Ce serait bien de savoir, au cas où ce serait le fils qui vit là.

— Pourquoi penser ça ? s'étonna Mack, curieux.

— Je me demande seulement s'il paie pour des faveurs, ou s'il a conscience ou pas que sa dulcinée travaille en douce.

— Ah, c'est intéressant. Je te rappelle d'ici cinq minutes, dit-il avant de raccrocher.

Elle se rendit chez elle, puis s'assit à la table de la cuisine pour y écrire un paquet de notes supplémentaires. Elle n'avait cessé d'en rédiger, cependant, elle devrait vraiment les indexer. Il lui fallait un système de classement de tout ce qu'il se passait, similaire à ce qu'avait fait Solomon. Suivant cette idée, il lui fallait absolument une sauvegarde numérique également. Cela la contraria, mais elle avait au moins son bloc-notes contenant un tas de bribes d'informations.

Elle haussa les épaules puis ouvrit un document Word pour commencer un dossier sur le tueur au *taser* et le réseau de prostitution en ville. Elle commença par l'affaire du moment avant de reculer autant qu'elle le put. Cela demanderait des jours de travail, voire plus, puisqu'elle devait retranscrire un tas de notes bien bordéliques. Étant donné son penchant à tout coucher sur le papier, elle disposait d'une tonne d'informations à remettre en ordre.

Quand Mack la rappela, elle était enfouie sous ces pensées.

— Que se passe-t-il ? s'en enquit-il. Tu sembles très distraite.

— Je me suis dit que je devais finalement passer à des notes plus formelles à propos de toutes les affaires sur lesquelles j'enquête, marmonna-t-elle. J'aurais sûrement dû faire ça depuis le début.

Elle l'entendit rire.

— La documentation prend une énorme place dans ma vie, et, te concernant — surtout lorsque beaucoup de cas commencent à s'entrecroiser —, ça finit par payer. Plus tu réfléchis, plus ça t'aide à te faire une meilleure idée de qui était mêlé à quoi. Je sais que ta mémoire est assez aiguisée en ce moment, mais ça ne signifie pas que dans trois, quatre, cinq ans, tu n'oublieras pas des noms et des lieux à cause d'une trop forte accumulation de données. Qui sait !

— Bien. Je suppose que j'aurais dû continuer de taper mes notes dès le départ.

— Vois les choses ainsi, expliqua-t-il avec entrain. Au moins, taper et scanner te gardera loin des ennuis pendant un petit moment.

Cela la fit rire.

— Bon, et le véhicule ?

Il soupira et poursuivit.

— Tu avais vu juste. Le propriétaire de la voiture est le fils des bailleurs de la propriété en question.

— Ouah ! Tout ça pour avoir ses parents dans la poche. Si je me fie à ce sourire jusqu'aux oreilles que j'ai remarqué sur son visage, il apprécie vraiment la direction qu'a pris sa vie.

— J'en suis sûr, approuva Mack d'un ton sec. Maintenant, la question est : quels sont tes projets ?

— J'aurais pu obtenir cette information en le contactant directement, donc je pense que je vais probablement le questionner quand même, et je verrai s'il a une idée de la provenance de ses revenus.

— Mais tu n'as rien d'autre que la suspicion d'une autre activité, c'est ça ?

— C'est exact. Et je sais que nous devons la relier à Jed et Tammy. Je dois obtenir une photo d'elle. J'avais espéré en prendre une quand je l'ai vue plus tôt. Cependant, elle n'était pas d'humeur à discuter. Il me faut un cliché net et précis, pour pouvoir demander à Tammy de l'identifier, afin de vérifier que c'est la fameuse Julie qui vivait avec eux à l'époque. Tu as eu l'occasion d'interroger Jed ?

— C'est en cours, malheureusement il ne se montre pas très coopératif. Ses empreintes digitales ont été relevées dans plusieurs affaires de cambriolage en revanche.

— Ça aide. Il m'a dit et répété qu'il n'avait tué personne. Vous pouvez le garder derrière les barreaux pour port d'arme et implication dans des vols ?

— Il incombe au procureur de définir quelle accusation porter contre Jed pour ensuite fixer une caution. Après ça, nous verrons s'il est en mesure de la payer ou pas.

— Je suppose que ça dépend s'il est utile à Julie, si celle-ci débourse l'argent de la caution, ou si elle décide qu'il est peut-être temps de couper les liens.

Mack s'esclaffa.

— J'aime ta façon de penser, déclara-t-il, clairement impressionné.

— Ouais, je suppose que je traîne depuis trop longtemps avec toi, le taquina-t-elle.

— Peut-être, peut-être pas. Dans tous les cas, tu as une façon bien à toi de voir les choses.

— Je t'ai entendu dire ça plusieurs fois maintenant, mais je ne suis pas encore vraiment sûre de ce que tu entends par là…

— Je n'en suis pas certain non plus, car tu trouves réponse à tout. C'est seulement la façon dont ton cerveau réfléchit et traite l'information, de ce que je peux en affirmer.

— Laisse-moi appeler ce mec, le fils des Griffin, et je verrai ce qu'il en ressort.

— Souviens-toi simplement que tu n'as aucune raison de le suspecter de quoi que ce soit.

— En dehors du fait que Jethro perd les pédales parce qu'il est très en colère à cause du trop-plein de bruit.

— Certes, mais tu aurais pu discuter avec Jethro de ton plein gré et obtenir ce renseignement.

— *J'ai* discuté avec Jethro de mon plein gré et *j'ai* obtenu ce renseignement, donc ce n'est pas comme si c'était un secret.

— Je te comprends. Essaie seulement de rester loin des ennuis.

Et là-dessus, il s'en alla.

Chapitre 28

Samedi après-midi…

D OREEN SOURIT TOUT en prenant son téléphone, et appela rapidement Callaghan Griffin.

Lorsqu'un homme répondit, elle se présenta, et il dit alors :

— Oh, il me semble avoir entendu parler de vous !

Il y avait de la curiosité dans sa voix, mais rien de problématique.

— Ouais, je commence à être connue, déclara-t-elle en poussant un gros soupir, et pas forcément dans le sens que j'espérais.

Cela amusa Callaghan.

— Que puis-je faire pour vous ? demanda-t-il. Je ne pense pas avoir fait quoi que ce soit de mal…

— Je ne pense pas non plus. Je me pose des questions sur une certaine maison qui, je crois, est à vous, commença-t-elle à expliquer avant d'en donner l'adresse.

— Elle appartient à mes parents, mais en quoi puis-je vous aider ?

— Ah, est-elle à vendre ?

— Oh, vous cherchez à acheter une maison ?

— Non, pas vraiment. J'en ai une dans les environs, juste au coin.

— Elle n'est pas à vendre pour le moment. Toutefois, mes parents prennent de l'âge, et c'est un sujet de discussion régulier, confia-t-il. Elle est louée actuellement.

— Oh, c'est bien ! Et depuis quand, un mois peut-être ?

— Ouais, à peu près. Pourquoi vous me posez cette question ?

— Je déteste dire ça, mais certains voisins se plaignent d'une très grande fréquentation la nuit et de bruits provenant de cet endroit. Et ce, justement depuis un mois environ.

— Vraiment ?

Honnêtement, la sincérité fut tout ce qu'elle discerna dans sa voix.

— Je ne sais pas pourquoi. Alison, qui vit là, est une amie.

Un charme de petit garçon teintait sa voix.

— Une amie, *hein* ? le taquina-t-elle.

— Ouais, confirma-t-il en riant joyeusement. Une amie, et ça me déplairait d'entreprendre quoi que ce soit qui changerait ce statu quo.

— Très bien. C'est assez difficile de trouver quelqu'un dans ce monde sans tout bousiller quand ça ne marche pas.

— C'était précisément là que je voulais en venir. Si ça ne marchait pas, je n'aurais vraiment pas envie de la fustiger.

— Je disais donc que des gens sont en colère.

— Qui ? l'interrogea-t-il, suspicieux, avant de ricaner. Oh non, ne me dites pas que vous parlez du vieux Jethro ! Il se plaint de presque tout.

— Ah, est-ce qu'il s'est plaint de ça auprès de vous personnellement ?

— Non. Toutefois, j'ai vécu dans cette maison il y a dix

ans peut-être, et il était toujours sur le dos de mes parents pour cette raison.

— Ils étaient bruyants ?

Il hésita un moment puis admit à contrecœur :

— Ils se battaient souvent. Jethro les invitait tout le temps à trouver un moyen de s'entendre et à ne pas se disputer autant.

— Je suis sûre que ça a empiré les choses…

Il éclata de rire.

— Pas tant que ça, surtout qu'ils se disputaient depuis un moment et devaient encore trouver un moyen d'arrêter.

— Bien sûr. Alors, vous pensez qu'Alison accepterait que j'aille frapper à sa porte et que je lui demande simplement de réduire un peu la fréquentation et le bruit à la nuit tombée, pour ne pas trop perturber le voisinage ?

Il hésita. Par conséquent, elle ajouta :

— Ça vous laisserait au moins en dehors de ça. Ensuite, elle pourrait se plaindre auprès de vous à propos de voisins fouineurs qui lui compliquent la vie, plutôt que vous endossiez le rôle du méchant.

— Hmmm… Je suis tenté de vous laisser gérer les choses à votre manière, pour cette raison précise. Je l'aime vraiment, vraiment bien.

Doreen grimaça.

— Vous la connaissez depuis longtemps ?

— Pas du tout, non. C'est arrivé très rapidement, et je suis vite tombé… éperdument amoureux, vraiment.

— Certes, et c'est aussi pour cela que vous êtes angoissé à l'idée de changer le statu quo, car vous n'avez pas vraiment d'histoire à laquelle vous accrocher pour le moment, si la situation se complique.

— Exactement. Je ne souhaite vraiment pas que les

choses deviennent compliquées avec elle. J'aimerais simplement qu'elles continuent de bien se passer, comme à présent, vous voyez ?

— Eh bien, dans ce cas, laissez-moi lui parler vite fait, et peut-être qu'elle sera ouverte à quelques suggestions.

— Peut-être… Vous avez évoqué du bruit ?

— Oui, j'en ai bien peur.

— Quel genre de bruit ? Et quel genre de fréquentation ?

— Des gens vont et viennent à des heures tardives dans la nuit, et, quant au chahut, il s'agit de voix, parfois de sons, comme des gens qui portent des trucs lourds. La plupart arrivent de la rivière.

— Vraiment ? Ça ne ressemble pas du tout à Alison. Vous êtes sûre de ne pas vous tromper de maison ?

— Je ne crois pas. Richard vit dans le coin aussi, et il a entendu du bruit également. Il ne savait pas quoi en penser. L'activité nocturne met tout le monde un peu mal à l'aise, car certains ont peur qu'il s'agisse de cambriolages ou de rôdeurs en repérage dans le voisinage. Ces inquiétudes sont compréhensibles, dans un sens.

— Oui, bien entendu.

Elle décelait une véritable perplexité dans sa voix. Elle craignait que cette Alison l'ait complètement embobiné.

— Toutefois, si vous pouviez vous porter garant d'Alison et confirmer qu'elle n'a aucune activité criminelle là-bas, cela devrait suffire à rassurer les voisins et à les empêcher d'appeler la police ou autre. Vous savez comment se comportent les vieilles personnes dès qu'elles entendent des bruits la nuit…

— Oh, punaise, on peut éviter d'impliquer la police ? lança-t-il, sous le choc. Il faut régler ça, et pour de bon, si possible.

— Que fait-elle dans la vie ?

— Oh…, souffla-t-il.

Il eut un moment d'hésitation avant de poursuivre.

— Elle est entre deux boulots pour le moment.

Doreen hocha lentement la tête.

— Je sais d'expérience ce que c'est… Un moment assez compliqué à vivre. Je suis certaine qu'elle était plus que reconnaissante quand vous l'avez l'aidée en lui proposant un endroit où vivre.

— C'est tout à fait ça et l'une des raisons pour lesquelles j'apporte mon soutien.

— Oui, oui, je comprends. Et nous ne savons jamais vraiment à quel point une situation risque de dégénérer jusqu'à ce que nous en soyons nous-mêmes témoins.

— Il s'avère qu'elle n'avait pas de logement. Elle était avec quelqu'un de très violent avant, et ils ont rompu. Elle est restée quelque temps dans la même maison que lui toutefois, la sienne, mais ça n'a pas fonctionné très long-temps. Elle avait peur d'être battue.

— Oh non, c'est horrible ! s'exclama Doreen. Où vivait-elle ?

— Dans le centre. D'après les échos, c'était une maison commune ou mitoyenne, où habitaient plusieurs personnes.

— Oh, la pauvre ! C'est affreux, marmonna Doreen.

Au bout d'une étrange hésitation, il murmura :

— Je crains qu'elle ait vraiment des ennuis… Elle m'a raconté qu'une personne proche d'elle avait été tuée et qu'elle avait besoin d'un endroit où se cacher.

À ce moment-là, les oreilles de Doreen se dressèrent.

— Oh là là, ça a l'air grave.

— Complètement. C'est la raison pour laquelle je suis sûr que ce problème de voisinage n'a rien à voir avec elle. Elle essaie de faire profil bas et de reconstruire sa vie, vous comprenez ? Maintenant, ça ne m'étonnerait pas que Jethro soit responsable de tout ce tapage et qu'il essaie de lui mettre ça sur le dos, vous voyez ?

— Ça, je n'en sais rien… Il semble vraiment sensible au bruit et il manque de sommeil, ce qui le fait réagir de façon négative. Toutefois, j'irai parler avec elle tout en souhaitant la bienvenue à une nouvelle voisine.

— Oh ! ce serait très gentil, et, s'il vous plaît, dites-moi comment ça s'est passé. Non que j'essaie de me défiler, mais j'ai du travail.

— Ce n'est rien. Je vous laisse, dit-elle avant de mettre fin à l'appel.

Les animaux en sa compagnie, elle se leva sur-le-champ et se rendit chez Alison. Elle frappa à la porte, mais n'obtint aucune réponse. Elle tambourina encore et encore, toujours en vain. Renfrognée, elle recula, lorsqu'elle vit les rideaux bouger. Elle s'exclama instantanément :

— Salut, Alison ! Callaghan m'a dit que vous aviez emménagé récemment dans le coin.

La porte s'ouvrit, et la femme regarda fixement Doreen avec suspicion. Doreen fit de son mieux pour arborer un grand sourire amical.

— Je sais que vous ne voulez pas de problèmes avec les voisins, cependant, pour être franche, il y a eu quelques plaintes, commença-t-elle par déclarer, prudente. Concernant du tapage nocturne…

La femme se moqua.

— Que savez-vous du tapage ?

— Je ne voulais pas parler de ce genre de tapage…, corrigea Doreen en gloussant avec un geste de la main. Vous avez évidemment le droit d'avoir une vie privée, dit-elle tout bas avec un petit sourire. Il est plutôt question d'activités illégales potentielles.

La femme la dévisagea, et une lueur sévère apparut dans ses yeux.

— Qui êtes-vous et qu'est-ce que vous savez ? demanda-t-elle avec brutalité.

— Je suis seulement une voisine, murmura Doreen. Je voulais vous souhaiter la bienvenue dans le quartier et vous avertir que les voisins commencent à se plaindre de visiteurs à des heures indues de la nuit, de voix et du bruit d'objets qu'on déplace, en particulier sur le chemin de la rivière.

Alison la fixait des yeux et secoua la tête.

— Je ne vois pas de quoi vous parlez.

— Je suis soulagée d'entendre ça. Alors, ça ne vient pas de chez vous, n'est-ce pas ?

— Bien sûr que non, lâcha la femme dont le regard était toujours aussi froid. Toutefois, même si c'était le cas, ça ne vous regarderait absolument pas.

— Peut-être pas, concéda Doreen qui hocha la tête en souriant. C'est fort possible, et je ne cherche pas à vous contrarier.

— Très bien, rétorqua-t-elle. Dans ce cas, vous pouvez partir à tout moment.

Doreen inspira profondément.

— Je peux partir, oui, mais j'essayais vraiment de vous faciliter les choses puisque certains voisins sont vraiment très agacés.

— Je me fiche pas mal d'eux, déclara-t-elle en rétrécissant son regard. Vous n'avez absolument aucune raison d'être ici.

Doreen la regarda, stupéfaite, puis haussa les épaules.

— OK, si c'est comme ça que vous le prenez, conclut-elle avant de se retourner pour partir. Bienvenue dans le quartier !

Alison attendit que Doreen soit au bout de l'allée, puis la porte se claqua brutalement derrière elle.

Doreen grimaça et rappela rapidement Callaghan.

— Salut ! Je suis vraiment désolée de vous annoncer ça, mais elle ne l'a pas très bien pris…

— Oh non…

— Vous pouvez me tenir pour responsable, comme elle le fait certainement en ce moment, déclara-t-elle en gardant son sourire. Il est évident qu'elle n'est pas très contente que quelqu'un s'immisce dans sa vie.

— Je vous avais avertie.

— Oui, je comprends parfaitement qu'elle a vécu des moments difficiles. Toutefois, elle ne paraissait vraiment pas fragile, effrayée par la vie ou en train de se cacher. Ce n'est clairement pas une craintive.

— Non, non, elle ne l'est pas, mais elle est très délicate.

Doreen leva un sourcil en entendant ce commentaire.

— Il n'y avait rien de délicat dans sa façon de me mettre à la porte, confia-t-elle. Je ne veux pas donner l'impression de me répéter, mais des personnes dignes de confiance sont vraiment énervées, et ce n'est qu'une question de temps avant que la police ne soit contactée pour ce motif.

— Oh non, je ne souhaite vraiment pas que mes parents soient au courant de ça…

— En tant que propriétaires, la police n'aurait pas d'autre choix que de les contacter, n'est-ce pas ?

— Oui, murmura-t-il, ayant désormais l'air inquiet. Rien de ce qui se passe ne peut intéresser la police, si ? Je veux dire, j'ai confiance en elle…

— Oui… Si vous la connaissez depuis longtemps, vous

avez certainement une bonne idée de ce qu'elle ferait et ne ferait pas.

Il hésita puis tempéra ses propos :

— Je ne la connais pas depuis si longtemps.

— Oh ! dans ce cas, peut-être ne savez-vous vraiment pas ce dont elle serait capable après tout, répliqua-t-elle d'une voix douce.

— J'espérerais qu'elle ne ferait rien de mal, mais évidemment, je ne peux en être sûr.

— Je n'essaie pas de vous causer des problèmes ou d'être à l'origine d'un conflit. J'essaie seulement de vous avertir que ces plaintes ne vont pas être retirées, insista-t-elle.

En retour, elle ne reçut que quelques instants de silence.

— Quand elle vivait dans le centre, reprit-elle, elle ne se trouvait pas près de l'endroit où cet homme a été assassiné, n'est-ce pas ?

— Je l'ignore. Elle a bien évoqué son envie de partir, car les choses étaient vraiment devenues violentes et vilaines.

— Oh, mince, ça suffirait à faire fuir n'importe qui !

— C'est ce que je voulais dire. Elle est si gentille que je ne peux imaginer qu'elle soit mêlée à de quelconques ennuis.

Doreen s'accorda un moment et tenta mentalement de passer de la femme impolie et grincheuse qu'elle avait rencontrée à sa porte à la version gentille décrite par ce garçon. Cependant, cela n'avait aucun sens.

— Il est possible qu'elle soit au courant de quelque chose aussi.

— Oh, je ne pense pas ! Elle craignait que quelqu'un soit tué et elle voulait partir de là avant d'être la prochaine victime. Alors, quel autre choix avais-je ?

— Si elle avait les moyens de payer le loyer, ce serait une chose, mais lui en demandez-vous un ?

— Eh bien, non, pas vraiment. J'essaie seulement de lui donner un coup de main.

— Bien évidemment, et essayer d'aider les gens, c'est très important.

— Oui, complètement. Parfois, j'estime que nous n'en faisons pas assez pour notre prochain.

— Absolument, je ne pourrais être plus d'accord.

— Oh, tant mieux ! C'est dur de toujours savoir comment agir, et je l'aime vraiment bien, répéta-t-il.

— J'en suis certaine, acquiesça-t-elle d'une voix douce. Cependant, il n'y a aucune garantie que cela se termine bien.

— J'espère vraiment que ce sera le cas, dit-il d'un ton devenu un peu plus hostile. Après tout, je n'ai que votre son de cloche à propos de l'existence d'un problème éventuel.

— C'est vrai, et, bien entendu, vous ne voulez pas écouter les autres témoignages.

— Non, donc je n'ai pas la certitude que ce ne soit pas vous qui essayiez de créer des ennuis.

Doreen trouva intéressant la vitesse à laquelle la conversation avait dérapé. Elle ajouta :

— Dans ce cas, c'est sans doute le bon moment de mettre fin à cette conversation, n'est-ce pas ?

Et sur ce, elle raccrocha. Les yeux fixés sur son écran, elle secoua la tête.

— Doux Jésus, marmonna-t-elle, avant d'appeler Mack et de lui raconter ce coup de fil.

— Voilà qui est intéressant, commenta-t-il.

— Il y a de grandes chances que cette femme soit l'ancienne colocataire de Tammy. Je lui ai envoyé quelques messages, mais n'ai pas encore eu de nouvelles, déclara-t-elle.

Juste à ce moment, son téléphone se mit à vibrer.

— En fait, sa réponse vient d'arriver.

Elle la lut rapidement pendant que Mack patientait.

— Elle donne une description de l'autre colocataire, et je pense qu'elle correspond à cette Alison à qui j'ai parlé aujourd'hui, annonça Doreen tandis qu'elle voyait une photo granuleuse apparaître. Tammy envoie une photo. Attends une minute… Oh, mon Dieu, c'est vraiment elle !

— Ça devient très intéressant, grommela Mack.

— Tammy raconte que cette femme vivait dans la maison avec eux et s'en allait régulièrement dès qu'elle avait un autre endroit où habiter. Cependant, dès que ça tombait à l'eau, elle revenait. Quand elle était là, elle régnait comme la reine des abeilles et, une fois partie, elle continuait d'exercer sa domination, à distance, mais de façon identique. Jed était sous son joug tout le temps.

— Alors, nous devons penser qu'elle est derrière tout ça ? Qu'elle est la maquerelle ?

— Je l'ignore. Peut-être qu'elle a obligé Jed à tuer, bien que je ne sache pas encore pourquoi.

— Le mobile du crime par *taser* demeure une question sans réponse. Cependant, nous avons identifié la victime. Le type avait un casier judiciaire très chargé et avait été impliqué dans de nombreux cambriolages pendant des années.

— Oh, alors ça colle, n'est-ce pas ?

— Ça colle à ta façon de penser, admit Mack avec une pointe d'humour. Mais pas nécessairement à celle d'un autre.

— Si elle est receleuse à temps partiel et que l'homme mort était un voleur, il est sans doute lié à elle.

— Ouais, toutefois, il te manque une pièce du puzzle. Tu te souviens de ce petit truc qu'on appelle une preuve ?

— Ouais, tu es relativement à cheval sur ce point, non ? répliqua-t-elle en riant.

— Ouais, je le suis. Par conséquent, nous devons la

prendre en flagrant délit.

— La tactique la plus évidente, c'est que tu ailles lui parler. Même si nous n'avons pas la preuve nécessaire pour résoudre cette affaire, nous avons Tammy qui confirme l'identité de Julie, alias Alison. Tu pourrais donc l'interroger sur la mort par *taser*.

— Exactement. J'irai lui parler. Puis je te verrai peu après, déclara Mack avant de raccrocher.

Chapitre 29

D OREEN TAPAIT TOUJOURS ses notes dans Word – espérant ainsi pouvoir effectuer des recherches sur ce dont elle avait besoin plus tard – lorsque Mack lui téléphona.

— Elle n'est pas chez elle, annonça-t-il, déçu.

— *Génial*, bougonna Doreen. Elle a probablement pris la fuite.

— Tu crois vraiment ?

— Non, pas vraiment. Elle était trop prétentieuse. Elle doit s'inquiéter, mais je ne pense pas qu'elle panique pour le moment. Donc non pour ce qui concerne la fuite.

— J'espère. C'est un peu dur de capturer nos suspects si tu continues de les faire fuir.

— Hé, ce n'était pas ma faute !

— Ah non ? Dans ce cas, qui est allée parler à Alison des plaintes des voisins ? demanda-t-il, légèrement sur les nerfs.

Doreen soupira.

— OK, c'était moi. Et faire monter Tammy dans ce bus, c'était mon idée… en partie la mienne et celle de Nan aussi, bien sûr.

— Ne me lance même pas sur le sujet Nan maintenant,

râla-t-il, pas du tout impressionné par le fait qu'elle ait payé la caution de son ravisseur armé, Jethro.

— Pour en revenir à cette nana, Alison, si c'est vraiment son nom, reprit Doreen, je ne voulais pas l'effrayer, et je ne pense vraiment pas qu'elle ait paniqué non plus. Elle était très sûre d'elle. Presque trop, tu vois ?

— Ça n'a rien à voir avec la situation, comme tu le sais très bien.

— Parfait, si tu le dis, marmonna-t-elle. Tu viens ?

— Non, je viens d'être rappelé par le bureau.

— OK, tant pis alors. Je te téléphone plus tard, précisa-t-elle avant de raccrocher et de retourner à ses notes.

Dès qu'elle se rendit compte qu'il était l'heure pour elle de se trouver une planque, elle s'adressa à Mugs :

— Nous devrions sans doute expliquer nos intentions à Mack. Mais il n'en serait pas très ravi, alors je vais m'abstenir.

Mugs lui répondit en aboyant.

Tout en préparant un sac à dos rempli de choses dont elle pourrait, selon elle, avoir besoin, elle s'interrogea sur la pertinence de cette action. Mais bon, elle vivait ici, alors tout passage en haut et en bas de la rivière la concernait également. Elle irait seulement voir si la zone était fréquentée ce soir-là. Peut-être que c'était simplement le fruit de l'imagination de Jethro. Elle savait aussi que si Nan agissait à sa manière, elle ferait emménager ce dernier à Rosemoor très rapidement. Les accusations de kidnapping et de port d'arme factice seraient-elles retenues contre lui ou pas, Doreen l'ignorait et Nan également, à ce stade. Par conséquent, elle devait en avoir le cœur net.

Après avoir enfilé une veste noire, elle se vêtit rapidement d'une tenue pour l'extérieur en vue d'une soirée fraîche. Puisqu'on était bientôt en automne, une fois le soleil couché, il faisait assez froid. Elle se glissa par la porte avec Mugs et Goliath à ses côtés et sans s'encombrer de laisses, car ils étaient assez proches de la maison. Avec Thaddeus blotti contre son cou, elle se rendit à la crique. Ils se montraient absolument intéressés par la moindre aventure.

Elle continua de descendre jusqu'à la crique, jusqu'à atteindre l'autre côté de la propriété de Richard. Là, elle pouvait rester dans l'ombre et surveiller pour constater d'elle-même si quoi que ce soit se produisait de l'autre côté de la crique, quelques maisons plus loin en contrebas. Selon elle, il ne s'agissait que de recherches, simplement pour confirmer ou infirmer les plaintes de Jethro. En tout cas, c'était ce qu'elle se disait, car elle avait parfaitement conscience que Mack aurait une vision complètement différente de la situation. Il pourrait poster une voiture de police, cependant, qu'arriveraient-ils vraiment à voir de la rue ? De toute façon, elle n'avait pas beaucoup d'options pour le moment, et c'était la seule qui s'était présentée à elle.

Elle envoya un message à Mack afin de lui demander s'il avait trouvé le moindre lien entre les personnes, et il répondit quelques instants plus tard par la négative. Quand son téléphone se mit à sonner, elle baissa rapidement le volume et répondit d'une voix basse :

— Allô ?

Puis elle remplaça la sonnerie par le vibreur.

— Où es-tu ? s'intéressa Mack d'un ton tranchant.

— Pourquoi cette question ? répondit-elle en marmonnant. Tu n'as pas confiance en moi ?

— Mon instinct, rétorqua-t-il d'un ton mordant. Et mon instinct me dit que tu trafiques quelque chose.

— Eh bien, monsieur, fit-elle en riant, ton instinct

semble t'avoir trahi, cette fois. Tu devras t'excuser plus tard.

— Où es-tu ? répéta-t-il, inquiet.

— Je suis à la rivière.

— Oh, d'accord ! acquiesça-t-il avant de réfléchir. Attends, chez toi ?

— Près de chez moi. Le chemin de la rivière est public de toute façon.

— Il l'est, en effet, confirma Mack, lentement, comme s'il cogitait en même temps. Pitié, ne me dis pas que tu es assise dans le noir à observer ce qui pourrait arriver dans cette maison.

— Si je ne surveille pas, comment savoir si Jethro raconte la vérité ? demanda-t-elle d'une voix qu'elle espérait raisonnable.

Toutefois, de toute évidence, elle ne l'avait pas été suffisamment, car lorsque Mack lui cria dessus un instant plus tard, elle enchaîna grimaces et soupirs.

— Bon, ce n'est pas une si bonne idée que ça selon toi, hein ?

— Si tu as l'intention de d'attirer des ennuis, si, c'est une super idée ! rétorqua-t-il avant de soupirer à son tour.

Cependant, au bout d'un moment, un petit rire lui échappa.

— Tu ne peux même pas t'en empêcher, n'est-ce pas ? Laisse tomber, ne réponds pas. Ne bouge pas. J'arrive dans quelques minutes.

— D'accord. Jusqu'à présent, rien ne s'est produit de toute manière.

— Tant mieux. Ce serait un agréable changement, pour une fois, conclut-il avant de raccrocher.

Avec le sourire, elle se terra dans l'obscurité. C'était un sentiment tellement étrange de se retrouver là dehors à cette heure de la nuit. Normalement, elle était chez elle et emmitouflée dans son lit. Toutefois, tout était si vivant dehors, d'une façon qu'elle n'avait jamais vue auparavant.

Elle n'avait pas passé beaucoup de temps à l'extérieur, dans l'obscurité de la nuit. Ce n'était pas par inconfort, seulement une expérience qu'elle n'avait jamais faite. Elle restait assise là, s'émerveillant des oiseaux qui roucoulaient doucement autour d'elle, et Thaddeus levait la tête pour regarder autour de lui avant de se tapir de nouveau.

— Tout va bien, mon grand. Je ne suis pas totalement à l'aise ici non plus.

Goliath, quant à lui, semblait aussi heureux que possible ; il réussissait à s'occuper en chassant dans les arbustes et les buissons qui l'encerclaient. Tant qu'il n'attrapait rien, ça convenait parfaitement à Doreen. Elle sourit, car happer un truc n'avait rien de comparable au fait de tuer une proie juste devant elle. Elle ne devait pas oublier qu'il était un chasseur, car cela faisait partie de sa nature. Cependant, elle lui donnait également de quoi manger en bonne quantité, donc il n'avait pas besoin de chasser pour manger. Elle était simplement confrontée à la personnalité d'un chat. En tout cas, elle ne voulait pas vraiment qu'il tue quoi que ce soit, surtout pendant qu'elle était assise là.

Thaddeus sauta de son épaule et marcha jusqu'à une pierre pour y ébouriffer ses ailes dans l'air du soir. Elle ignorait ce qu'il était susceptible de chasser dans son environnement naturel ni même s'il y serait un prédateur ou une proie, mais il n'était pas accoutumé à ce genre de circonstance.

Tandis qu'elle n'avait pas changé de place, les ombres semblaient s'agrandir, et le silence s'épaissir et s'alourdir. Se sentant instinctivement mal à l'aise, elle regarda ses animaux et vit que leurs oreilles étaient dressées en réaction à un bruit. Elle ignorait lequel, en revanche.

— Je sais, leur murmura-t-elle. Il se passe quelque chose ici. J'ignore simplement qui se déplace.

Lorsque son téléphone vibra, elle baissa les yeux et vit un message de Mack. Il venait de la crique et se dirigeait vers elle. Le soulagement la fit sourire, détestant admettre que sa présence ici, dans le noir, la mettait sur les nerfs. Elle n'aurait pas cru être de nature nerveuse. Toutefois, elle avait vécu bien des choses récemment, et c'était sans doute normal.

En attendant que Mack arrive, elle perçut d'autres sons. Tout comme Thaddeus, qui retourna auprès de la sécurité de son épaule. Elle se tapit un peu plus dans les ombres quand elle entendit une voix d'homme parlant à quelqu'un. Cependant, cela se passait plusieurs maisons en dessous d'elle.

— Ouais, je viens d'arriver, déclara-t-il.

Il marchait dans sa direction et devrait passer devant elle pour atteindre la maison d'Alison. Doreen se raidit.

— On s'en fiche de ce que t'a raconté un vieux fou qui surveille le voisinage. Je veux dire, ça marche bien, alors continuons, au moins pour un temps. On a besoin de quelques mois pour stocker les affaires avant de trouver une meilleure situation. S'il n'y avait pas eu ce petit contretemps, nous aurions été bien en ville.

Puis le silence se fit.

— Ouais, ouais… C'est bon. J'arrive, ajouta-t-il.

Ensuite, il dut mettre fin à la conversation téléphonique et continuer de marcher.

Mugs était en alerte, mais restait calme. Doreen posa la main sur son dos, en guise d'avertissement, et il s'apaisa légèrement, avant de reculer jusqu'à s'asseoir près d'elle. Il n'y avait aucun signe de Goliath. Toutefois, Thaddeus et elle restaient assis silencieusement dans le noir, les yeux fixés sur l'inconnu qui approchait. Elle devait se confondre suffisamment avec les ombres pour qu'il ne soit pas en mesure de la voir. Cependant, tandis qu'il se rapprochait, il s'arrêta, regarda autour de lui et demanda :

— Qui est là ?

Elle demeura silencieuse. Elle savait que Mack devait être en train de se rapprocher également. Mais où était-il et à quelle distance ? Elle l'ignorait. Elle patienta, puis l'individu ricana.

— Saletés d'ombres, marmonna-t-il en riant à moitié.

Un soulagement avait été discernable dans son ton, comme s'il s'était inquiété. Il poursuivit sa route, et il passait devant elle quand son téléphone se mit à sonner.

— Ouais, Jed… Quoi ? Oh, tu es sorti de prison ? Bien ! s'exclama-t-il en s'arrêtant et en observant autour de lui. Non, je ne sais pas. Elle commence à avoir la trouille avec tout ça. Tu as bien conscience qu'on va devoir s'occuper d'elle bientôt, n'est-ce pas ?

Le silence s'intensifia autour d'eux, tandis que l'homme écoutait celui qui l'appelait.

— Je sais, mec. Je n'aime pas non plus bosser pour cette femme, mais là, maintenant, ses relations sont les seules à qui on peut vendre tout ça.

Doreen était attentive et présumait que Jed était en train de parler à l'autre bout du fil.

— Ça aussi, c'est des conneries. On a tellement de petits trucs ici alors qu'on pourrait en gérer de plus gros qui nous rapporteraient plus. Des gros coups, tu vois ? Pas tous ces machins insignifiants. Je t'en tiens pour responsable, d'ailleurs.

Il rit, et émit un son plus fort qu'il n'aurait dû l'être avec cette obscurité effrayante.

— Ouais, ouais, bref, je suis presque arrivé. Je récupère l'argent et j'irai peut-être nous chercher une pizza pour la rapporter à la maison… Je sais. J'ai ton paiement aussi ou, au moins, j'espère que je l'aurai. Ça dépend si elle veut l'une des nouveautés et si elle pense réussir à les refourguer.

Il raccrocha et parcourut la dernière portion de chemin vers la maison d'Alison.

Doreen patientait et observait quand, soudain, Mack vint par le sentier menant à elle dans la direction opposée. Elle se demanda si lui et l'autre gars se rencontreraient ou si ce dernier atteindrait la barrière d'Alison juste avant que Mack n'arrive. En silence, elle regardait et attendait que la scène se joue juste devant ses yeux, comme si elle se trouvait au premier rang dans un théâtre. Toutefois, elle ignorait quelle partie gagnerait. Elle envoya rapidement un message à Mack, pour l'avertir que l'un des hommes impliqués dans cette histoire se dirigeait vers lui. Elle n'obtint pas de réponse, mais soudain, ils furent là tous les deux.

— Hé, qui êtes-vous ? demanda vivement l'inconnu.

Elle entendit Mack lui répondre.

— Je suis celui qui va vous embarquer au poste pour répondre à quelques questions, lui annonça-t-il calmement.

— Hors de question, vous n'avez rien à me reprocher.

— Cela dépend si le contenu du sac en toile que vous portez vous appartient.

— Vous ne me toucherez pas, objecta-t-il brutalement.

Comme attendu, une bagarre éclata.

Elle bondit hors des ombres et regarda Mack se battre contre l'autre. Le sac en toile tomba par terre. Elle l'attrapa et recula avec, mais le mec se retourna et l'aperçut.

— Vous êtes qui ?! s'écria-t-il.

Lorsqu'il vit le sac désormais aux pieds de Doreen, l'air sur son visage devint mauvais. Mack s'avança alors.

— Non, vous ne ferez pas ça, gronda-t-il.

— Oh si, au contraire. J'ignore qui elle est, mais elle vient de voler mon sac.

— Je n'ai pas touché à ce qu'il y avait dedans, se défendit Doreen. Je suis certaine que la police trouvera à qui appartient ce qu'il contient.

L'homme les considéra tous les deux et tendit les mains devant lui.

— OK, je ne sais pas comment, mais on est partis du mauvais pied, et c'est en train de dégénérer… On peut résoudre ça.

— Je n'en suis pas si sûre, rétorqua Doreen en souriant.

À cet instant, de l'autre côté de la barrière, une femme demanda :

— Qu'est-ce qu'il se passe ici ?

Ensuite, la barrière s'ouvrit devant eux.

Son regard passa d'un homme à l'autre, puis elle remarqua le sac en toile. Ses yeux se levèrent lentement vers Doreen, et son visage se tordit.

— Encore vous, lâcha-t-elle avec mépris. Quoi encore ? Vous m'observez ? Vous êtes une voyeuse ou un truc du genre ?

— Non, ce n'est pas vraiment dans mes cordes, répondit Doreen. En revanche, le recel de biens volés fait apparemment partie de vos nombreux… *talents*, pourrions-nous dire.

Le visage d'Alison pâlit puis rougit d'une rage absolue. Elle pivota et s'adressa à l'homme qui se tenait devant elle.

— Steven, tu as quelque chose à voir avec ça ?

— Non, bien sûr que non ! se défendit-il en dévisageant

Alison avec colère. Tu m'as piégé ?

Elle lui lança un regard noir.

— Choisis bien tes mots, Steven.

Doreen observait les deux personnes, sa tête allant de gauche à droite comme devant une partie de tennis. Steven et Alison se mirent à se disputer et à se crier dessus. Doreen considéra Mack et haussa les épaules. Celui-ci soupira.

— Maintenant que vous vous êtes vous-même incriminés, je vous embarque tous les deux au poste.

Steven se tourna vers lui.

— Je n'ai rien fait de mal ! C'est elle la coupable !

Alison afficha son mépris envers lui.

— C'est toi qui me rapportais un sac plein.

— Comment saviez-vous que c'était pour vous ? réagit Doreen d'un ton moqueur.

Alors, Alison pivota et fit quelques pas menaçants vers elle.

— Vous n'êtes rien d'autre qu'une vieille fouineuse, toujours à gâcher la vie des autres.

— Ouais, c'est moi ! renchérit Doreen dans un soupir. Je ruine la vie de tout le monde.

— Exactement, confirma Alison d'un air méprisant.

— Ce que j'aimerais vraiment savoir, c'est ce que vous avez fait à ce pauvre gars, là-bas, au jardin communautaire.

Alison se tourna pour faire face à Steven.

— C'était votre pote, hein ? demanda Doreen à l'homme. Je suppose que vous lui avez tiré dessus, n'est-ce pas ? Ou était-ce Jed ?

Steven regardait Doreen, effaré, avant de s'adresser à Alison.

— C'est toi qui lui as raconté ça !

— Non, bien sûr que non, et tais-toi !

Cependant, la mèche avait été vendue.

— Je ne lui ai pas tiré dessus, déclara Steven. Je n'ai rien à voir là-dedans.

— Et pourtant, c'est vous qui avez dit à Jed que vous ne vouliez plus travailler avec une certaine femme et qu'il serait bientôt temps de s'occuper d'elle, lâcha Doreen.

Alors, Alison pivota pour dévisager Steven avec stupéfaction. Ce dernier s'adressa cette fois à Doreen d'un ton mordant :

— Là, ce serait le bon moment pour que vous la fermiez, déclara-t-il avec un regard mauvais.

— Peut-être, répliqua gaiement Doreen, mais je me suis dit que lorsque vous auriez fini de discuter, Mack ici présent devrait avoir tous les éléments pour prouver que c'est vous qui avez assassiné le gars avec le *taser*, car il avait essayé de vous doubler concernant certains biens volés.

— *Il* ne nous trahissait pas. *Elle* le trahissait, et il n'aimait pas ça. Quand il a opposé une résistance, elle a ordonné qu'il soit abattu. Jed s'en est chargé, pas moi, relata Steven en secouant la tête. Je ne suis pas un meurtrier.

— Peut-être pas, renchérit Mack dans un soupir exagéré. Toutefois, si vous êtes impliqué d'une quelconque manière, vous pourriez quand même tomber pour ça.

— Et Steven se trouvait au beau milieu de tout ça, ajouta Alison avec un reniflement méprisant dans sa direction. C'est lui qui a balancé le corps, et dans un jardin communautaire en plus ! se plaignit-elle en levant les mains de frustration. Mais qui fait ça ? Jusqu'à ce que je sois abattue, tu étais le suivant sur la liste des victimes.

— C'est ce que j'ai pensé. C'est la raison pour laquelle on se serait occupés de toi d'abord.

— *On* ? répéta-t-elle d'un ton menaçant.

— Ouais ! Tu crois vraiment que Jed allait rester les bras croisés pendant que tu mettais un contrat sur ma tête ? la railla Steven. Jed et moi, on se connaît depuis un bail.

— Je pensais être une minable, mais vous êtes un niveau au-dessus, marmonna Doreen.

Cela lui attira les foudres des deux personnes, donc elle leva les mains.

— Désolée, c'est un simple constat.

— As-tu seulement trouvé où était partie Tammy ? demanda Alison en dévisageant Steven. Tu n'as même pas réussi à faire ça. Tu es trop fainéant et stupide.

— Je ne sais pas ce qui lui est arrivé. Elle a tout bonnement disparu.

Mack jeta un œil à Doreen qui souriait et lui adressa un signe de tête.

— Les réponses finissent toujours par arriver. Mais pas toujours quand on les attend. Tu as demandé du renfort ? lui demanda-t-elle.

Juste à cet instant, elle entendit un cri derrière elle, se tourna et découvrit Arnold et Chester. Steven en profita pour s'extirper à toute vitesse du groupe, tentant de conserver sa liberté.

Il avait parcouru à peine plus d'un mètre quand Mugs apparut soudain sur le côté du chemin. D'une posture solide et stable, il envoya Steven lui voler par-dessus et plonger la tête la première dans la terre. Immédiatement, Thaddeus s'envola de l'épaule de Doreen pour atterrir sur le crâne de Steven et caqueter très fort, comme s'il était le gagnant d'un combat imaginaire. Goliath s'avança avec nonchalance comme seul un chat en était capable, s'assit, étira sa patte arrière vers le ciel nocturne et se mit à se nettoyer l'arrière-train, juste devant le nez de Steven.

Mack poussa un soupir. Il s'avança de quelques pas pour prendre Steven par les aisselles et le remettre debout, Thaddeus continuant de faire sa danse du champion sur son crâne.

— C'était pas une bonne idée, dit Mack à son prisonnier avant de faire marcher Steven jusqu'à Arnold et Chester.

Doreen finit par détourner tranquillement le regard de cette scène pour s'intéresser aux nouveaux venus qui approchaient.

— Salut, Arnold ! On reprend du service, hein ?

Il lui sourit d'un air radieux.

— Absolument ! Quand Frankie a avoué ce qu'il avait fait et ce qui était arrivé ensuite, j'ai été blanchi.

— Cela aurait été bien gentil de me prévenir, commenta Doreen en levant les yeux au ciel. Et pourtant, je suis presque sûre que ces deux-là aideront à clarifier le reste de l'histoire, ajouta-t-elle avec le sourire.

Arnold leur jeta un coup d'œil et ricana.

— Eh bien, eh bien, eh bien, regardez donc ça ! Ne se-rait-ce pas notre maquerelle locataire ?

À cet instant, Alison, ou Julie, ou peu importait qui elle était, le dévisagea, furieuse.

— Ouah, toujours flic ? Je pensais que tu étais à la re-traite aujourd'hui.

— J'aimerais partir à la retraite désormais. On dirait que tu vas passer la nuit en prison. Combien de fois t'y ai-je traînée d'ailleurs ?

Elle rit.

— J'en ressortirai encore.

— Tu pourrais, sauf si tu as quelque chose à voir avec le meurtre de cet homme.

— Tu parles de celui qui a été tué avec ton *taser* ? demanda-t-elle avant de se mettre à rire. Je ne le savais même pas à ce moment-là, mais ça n'a fait que contribuer à ma joie ! lâcha-t-elle avant de se tourner pour parler à Doreen. Ce flic arrogant m'a arrêtée plus de fois que je ne pourrais le compter, alors que j'essayais simplement de gagner ma vie.

— Nous appelons cela « racolage » ou « prostitution », la corrigea Arnold. Que s'est-il passé ? Tu t'es lassée de notre prison ? Par conséquent, tu es allée à Vancouver à la place ? Mais tu es revenue. Comme une brebis galeuse, déplora-t-il en secouant la tête.

— Et tout comme une brebis galeuse, répéta-t-elle en le toisant d'un œil mauvais, tu es toujours là.

Arnold lui passa alors les menottes, lança un coup d'œil à Doreen et lui sourit d'un air satisfait.

— Vous voyez, Doreen ? Vous gérez. Peu importe de quoi il s'agit, dès que je me retourne, vous maîtrisez la situation.

— Ah, mais je ne pense pas que Mack serait d'accord, rétorqua-t-elle en soupirant. Je suis quasi certaine qu'il n'est pas très ravi de mes activités nocturnes.

Arnold rit.

— C'est parce qu'il recherche un *autre genre* d'activités nocturnes.

Elle rougit, soulagée que personne d'autre n'écoutait à cet instant.

Pendant ce temps, alors que Chester emmenait Steven menotté, il s'adressa à Doreen, Thaddeus étant revenu à l'abri sur l'épaule de cette dernière.

— Et voilà, une affaire résolue de plus. Si vous deveniez douée pour la paperasse, ils pourraient peut-être vous engager pour prendre en charge tout ce que vous nous envoyez.

— Peut-être, mais la paperasse, je ne suis pas sûre que ce

soit mon truc.

Cela le fit rire.

— Hé, je vais vous révéler un secret… Ce n'est le *truc* d'aucun flic non plus.

Sur ce, le groupe entier s'en alla jusqu'à la maison de Doreen. Ils n'avaient pas parcouru beaucoup de chemin quand un cri retentit dans leur dos. Doreen se tourna et vit Callaghan se précipiter vers eux.

— Que se passe-t-il ? les questionna-t-il.

— Pas de très bonnes nouvelles pour vous, j'en ai peur, lui répondit gentiment Doreen. Toutefois, au moins, ça vous évitera un tas de problèmes avec vos parents.

Tandis qu'ils se remettaient en mouvement, il continua d'essayer de parler à Alison, mais elle se moqua de lui.

— Bon Dieu, vous voulez bien éloigner ce pleurnicheur ? demanda Alison à Doreen. Je ne supporte plus toutes ces jérémiades.

— Mais, Alison, attends ! Je pensais qu'il y avait un truc entre nous !

— J'avais seulement besoin d'un endroit où vivre, rétorqua-t-elle avec un revers de la main. Ne t'inquiète pas. Je sortirai de prison bientôt. Ils ne pourront pas me garder.

— On ne le pouvait pas avant, répliqua Arnold. Cependant, les temps changent. Ton casier judiciaire est devenu suffisamment épais pour que tu n'en sortes pas aussi facilement cette fois.

Chapitre 30

Dimanche matin...

OREEN SE RÉVEILLA le matin suivant et se roula sur le dos avec un immense sentiment de satisfaction et de soulagement qu'une autre affaire soit dans le sac. Celle-ci ne s'était pas vraiment déroulée comme elle l'aurait cru, mais, si elle y réfléchissait, c'était rarement le cas. Elle fit un gros câlin à Mugs, qui aboya et s'enfouit plus profondément sous les couvertures.

— Toi et moi, ensemble, mon pote, répondit-elle en l'imitant.

Son téléphona sonna un peu plus tard.

— Salut, Nan, dit-elle en bâillant. Je viens de me réveiller.

— Ravie de l'entendre. Jethro souhaite vraiment te remercier pour ce que tu as fait.

— Qu'ai-je fait ?

— Tu as dégagé cette femme de là, pour commencer.

— C'est parce qu'elle était liée à un meurtre sur lequel j'enquêtais également, grommela Doreen.

— C'est encore mieux ! s'exclama Nan, ravie. J'ai d'autres super nouvelles. Nous allons vendre la maison de

Jethro et le faire venir ici, à Rosemoor. Il ne devrait pas rester isolé, à s'énerver tout seul dans cette propriété.

— Je suis vraiment d'accord avec toi là-dessus. Jethro a-t-il son mot à dire ?

Nan se mit à rire de joie.

— Bien sûr que oui, mon enfant ! Je ne suis pas si autoritaire.

— Ravie de l'entendre, Nan. Tant qu'il est heureux de déménager, ça semble une bonne solution et ça pourrait éviter d'autres problèmes à l'avenir.

— Et tu ne porteras pas plainte ? demanda Nan d'un ton inquiet.

— Hé, ce n'est pas à moi de porter plainte contre lui ou quelqu'un d'autre ! Tu devras t'entretenir avec Mack pour ça.

— J'espérais que tu pourrais t'en charger. Je ne pense pas que Mack soit très content de moi avec cette histoire de caution.

— Tu as raison à ce sujet, mais honnêtement, je ne sais même pas si je peux lui parler de ça, marmonna Doreen. Le fond du problème, c'est que Jethro a bien failli franchir la ligne rouge avec son kidnapping et son arme, et il devra en assumer les conséquences. Ce pourrait être hors de portée de Mack et laissé entièrement entre les mains du procureur.

— Jethro est un citoyen âgé, souligna Nan, et ça devrait être pris en compte.

— Si ça va jusqu'au tribunal, tu devrais intervenir en tant que témoin de moralité dans ce cas, ce qui serait captivant puisque tu es également la victime.

— Oh, c'est parfaitement envisageable ! Quelle idée géniale ! J'imagine déjà à quel point cela se révélerait difficile pour l'accusation, se réjouit Nan en tapant dans ses mains, ravie, sans manquer de faire tomber le téléphone avec son geste. Alors, tu viendras ? Jethro souhaite vraiment te remercier en personne et pourrait apporter quelques gourmandises, en plus.

— Attends, quoi ? Venir où ? demanda Doreen, avec l'impression d'avoir loupé une partie de la conversation.

L'image déjà amusante qu'elle avait en tête d'un procureur débordé tentant frénétiquement de discréditer le témoignage de Nan concernant le comportement de Jethro – juste après qu'elle lui aurait présenté la victime frêle mais vive d'un fou de la gâchette – était rendue encore plus drôle par Jethro interrompant l'audience et apportant un plateau de sandwichs et de petits fours. Doreen partit en éclats de rire à cette pensée et ne reprit le contrôle qu'après avoir entendu le gros soupir de Nan.

— Tu as vraiment besoin de faire une pause, ma chérie. On dirait que toutes ces affaires ont des conséquences sur toi.

Au bord de l'hystérie, Doreen ravala son rire.

— Ça se pourrait très bien, Nan. Cependant, je me souviens parfaitement d'avoir été embarquée dans certaines de ces affaires, marmonna-t-elle.

— Oui, c'est assez juste, et j'en suis désolée.

— C'est bon, Nan. Je ne pourrai jamais te dire non de toute manière.

— Au moins, tu as résolu celle-ci, et relativement vite. Il pourrait même s'agir de l'une de tes plus brèves. Oh ! maintenant que j'y pense… euh…, hésita-t-elle avant de se mettre à glousser. Tu vois, ma fille… Je crois avoir gagné le gros lot.

— De quoi parles-tu maintenant ?

— Bien sûr, ce n'est pas encore *vraiment* le gros lot.

— Je ne pense pas apprécier ce que ça peut signifier,

grommela Doreen. De quoi parles-tu, Nan ? Tu as encore parié ?

— Laisse tomber. Descends, et nous prendrons le thé, suggéra-t-elle avant de mettre fin à l'appel.

Tandis qu'elle marmonnait dans sa barbe, Doreen roula pour sortir du lit, décidant qu'elle avait définitivement besoin d'une douche chaude. Une fois qu'elle fut préparée et prête pour cette journée, elle choisit de renoncer à son habituel café du matin et de commencer par le thé avec Nan. Elle rassembla les animaux et descendit tranquillement le chemin. Faute de mieux, cette affaire était une autre leçon de vie sur les gens, même si elle ne pensait pas que Tammy verrait les choses de cette façon.

Arrivée chez Nan, elle se rendit compte que Darren et Mack étaient là. Ce dernier lui jeta un coup d'œil.

— Bonjour. Je ne m'attendais pas à te voir ici.

— Moi non plus, mais j'ai reçu un coup de fil de Nan qui m'a dit que Jethro voulait me remercier.

Mack hocha la tête.

— Ouais, elle m'a appelé aussi pour la même raison, et je suis certain que ce n'est pas *du tout* pour essayer de nous soudoyer afin de ne pas engager de poursuites, plaisanta-t-il en levant les yeux au ciel.

Doreen rit à gorge déployée.

— Si ta victime veut témoigner du caractère remarquable de ton suspect, auras-tu vraiment de quoi accuser Jethro ?

Il soupira et s'adressa à Doreen, contrarié.

— Ce n'est pas aussi simple.

— Ça ne l'est jamais, souligna-t-elle d'un revers de la main. Et pourtant, ça l'est.

Mack afficha un grand sourire.

— Bref, ne pense pas t'en tirer aussi facilement non plus.

Elle le regarda, sourcils froncés, puis entra dans le patio de Nan. Celle-ci se trouvait à l'intérieur et l'appelait tout en agitant les bras.

— Venez dans le grand salon. C'est bien plus spacieux.

— Oh, *génial* ! marmonna Doreen. Je ne sais pas si je suis partante pour une grande réception ou autre. Je n'ai même pas encore bu mon café.

— C'est bon. Nous avons aussi du café au menu aujourd'hui.

Doreen observa Mack avec un air surpris, mais il montra simplement son ignorance.

— Ne me demande pas. Je ne suis au courant de rien.

Alors qu'ils arrivaient tous dans la salle principale, elle vit quelques-uns des résidents qui avaient pris place.

Jethro se leva et les salua.

— Merci à tous d'être venus. Il semble que je vous doive des excuses. Mais je dois aussi remercier Doreen d'avoir mis un autre criminel derrière les barreaux, ajouta-t-il avec un grand sourire, et de m'avoir permis de mieux dormir la nuit.

Une série d'acclamations suivit.

Doreen posa les yeux sur tout le monde en secouant la tête.

— Je n'ai presque rien fait.

— Non, Nan m'a prévenu que tu dirais ça, répliqua Jethro, avant de prendre une grande inspiration et de poursuivre. J'ai parlé à la direction de Rosemoor, pour voir si nous pouvions organiser une fête ici en ton honneur. J'aimerais faire les choses en grand pour te dire *merci*. Et ils ont donné leur accord. La date à laquelle nous avons tous pensé et qui conviendrait le mieux serait dans quatre semaines, un vendredi, suffisamment tôt en décembre pour que ça ne tombe pas en même temps que d'autres célébrations de Noël ici. Ça vous irait à tous les deux ? Bien entendu, nous avons besoin de la présence de Mack également puisque, évidemment, il a aussi une surprise pour toi.

Doreen cligna des yeux. C'était une chose d'annoncer une fête en son honneur, et elle était partante pour ça, mais annoncer une surprise de la part de Mack ? Eh bien, c'était là encore une tout autre histoire. Elle se tourna vers lui, l'air contrarié. En plus, elle avait repoussé toute cette période de Noël dans un coin de sa tête. Elle n'avait jamais vraiment vécu de Noël heureux lors des quatorze précédentes années avec Mathew et elle n'avait par conséquent aucune idée de ce qu'on attendait d'elle dans ce cas.

Jethro espérait que Doreen ou Mack diraient quelque chose. Dans le silence qui suivit, il ajouta :

— Pour la fête, une célébration en avance de Noël paraît être une excellente excuse pour honorer et remercier Doreen. N'est-ce pas, tout le monde ? demanda Jethro en pivotant et en souriant radieusement à chacun autour d'eux.

Des applaudissements montèrent de la foule rassemblée.

— Et bien entendu, tu peux inviter tous ceux que tu veux, ma chérie, lui précisa Nan en lui souriant avec bienveillance.

— Attendez, c'est seulement une fête de remerciement ou autre chose ? demanda Doreen, suspicieuse.

Son regard alla de Nan à Jethro pour passer ensuite, comme par instinct, à Mack vers qui elle se tourna.

— Est-ce qu'on célèbre autre chose ?

Jethro avait le sourire aux lèvres et déclara :

— Je suppose que c'est à Mack de le déterminer.

Mack le dévisagea avec un air réprobateur, puis secoua la tête avant de se tourner vers Doreen.

— Je n'en ai pas la moindre idée.

— Bien sûr que si, rétorqua Jethro, mais Nan a dit que ça te prendrait un moment avant d'y parvenir.

Doreen pointa Nan du doigt.

— Nan, je t'en prie, dis-moi que tu n'interfères pas ici.

— Je n'interviendrai jamais, se défendit immédiatement la concernée. Toutefois, tu sais bien à quel point je m'inquiète.

— Je comprends que tu te sers de ton angoisse comme excuse pour interférer, la gronda Doreen en observant sa grand-mère, sourcils levés.

— Tu t'inquiètes trop, éluda Nan en lui souriant béatement. Je suppose que tu devras patienter pour le savoir, ajouta-t-elle avant de regarder le groupe rassemblé autour d'elle. Bon, on a tous rendez-vous ?

— Oui ! répondit la salle emplie d'applaudissements et de rires.

Doreen avait quelques réserves. Cependant, elle devait bien admettre que ça pourrait être sympa.

Épilogue

Première semaine de décembre…

IL ÉTAIT TÔT dans la soirée, cette première semaine de décembre, et Doreen était blottie dans les bras de Mack, une couverture drapant leurs épaules, tandis qu'ils étaient assis près de la rivière, une tasse de chocolat chaud dans la main. Goliath et Mugs étaient étendus à leurs côtés, et Thaddeus s'était pelotonné sous le plaid avec eux.

— Il fait plus froid, mais toujours pas de neige. C'est inhabituel par ici, selon les gens du coin, dit Doreen tout bas. Je n'arrive pas à croire que Noël n'est pas loin.

— Et se rapproche à grands pas, plaisanta Mack. Tu es submergée par les préparatifs de la fête, n'est-ce pas ?

— Oui, confirma-t-elle, amusée. Je ne sais pas trop comment j'ai été amenée à m'occuper pleinement des préparatifs pour une fête qui est donnée en mon honneur, toutefois, déplora-t-elle en secouant la tête. Après plus d'une décennie sans célébration de Noël d'aucune sorte pendant mon mariage, je dois admettre que je m'amuse.

— Et ça te garde loin des problèmes, alors ça me va aussi.

Elle lui frappa gentiment le bras.

— Incroyable de se dire que cette paix et cette bienveillance pourraient présider pendant les fêtes de fin d'année. Pourtant, il me semble avoir lu quelque part que le taux de crimes violents augmente pendant les fêtes.

— Je crois que c'est vrai. C'est stressant pour beaucoup de monde. À chaque montée d'adrénaline, ça pète.

— C'est vrai. Toutefois, selon moi, poignarder quelqu'un par surprise, car on n'a pas eu de bague en diamant alors qu'on se nourrit de nouilles instantanées, ce n'est pas vraiment pareil.

Mack acquiesça.

— Peut-être pas. Cependant, si un jeune homme souhaite offrir une bague en diamant à sa petite amie, mais ne peut se le permettre, je suppose qu'il est susceptible de céder à une frénésie criminelle pour obtenir l'argent et pouvoir l'acheter.

— Si c'est ce qu'il faut faire pour garder son amour, alors, premièrement, ce n'est pas de l'amour, et, deuxièmement, elle ne mérite qu'il gâche sa vie. Cependant, je comprends ce que tu veux dire, lança-t-elle avant de se tordre le cou pour le regarder. Tu n'as pas de nouvelle affaire, hein ? Tu ne me caches rien ?

— Non, pas de nouvelle affaire, lança-t-il en la rapprochant de lui et en remettant la couverture sur leurs épaules. Et c'est une bonne chose dans la mesure où nous avons pas mal d'administratif à traiter. Quelqu'un continue de résoudre les *cold cases* que nous accumulons et qui sont liés à nos enquêtes en cours. Je dois reconnaître que cette personne est douée, mais elle est là en renfort. En revanche, ce qui est déroutant, c'est que, malheureusement, elle est toujours là pour les conclusions dangereuses. Cependant, quand il faut faire le ménage… on ne la trouve nulle part.

Elle se tourna vers lui, outrée.

— Tu sais que je serais là si je le pouvais !

Le rire de Mack ondulait le long du courant puis devint plus fort.

— *Chuuut* ! Tu fais trop de bruit.

— On ne dérange personne.

En réponse, un bruyant reniflement retentit derrière eux.

Doreen se retourna vers les sons qui suivirent, et en déduisit que Richard posait sa chaise contre la clôture et passait sa tête par-dessus cette dernière.

— Bonsoir, Richard. N'est-ce pas une agréable soirée ?

Les yeux de son voisin s'agrandirent.

— Vous êtes dingue ? On se les gèle dehors ! On est en décembre, au cas où vous n'auriez pas de calendrier.

Il leur jeta un dernier regard puis disparut de l'autre côté en marmonnant des choses à propos de la folie des gens. Doreen éclata de rire.

— Passez une bonne nuit ! lui cria-t-elle en luttant pour réprimer ses petits ricanements.

Quand Richard claqua sa porte, même Mack se joignit à ses rires. Son téléphone se mit alors à sonner. Il se mut sous la couverture pour le trouver, vérifia le numéro, puis se leva et s'éloigna de quelques pas.

— Mack à l'appareil. Quoi de neuf ?

Il écouta un moment puis pivota pour observer Doreen.

C'était le signal qu'elle reconnaissait systématiquement. Elle mit Thaddeus sur son épaule et se leva, la couverture les enveloppant encore tous les deux.

— Vous avez bien dit du gui ? demanda Mack.

Elle s'immobilisa et se tourna pour faire face à Mack, ravie.

Il fronça davantage les sourcils tandis qu'il la contemplait.

— Non, monsieur… Oui, monsieur. Vous avez raison. J'arrive.

Elle lui adressa un grand sourire.

— Du gui ?

— Ouais, mais ça ne te concerne pas, lâcha-t-il en se rapprochant. En revanche, ça signifie que je dois partir. Alors, joyeux Noël, tout ça.

— Ne devrais-tu pas dire « *Joyeux Gui* », cette fois ?

Il pivota pour la regarder.

— Comment ?

— *Joyeux Gui*, répéta-t-elle. C'est un chouette nom pour une affaire.

— Oh non, ne fais pas ça. Si je te laisse t'approcher de cette enquête-là, ce sera la folie, gronda-t-il en secouant la tête et en la pressant vers la maison. Il est temps de rentrer, vu que je dois partir.

— Je pourrais rester dehors, protesta-t-elle.

C'était plus pour l'embêter cependant, puisque sans son incroyable chaleur corporelle, elle commençait déjà à frissonner.

Puis elle s'arrêta et se mit à rire.

— J'ai encore mieux…

— Quoi donc ? demanda Mack tandis qu'ils atteignaient le patio.

— *La Joyeuse Folie du gui* ! s'extasia-t-elle.

Il s'arrêta pour l'observer.

— Bien tenté. C'est une affaire en cours. Rien de classé dans le cas présent.

— Alors, il est peut-être temps que je passe aux affaires en cours, suggéra-t-elle en remuant ses sourcils à la Groucho Marx.

— Ça, non !

Mack ouvrit la porte, fit entrer tout le clan, puis ferma et verrouilla derrière eux. Il prit ses clés et se rendit à la porte d'entrée.

— Il y est question d'une jolie bague ! s'écria-t-elle.

Quand il lui lança un regard mécontent, elle battit des cils et arbora un large sourire.

— Oh non ! dit-il en branlant le chef avant de lui donner un rapide baiser et de partir.

Elle s'avança sur le porche de devant.

— En avant pour *La Joyeuse Folie du gui* !

Richard sortit la tête par sa porte d'entrée.

— Un truc qui vous mêle à du gui rendrait fou n'importe qui !

Et sur cette pique, il battit en retraite et claqua la porte.

Imperturbable, Doreen rentra chez elle, le cœur plein de joie. Elle n'avait aucune idée de ce qui se cachait derrière une histoire de meurtre et de gui, mais ça ne voulait dire qu'une chose : il y avait une nouvelle affaire ! Tout ce qu'elle avait à faire, c'était lier un *cold case* à l'enquête en cours de Mack, et elle en serait ! Avec cette idée en tête devant toutes les autres, elle devait trouver quoi faire ensuite.

C'est la fin du tome 26 de *Jolis Jardins Maudits : Zizanie dans les zinnias*

Découvrez *La Joyeuse Folie du Gui, novella de Noël*

Jolis Jardins Maudits : La Joyeuse Folie du Gui, novella de Noël, tome 27

Une nouvelle saga cosy mystery de l'auteure best-seller de *USA Today*, Dale Mayer. Suivez la jardinière et détective amatrice Doreen Montgomery et ses amusants (et vraiment adorables) chat, chien et perroquet, tandis qu'ils attrapent les meurtriers et résolvent des crimes dans la merveilleuse ville de Kelowna, en Colombie-Britannique.

Noël peut-il être encore plus dingue ? Mack a une nouvelle affaire, et, heureusement pour elle, Doreen trouve un *cold case* qui lui est lié, lui permettant de finir l'année sur une belle note.

Pendant tout ce temps, elle lutte pour s'y retrouver dans les cadeaux, et contre Nan qui souhaite organiser une fête spéciale à Rosemoor en son honneur. En plus, Doreen doit résoudre toute sorte de problèmes, y compris une histoire de gui disparu, que Nan insiste pour avoir à la fête.

Et puis il y a les secrets… Bien entendu, c'est Noël, alors peut-être faut-il s'attendre à ce qu'il y ait des secrets… Cependant, quand ceux-ci impliquent Nan, Doreen devrait sans doute s'inquiéter quand même.

Le tome 27 est disponible !

Pour en savoir plus, visitez le site web de Dale Mayer.

https://geni.us/DMSFRMerry

Note de l'auteure

Merci d'avoir lu *Zizanie dans les zinnias : Jolis Jardins Maudits, tome 26* ! Si vous avez apprécié le livre, merci de prendre un moment pour laisser votre avis.

Chers lecteurs,

J'aime avoir de vos nouvelles, alors n'hésitez pas à me contacter sur mon site web : www.dalemayer.com ou sur ma page d'auteure Facebook. Pour être informés des nouvelles parutions et des offres spéciales, inscrivez-vous à ma newsletter ou suivez-moi sur BookBub. Si vous souhaitez rejoindre mon groupe de lecteurs, voici la page d'inscription sur Facebook.
http://geni.us/DaleMayerFBGroup

À bientôt,
Dale Mayer

À propos de l'auteure

Dale Mayer est une auteure de best-sellers au classement de *USA Today*, connue pour ses romances militaires sur les forces spéciales, sa série *Psychic Visions* et sa série *Jolis Jardins Maudits*, dans le genre cozy mystery. Ses romances contemporaines sont vibrantes d'émotion et de passion (série *Broken But… Mending, Hathaway House*). Ses thrillers vous laisseront à bout de souffle (séries *By Death* et *Kate Morgan*) et ses comédies romantiques vous feront rire aux éclats (*It's a Dog's Life*, une novella hors-série, et la série *Broken Protocols* avec Charming Marvin, le chat).

Elle laisse libre cours aux séries qui lui viennent… dont certaines sont carrément folles, enfreignant toutes les règles et croisant différents genres !

En plus de ses romans de fiction, elle écrit également des textes documentaires dans de nombreux domaines, dont la rédaction de CV, le jardinage de loisir et le système de crédit immobilier américain. Elle a récemment publié la série professionnelle *Career Essentials*. Tous ses livres sont disponibles aux formats papier et ebook.

Contactez Dale Mayer en ligne

Site web de Dale – www.dalemayer.com
Twitter – @DaleMayer
Facebook Page – geni.us/DaleMayerFBFanPage
Facebook Group – geni.us/DaleMayerFBGroup
BookBub – geni.us/DaleMayerBookbub
Instagram – geni.us/DaleMayerInstagram
Goodreads – geni.us/DaleMayerGoodreads
Newsletter – geni.us/DaleNews